A LADRA

Os agentes

Emi de Morais

1ª Impressão 2019

Fotos da capa e miolo: Depositphotos
Criação e Produção: Verônica Góes
Copidesque: Janda Montenegro
Revisão final: Sophia Paz

CIP-BRASIL, CATALOGAÇÃO NA PUBLICAÇÃO
SINDICATO NACIONAL DE EDITORES DE LIVROS, RJ

Emi de Morais
A Ladra / Emi de Morais
Editora Charme, 2019

ISBN: 978-85-68056-79-0
1. Romance Brasileiro - 2. Ficção brasileira

CDD B869.35
CDU 869.8(81)-30

Editora Charme

www.editoracharme.com.br

Editora
Charme

A LADRA

Os agentes da BSS — 2

Emi de Morais

623.652	24422.562	0953.73
425.764	232.345	6343.09
511.445	424.222	8311.04
732.243	3513.567	9631.77
947.234	288.456	9830.00
981.321	499.221	8693.52
335.234	1349.234	6131.87
111.439	343.567	2198.83
266.423	342.246	1198.72
882.118	31.532	8923.90
909.123	662.232	3600.85
777.234	14445.785	6286.81
412.341	354.234	0753.41
545.324	636.111	7548.58
741.234	78.673	8770.43
554.345	8339.111	9873.37
874.326	67.632	8653.07
452.113	98.232	4498.66
974.423	2333.452	8703.37
893.465	12.543	1048.08
862.123	55.896	6821.21
974.456	3341.332	0953.73
988.335	6441.323	6343.09
582.936	52227.112	8311.04
352.398	33.562	9631.77
223.564	271.286	9830.00
	77.218	8693.52
	3.682	6131.87
	87.322	2198.83
	332.321	1198.72
	59.113	8923.90
	79.322	3600.85
	332.321	
	99.223	

Prólogo

Babi respirou aliviada quando a reunião com Dylan Meyer terminou. Desde que ela, Murilo e Tiago colocaram os pés em Boston, foram direto para a Base, onde ficaram horas na sala do chefão ouvindo as recomendações e acertando os detalhes da nova vida que estavam iniciando ali.

Quando se levantaram para sair, Babi só conseguia pensar em cair na cama para ter uma boa noite de sono. Antes, porém, Lorena os levou para uma última refeição na Base.

O refeitório era amplo e arejado, e, para alívio de todos, havia apenas Ramon sentado a uma das mesas.

Todos foram para lá e se acomodaram ao lado do mexicano, enquanto esperavam a cozinheira de plantão trazer a comida preparada especialmente para eles.

— Onde estão os outros?

— Por aí, pequena. Alguns em casa; outros, na farra. Eu estou de castigo aqui.

— Castigo?

— Apenas um trabalho extra que Dylan me atribuiu. Vou virar a noite para terminá-lo junto com uns *feds*.

— Eu imagino que *feds* seja o diminutivo de federais.

O mexicano sorriu.

— Imaginou certo.

Babi ouviu algo na conversa de Murilo e Tiago que chamou sua atenção.

— Ouvi direito? Vai se regularizar agora?

— Pois é, Tata. Quero tirar minha habilitação — Tiago confirmou.

— Pode ser uma boa ideia. Mas tem que fazer umas aulas.

— Não preciso, já sei dirigir.

Murilo observou a surpresa no rosto da namorada quando ouviu aquilo.

— Se me lembro bem, Ti, você nunca dirigiu um carro antes, nem sequer teve aulas. Pelo menos, não enquanto esteve comigo.

Ele sorriu, debochado.

— Aprendi no cartel.

Todos ficaram em silêncio ao ouvir aquilo. Ramon passou a prestar atenção no garoto.

— Como disse? — perguntou a moça, preocupada.

— Eu disse que aprendi no cartel, Tata.

— Te ensinaram a dirigir lá? — ela continuou duvidando. Era o tipo de coisa difícil de acreditar.

— Sim.

— Com que finalidade?

— Ajudar no transporte das drogas de um galpão para outro.

— Dirigia os caminhões do armazém? — Ramon não pôde mais conter sua curiosidade.

— Sim. Cheguei a cruzar a fronteira e tudo. Então, acho que posso fazer o mínimo de aulas e realizar os exames tão logo seja possível.

Murilo olhou para Babi, que tinha o semblante sério. Pela primeira vez, todos se perguntaram o que mais Tiago havia presenciado e a que tinha sido obrigado a se submeter dentro dos negócios de Julián.

Babi ficou muito inquieta depois do jantar. Tentava ler o livro em suas mãos, mas não conseguia prender a atenção. O que queria mesmo era falar com o irmão.

Levantou-se decidida e vestiu seu robe de seda, certa de que o melhor era seguir sua vontade. O namorado olhou para ela, desconfiado.

— Aonde vai?

— Conversar com o Tiago.

Ele encarou a garota, pensativo.

— Babi, não acho que seja uma boa ideia pressioná-lo. Haverá o momento em que vamos precisar das informações, e então ele terá que falar. Mas, agora...

— Eu evitei incomodá-lo com isso desde que voltamos do armazém, mas talvez ele queira ou precise falar. Eu conheço meu irmão. Ele tem sido muito mais reservado, cauteloso até, e ele nunca foi assim. Ele sorri, mas não é um sorriso verdadeiro. Ele está... diferente.

— Claro que sim. Foi uma longa e terrível experiência, neném. Tem certeza de que quer saber o que se passou lá?

— É meu irmão. Não posso deixar que ele carregue esse peso sozinho por mais tempo.

Murilo concordou com a cabeça. Certas coisas deviam ser resolvidas em família.

O corredor estava vazio e silencioso quando Babi enfim encontrou a porta que buscava. Ela bateu e aguardou, mas não houve resposta. A jovem tentou mais uma vez, mas em vão, então, decidiu abrir a porta.

— Posso entrar? — pediu, colocando a cabeça pela fresta.

Tiago estava ouvindo música, deitado na cama, e tomou um pequeno susto ao ver a irmã surgir em seu quarto.

— Aconteceu alguma coisa? — Sua voz ganhou um tom preocupado.

— Não... — Mas claramente a voz de Babi demonstrava o contrário.

Ele tirou os fones de ouvido e acomodou-se melhor na cama, olhando para ela, desconfiado.

Babi sentou na borda da cama e sorriu para ele, sem muita segurança.

— Só queria conversar um pouco com você.

Tiago pensou que era uma má ideia. A irmã certamente iria querer saber os detalhes da sua vida no cartel, e isso era algo que ele não queria compartilhar. Especialmente com ela.

— Tata, não.

— Não o quê?

— Não faz isso. Não quero falar sobre o que aconteceu lá. — Ele virou o rosto, desconfortável.

— Por que não? — Babi insistiu, pegando na mão dele. Tiago voltou a olhar para ela de frente e sentou-se na cama.

— Porque é passado. Um passado do qual não quero me lembrar — respondeu, querendo dar o assunto por encerrado.

Mas Babi não estava satisfeita ainda, e insistiu.

— Eu vejo que você não é mais o mesmo, Ti.

Aquilo foi a gota d'água para Tiago, que perdeu um pouco a paciência e se afastou da irmã bruscamente, cruzando os braços na altura do peito para que ela não pudesse mais tocar sua mão.

— Nem você. Desde que perdemos nossos pais, nunca mais fomos os mesmos. E nunca mais seremos. Vida que segue. Ponto final.

— Seria assim se você estivesse tentando amenizar o impacto de toda essa merda na sua vida, mas não é isso que está acontecendo. Eu vejo que alguma coisa te atormenta.

Tiago suspirou alto, resignado.

— Babi, deixe isso de lado. Eu prefiro assim.

A jovem baixou a cabeça, triste.

— Pensei que fôssemos amigos, Ti.

— Somos irmãos. Você é a única pessoa que tenho e com quem me preocupo. Eu sofri, você sofreu, mas nós sobrevivemos. O resto fica pra trás. Tudo bem?

Ela voltou a olhar para ele, esperançosa. Então, se aproximou e o beijou no rosto, aconchegando-se ao seu lado.

— Sabe que estou aqui se precisar, não sabe? — falou, encostando o rosto no ombro do irmão, como costumava fazer quando eram crianças.

— Sei — ele respondeu, acariciando os cabelos da irmã.

Eles ficaram abraçados por um longo tempo, e Babi acabou adormecendo. Tiago não quis acordá-la. Gostava de tê-la ali, assim. Isso trazia recordações de uma época em que costumavam ter uma família. Lembrou-se de quando era um molequinho, e os tios não tinham condições de cuidar dele e da irmã, então optaram por ficar com ele, que era mais novo. A irmã tinha ido para o abrigo do Conselho Tutelar.

E, da noite para o dia, não tinham mais nada — nem casa, nem família, nem amigos. Babi o visitava em alguns fins de semana, às vezes, e, quando isso acontecia, eles dormiam abraçados, como estavam agora. Os piores momentos da vida dele eram quando a irmã retornava para o abrigo e eles passavam muitos dias sem se ver.

Quando Babi completou dezessete anos, ela conheceu Dan, e os dois logo foram morar juntos, pois Dan assumiu a responsabilidade de ser tutor dela. Quando completou dezoito anos, ela finalmente obteve permissão de cuidar do irmão. Foi assim que eles voltaram a morar juntos, como uma família de verdade. Aquele até que foi um ano bom, antes de Babi engravidar e o mundo desabar em suas cabeças.

O sequestro de Tiago acontecera quase três anos depois do aborto que Babi fora forçada a fazer. Um período infernal na vida deles.

Tiago olhou a irmã, que dormia em seus braços, e decidiu que era melhor deixar aquelas memórias de lado. Ele afastou os cabelos do rosto dela e a segurou mais perto de si.

Naquele instante, Murilo apareceu no vão da porta. Havia ficado preocupado com a demora da namorada e tinha ido verificar. Ao vê-la dormindo tranquila abraçada ao irmão, ficou um pouco sem jeito de ter interrompido o momento.

Tiago viu a hesitação do cunhado e sorriu. Ficava feliz em saber que alguém amava sua irmã de verdade.

— Tudo bem se quiser levá-la. Ela vai ficar mais confortável lá — tranquilizou-o.

Murilo fez que sim e aproximou-se dos dois, suspendendo-a nos braços com delicadeza. Tiago abriu a porta para que os dois passassem e desejou boa noite ao casal.

De volta ao quarto, Murilo colocou a namorada na cama com cuidado, para que ela não acordasse, e deitou ao lado dela em seguida. Gostava de ficar olhando-a assim, com carinho, como se nada no mundo pudesse atingi-los. Ele se lembrou do desconforto dela com o novo status de casada e sorriu.

Ele a amava muito.

Babi teria que se acostumar, porque ele já se considerava casado. Talvez uma aliança pudesse deixá-la mais familiarizada com sua nova vida ao lado dele.

Uma aliança de noivado, sim, ele definitivamente providenciaria uma.

623.652	14422.562	0953.73
425.764	232.345	6343.09
511.445	424.222	8311.04
732.243	3513.567	9631.77
947.234	288.456	9830.00
981.321	499.221	8693.52
335.234	1349.234	6131.87
111.439	343.567	2198.83
266.423	342.246	1198.72
882.118	31.532	8923.90
909.123	662.232	3600.85
777.234	14445.785	6286.81
412.341	354.234	0753.41
545.324	636.111	7548.58
741.234	78.673	8770.43
554.345	8339.111	9873.37
874.326	67.632	8653.07
452.113	98.232	4498.66
974.423	2333.452	8703.37
893.465	12.543	1048.08
862.123	55.896	6821.21
974.456	3341.332	0953.73
988.335	6441.323	6343.09
582.936	52227.112	8311.04
352.308	33.562	9631.77
223.564	271.286	9830.00
	77.218	8693.52
	3.682	6131.87
	87.322	2198.83
	332.321	1198.72
	59.113	8923.90
	79.322	3600.85
	332.321	
	99.223	

CAPÍTULO 1

Há uma semana, Babi e Murilo estavam instalados na casa que Lorena havia alugado. Era um espaço muito confortável e acolhedor em um bairro tranquilo, e Babi estava encantada com seu novo lar.

Murilo saía cedo e chegava tarde todos os dias. Tiago ajudou a colocar a casa em ordem e já estava matriculado na escola do bairro. Começaria seus estudos na semana seguinte, mas não se sentia muito entusiasmado com isso. Murilo tinha comprado uma bicicleta para ele e, toda tarde, o rapaz ia pedalar pelas ruas, retornando só duas ou três horas depois.

Babi se sentou à mesa da cozinha com o jornal aberto à sua frente e começou a circular as ofertas de emprego nos pubs da cidade. Lorena havia lhe prometido uma lista, mas ela desconfiava que Murilo havia interceptado a pequena ajuda da agente.

Ela ficou muito tempo nisso, e nem se deu conta de que já era quase final da tarde. Só percebeu quando Tiago entrou pela cozinha, muito suado, e se sentou próximo dela, com a garrafa de água na mão.

— Sabia que nosso vizinho da frente é um senhor inválido? — comentou ele, abrindo a garrafa e bebendo quase todo o conteúdo de uma só vez.

— Você o viu?

— Sim. Hoje de manhã, pela janela do meu quarto. Ele chegou de ambulância com uma moça, que eu acho que é filha dele.

Babi fechou o jornal, momentaneamente encerrando a busca por emprego.

— Eu nunca vejo ninguém nessa rua — comentou, e era verdade. A vizinhança era ótima, mas parecia que ninguém vivia ali além deles.

— Você acha isso porque nunca sai de casa.

A jovem se sentiu um pouco ofendida com aquilo. Ela não estava tentando se esconder do mundo nem nada do tipo.

— Estive ocupada tentando deixar esse lugar arrumado — respondeu ela, com um tom magoado na voz.

— Eu sei, Tata. E fez um bom trabalho. Nossa casa está ótima! — Tiago fez um carinho na mão dela, como se pedisse desculpas. Só então notou os círculos no jornal em cima da mesa.

— O que está fazendo?

— Listando alguns anúncios de emprego. Vou sair para entregar currículos na próxima semana.

Tiago ficou olhando para ela, parecendo descontente. Então, pegou o jornal e deu uma olhada no que a irmã havia destacado. Bares, pubs, boates...

— Murilo não vai gostar disso. Em especial desse lance das boates, Tata. Melhor desconsiderar esse tipo de trabalho.

Babi revirou os olhos, indignada.

— Ele não tem que gostar, Ti. Olha à nossa volta. Essa casa é linda e confortável. Nossa dispensa está lotada. Temos um carro zero na garagem. Isso tudo custa dinheiro.

— Eu sei...

— Veja isso.

Ela ergueu de um cesto um pequeno maço de dólares e mostrou a ele.

— Tem mais de quinhentos dólares aqui para eu passar a semana, e não trabalhei pra ganhar esse dinheiro.

Tiago sorriu para a carranca preocupada dela.

— Tata, eu sei que você não é o tipo de garota que quer ser financeiramente dependente de alguém, nem está acostumada a ser sustentada, mas também não é para ficar tão apavorada! Ele é, tipo, seu marido agora. Normal. — Ele afastou o jornal em cima da mesa e aproximou sua cadeira da irmã. — Eu vou arrumar um emprego também, e nós vamos colaborar com as despesas. Apenas analise a situação de maneira racional. Se você for trabalhar como *bartender* em algum pub até de madrugada, você e Murilo mal irão se encontrar no dia a dia. E, você sabe, ele é ciumento. Parece uma bomba-relógio pronta pra estourar quando algum cara chega perto de você.

Babi ficou sem palavras ao ouvir isso.

— Quando você amadureceu tanto?

O garoto deu de ombros, sorrindo, o que a fez desconfiar.

— Espera um pouco... Você não se tornou o tipo de cara machão, que acha que lugar de mulher é no fogão, né? — Babi se afastou um pouco, recostando as costas no espaldar da cadeira.

Ele soltou o ar pesadamente com um longo suspiro, e o sorrido sumiu de seu semblante.

— Não. É só que... Babi, ele é o primeiro cara da sua vida que eu vejo que realmente te quer bem. Não custa nada se esforçar um pouco para agradá-lo.

Ela olhou para o irmão, tentando ler em sua expressão se havia ali algo mais que o garoto não estava lhe dizendo.

— É sério, eu ouvi a discussão de vocês no avião e entendo o ponto de vista dele.

Então era isso.

— Claro que sim. — Babi bateu na própria testa, simulando drama. — Vocês homens são todos iguais! Um impenetrável clube do Bolinha.

— E você é uma teimosa.

Nesse instante, uma voz conhecida irrompeu pela porta da cozinha, fazendo com que os dois olhassem naquela direção.

— Ah, isso ela é mesmo — concordou Murilo.

O rapaz se aproximou e deu um beijo no topo da cabeça de Babi. Em seguida, olhou significativamente para Tiago, que encarou a irmã com expressão de pânico. Sem que o namorado percebesse, a jovem fez um sinal para o irmão para que ficasse quieto.

Diante do silêncio que se instalou com sua chegada, Murilo ficou desconfiado.

— Tem alguma coisa acontecendo aqui?

Tiago murmurou uma negativa sem convicção e saiu da cozinha sem esperar resposta. Murilo observou a atitude do cunhado e ficou sem entender nada.

— O que aconteceu? Vocês brigaram?

Tentando disfarçar, Babi ajeitou o cabelo para trás da orelha e puxou o namorado pela mão, para que ele se sentasse na cadeira vaga.

— Não.

Mas, ao falar, ela sentiu que não teria convencido nem a si mesma.

— Neném?

Resignada, ela desviou o olhar, pois não conseguiria mentir para o namorado.

— Estávamos discordando em alguns pontos. Apenas isso.

Era evidente que não era *apenas* isso.

— Que pontos?

— Escola, trabalho... Trabalho e escola...

Os olhos do agente se desviaram para o jornal em cima da mesa e se estreitaram ao notar os círculos vermelhos que claramente destacavam anúncios de emprego.

Ao perceber que o namorado havia reparado no que ela andara fazendo, Babi tentou fechar o jornal, mas ele a impediu.

— O que é isso?

— Nada de mais. Alguns empregos que vou checar na segunda-feira... — Sua saída foi tentar fazer com que soasse o mais casual possível, mas foi em vão.

— Babi...

— Por favor, Murilo. Não vamos discutir.

Ele cruzou os braços, decidido.

— Você não vai trabalhar em nenhuma casa noturna.

Ouvir aquilo fez o sangue dela ferver. Não cabia a ele decidir o que ela ia fazer.

— É a minha profissão!

— Não vai e ponto final.

Ela odiava quando ele se mostrava autoritário assim. Babi tentou ser suave, mas soou sarcástica.

— Sabe, meu pai já morreu há um tempo...

Ele estreitou os olhos na direção dela.

— Não me venha com ironias.

Babi abriu e fechou a boca, repensando no que dizer. Não queria magoar o namorado, mas não podia aceitar que ele lhe dissesse o que fazer.

— Não sei fazer outra coisa. Eu investi um bom tempo e gastei uma puta grana para me especializar na preparação de drinks e nas apresentações com as garrafas. Pratiquei por horas a fio, e é o que faço de melhor. Eu preciso trabalhar.

A expressão de Murilo não era nem um pouco amistosa.

— E como ficamos? Eu trabalho durante o dia e você quer trabalhar à noite. Quando nos veríamos? Quando iríamos dormir juntos e desfrutar da nossa vida conjugal? E não é apenas isso...

— Tem mais? — Aquela conversa toda estava deixando Babi impaciente.

— Sim. — Ele espalmou a mão na mesa, e o som ribombou pela cozinha. — Você não vai trabalhar em nenhuma merda de lugar onde os caras vão ficar babando em cima dos seus peitos e atirando convites para sair com você.

Era isso. Acima de tudo, ela sabia que era isso que o incomodava.

— Eu sei lidar com esse tipo inconveniente, Murilo.

— Não me importa se você sabe ou não. Não quero minha mulher sendo comida pelos olhos de ninguém.

Babi não podia acreditar no que ouvia. Por que ele estava agindo como um babaca?

— Não sou sua mulher, sou sua namorada.

— Seus documentos dizem que você está casada comigo.

Ela bufou, indignada.

— Dylan deixou bem claro que as identidades servem apenas para mostrar a terceiros.

— Por que isso te incomoda tanto? Qual o problema de agirmos como casados?

— Seria o fato de não estarmos casados?

— Para com isso. Você não é do tipo antiquada, um papel para você não significa nada. Estamos vivendo juntos, vamos compartilhar uma vida como casal. Isso não parece como estar casados pra você?

Foi a vez dela de cruzar os braços. Então agora ele ia ficar atirando a certidão de casamento como um trunfo à mesa?

— Se papel não significa nada, então os documentos são irrelevantes nessa discussão.

Ele ficou sem argumentos, e Babi se sentiu vitoriosa. Murilo estava irritado com a postura dela, e Babi mais ainda com os argumentos dele.

— De qualquer forma, esse não é o ponto aqui. — Babi suavizou sua voz, afinal, amava o homem à sua frente. — Eu sei o que você está fazendo e não gosto nem um pouco disso.

As sobrancelhas de Murilo se ergueram em surpresa.

— O que eu estou fazendo?

— Está controlando minha vida. Foi assim que tudo começou no Brasil. Uma ordem aqui, outra ali, e, de repente, você estava decidindo quem eu podia ver ou em quem eu dava um pé na bunda pra poder ficar com você.

Os olhos dele faiscaram com raiva contida. Ela sabia que havia tocado em um ponto sensível da relação.

— Está arrependida? — ele rosnou.

Babi olhou para ele e só então se deu conta do que tinha falado. O nome de Laura era proibido nas conversas entre eles. Nas poucas vezes que o assunto havia surgido, tinha sido motivo de discórdia.

Mesmo agora, a imagem dela estava implícita no comentário porque foi a pessoa com a qual ela tinha terminado uma relação estranha e mal resolvida na época em que se envolveu com Murilo. E, devido às circunstâncias de sua ligação com Julián, Babi havia sido estritamente proibida de ver ou entrar em contato com a ex.

Murilo tinha pavor de Laura e do que ela representara na vida de Babi. A simples menção do nome dela era algo que o enfurecia.

A namorada suavizou a voz, na tentativa de esfriar os ânimos e acalmar o temperamento difícil dele.

— Claro que não. Desculpa. Não quis dizer isso.

— Você quis dizer isso sim.

Ele se levantou e caminhou em direção à porta, e ela soltou um palavrão baixinho. *Merda! Ele estava bravo*. Ela teria que pensar em outro caminho para convencê-lo de que precisava trabalhar. Mas discutir com Murilo era perda de tempo, então teria que encontrar outros métodos.

O agente entrou no quarto e foi direto para o chuveiro. *Ela tinha o poder de fazer seu sangue ferver. Mulher teimosa dos infernos!* A água quente acalmou um pouco seu ânimo e desacelerou sua pulsação. Seus pensamentos estavam confusos e cheios de raiva. Tinha sido uma semana intensa e a próxima missão o tiraria de casa por alguns dias. Não queria deixar Babi e Tiago sozinhos tão cedo. Não precisava de mais problemas.

Ele queria apenas chegar em casa e jantar com sua namorada em paz, assistir um pouco de TV deitado no colo dela e conversar. Depois, se amariam sem pressa e dormiriam agarrados aos corpos quentes e macios um do outro. Ponto final.

Quando saiu do banheiro, Babi estava encostada na parede, esperando por ele. Murilo ainda estava chateado e a ignorou. Babi sabia o quanto sua relação com Laura o perturbava, e ela não tinha o direito de usar isso contra ele.

Ao ver o namorado passar direto sem lhe dirigir a palavra, a moça resolveu quebrar o gelo.

— Ainda está bravo?

Ele parou, mas não se virou para olhá-la.

— Sim.

— Mas eu já me desculpei... — Ela deu um passo na direção dele, mas deteve-se.

Ele não respondeu, e seguiu em frente, na direção do closet. Ela se aproximou, mas ele recuou ao seu toque.

— Mantenha distância, Babi.

— Não faz assim... Saiu sem querer, eu juro.

— Você não esquece a porra daquela garota!

Houve um breve silêncio que surpreendeu ambos. Era a primeira vez que ele se alterava com ela desde que estavam juntos para valer.

— Murilo, não é nada disso.

— Ela está sempre entre nós. Você não consegue deixar essa parte da sua vida pra trás.

— Isso não tem nada a ver com ela. Eu estava me referindo ao trabalho!

Exasperado, o agente passou as mãos pelos cabelos, que estavam mais compridos agora. Ela tentou uma nova aproximação e, dessa vez, ele não reagiu mal. Colocou os fios da franja que caíam sobre os olhos dele para trás.

— Estou aqui, não estou? Foi com você que eu quis ficar.

— Eu te pressionei pra isso.

— Eu queria, e você sabe. Eu te desejava... te desejo, você e só você.

— Não suporto pensar que você pode ter se arrependido de tê-la deixado ir.

— Não me arrependi. Eu te amo, lembra?

Ela passou as mãos pelo rosto dele, e Murilo imediatamente abraçou-a de forma esmagadora.

— Me perdoa?

— Não fala mais dela pra mim, neném. Não me faça lembrar que... você e ela...

— Nós nunca passamos de alguns beijos e... Ah, esquece isso. Eu e ela nunca fomos pra cama. Não entendo esse seu ciúme doentio.

— Ela te queria. Queria o que era meu, o que me pertencia. Eu odeio aquela imbecil, eu odeio tudo que...

— Shhh. Não pensa mais nisso. Prometo que vou ser mais cuidadosa com esse assunto. Por favor, me desculpa, amor.

Ele sempre cedia quando ela usava essa voz manhosa que o deixava louco para possuí-la. O rapaz segurou o pescoço da namorada e a beijou com calor, com fome de possuir e mostrar a ela, a ele mesmo e a quem mais pudesse interessar quem era o dono do corpo e do coração dela. Deus, parecia que estavam juntos há séculos, tamanha a intensidade do que sentia.

Babi nunca recuava quando o assunto era o namorado. Ele era assim, ciumento e cabeça-dura, e ela apenas tinha que saber lidar com isso porque, a despeito de ser tão marrento, ele era tudo que ela queria. Estar em seus braços a fazia se sentir amada, querida, protegida. Talvez fosse por ele ser tão grande, ou o fato de ele sempre ser tão gentil e preocupado com o seu bem-estar e sua satisfação.

Estava sem fôlego. Começou a tirar a roupa antes que o beijo terminasse, e deixou que a boca dele explorasse suas outras partes. Como sempre, seu corpo ficou todo derretido e pronto para satisfazer a vontade de ambos. O homem era perito no quesito "fazer amor" e a conduzia por lugares nunca antes imaginados.

Nem mesmo sua relação com Dan tinha sido tão arrebatadora na cama. Ela não queria nem pensar em como ele adquirira tamanha habilidade, preferia apenas desfrutar da imensa experiência que ele tinha em deixá-la fora de si. Os gemidos roucos que saíam da boca dele eram a realização dela. Que mulher não iria ter seu ego massageado se visse um homem como ele, bonito, atraente, inteligente, bem-sucedido e, acima de tudo, perdido pelos seus encantos?

Se amaram de novo e de novo, sem pressa e sem preocupações. Era como deveria ser todos os dias no início do casamento.

— Ei, eu estou faminto. Vamos comer alguma coisa.

— O jantar deve ter esfriado já... — ela falou, com uma pontinha de decepção na voz.

Murilo se aproximou da namorada, sorrindo.

— Foi por uma boa causa. — Deu um beijo casto na testa de Babi e foi pegar dois roupões, entregando um para a namorada.

Desceram para a cozinha e encontraram Tiago na janela da sala, olhando discretamente para a casa da frente. Murilo se aproximou sem fazer barulho para dar uma espiada no que prendia a atenção do cunhado.

— O que foi? Algo errado? — perguntou, sem assustar o rapaz.

— Não sei bem.

Ele estreitou os olhos e se aproximou da janela também, mas não percebeu nada de estranho do lado de fora.

— O que você viu?

— Um cara estranho entrou na casa da frente.

Bom, isso não era tão ruim assim.

— Ele deve morar lá.

— Não sei não. Até onde observei, havia apenas um senhor inválido e uma moça morando ali.

— E o homem entrou sem bater?

— Sim.

— Então ele tinha a chave. Vai ver o homem volta pra casa apenas nos fins de semana — disse, encerrando o assunto.

— Pode ser... — concordou Tiago, mas não estava cem por cento seguro.

— Vem, vamos jantar.

— Eu já jantei.

Murilo olhou para ele em desaprovação.

— Eu gostaria que cultivássemos o hábito de jantarmos juntos, Tiago.

— Pra isso, vai ter que deixar pra transar com a minha irmã depois da refeição e não antes, porque eu tenho fome e não vou ficar esperando vocês terminarem.

Babi encarou o irmão, boquiaberta, mas Murilo acabou rindo da observação do cunhado.

— Tudo bem. Um a zero pra você. Não vou me esquecer disso.

Murilo se afastou, mas Tiago continuou na janela.

CAPÍTULO 2

Ramon despertou com o cheiro de café e sorriu, satisfeito. Louise era magnífica! Depois de uma noite intensa de sexo, ela ainda se dava ao trabalho de acordar mais cedo para preparar o desjejum.

A moça entrou no quarto com a bandeja na mão. Estava nua e lhe deu um olhar sedutor. Imediatamente, o pau de Ramon estremeceu e acordou para a ação. Caraca, sua vida era perfeita. Tinha um ótimo emprego, uma apartamento bonito, um carro zero, uma família maravilhosa e ainda podia comer a mulher que quisesse, com essa aparência que Deus havia lhe dado!

Ela colocou a bandeja no criado-mudo e se curvou para beijá-lo. Ele acariciou o seio desnudo.

— Estou faminto.

A moça sorriu, pegou uma uva e a colocou na boca dele. Ramon saboreou a fruta doce e puxou a mulher para si.

— Tenho alguns minutos antes do trabalho.

— Estou a seu dispor — ela falou, numa voz extremamente sensual.

Era exatamente o que ele queria ouvir.

— Podemos tentar de uma maneira diferente...

Ela ergueu a sobrancelha, cautelosa, porque sabia bem o que ele queria.

— Ramon, eu já te disse...

— Prometo que vai ser bom. Vai ser mais que bom, vai ser ótimo.

Há tempos, Ramon queria que ela cedesse e o deixasse experimentar seu fruto proibido, mas a mulher estava muito relutante em satisfazer seu desejo.

— Qual é, Louise? Juro que você vai gostar.

Ela sorriu, sedutora, mas foi firme em negar.

— Não e não! Podemos nos divertir de outras maneiras, como sempre fizemos.

Ele revirou os olhos, mas desistiu de tentar. Queria muito, muito mesmo que ela o deixasse tomá-la de todas as formas, mas ela precisava querer também e, definitivamente, Louise não estava a fim, então o jeito era usufruir do momento da maneira convencional.

Ele se virou e a deitou na cama, se colocando entre suas pernas. Estocou seu membro e afundou nela, movimentando-se ritmicamente. Caramba, ela era uma mulher e tanto!

Mudando de posição, ele colocou sua mão no clitóris dela.

— Vamos gozar, minha flor.

O homem esfregou o botão duro e excitado dela enquanto bombeava num ritmo constante. Louise ofegou, gemeu, gritou o nome dele. Pediu mais e mais. Empurrou seu quadril contra ele e gozou intensamente. Ramon murmurou um palavrão e se deixou ir. Deus do céu, ela era boa! O homem gozou também e caiu em cima dela, ofegante.

Segundos depois, ele rolou para o lado, se sentindo incrivelmente satisfeito.

— Acho que agora podemos tomar um pouco de café.

Ela o serviu primeiro e, em seguida, encheu uma xícara para si. Louise olhava para ele com adoração evidente. O homem era um deus grego do sexo, e ela estava loucamente apaixonada. Não se importava que Ramon não quisesse ser exclusivo dela. Por ele, Louise aceitaria qualquer coisa.

O agente tomou seu café tranquilamente e, assim que terminou, olhou a hora.

— Droga, vou me atrasar para o trabalho.

A moça tirou a xícara da mão dele e subiu em seu colo. Segurou o seio por baixo e colocou na boca dele como se estivesse alimentando-o. Ele se serviu da oferta, chupou o mamilo com vontade e depois a tirou do seu colo gentilmente.

— Preciso ir.

Ramon levantou da cama e se vestiu. Louise continuou deitada preguiçosamente, e ele a olhou, impaciente.

— Levanta e coloca suas roupas, Louise. Tenho que ir trabalhar.

— Posso te esperar aqui. Que tal chegar do trabalho e ter uma mulher nua te esperando?

— Desculpa, mas hoje não vai dar.

Ela não escondeu sua decepção, e ele não se deu ao trabalho de consolá-la. A moça se vestiu e o abraçou pelas costas.

— Te adoro, Ramon.

Ele revirou os olhos impacientemente, mas tentou ser suave quando descaradamente a deixou saber que entre eles era somente sexo e nada mais.

— Você é muito boa também. Gostei bastante.

Louise olhou para ele, espantada. Era apenas isso que o filho da mãe tinha a dizer? Era essa sua maior declaração? Ela não podia acreditar no que estava ouvindo! Já haviam saído algumas vezes, não eram apenas ficantes, eram?

Ela se declarava para ele, e o idiota só dizia que ela era boa de cama?

— É tudo que tem pra me dizer? — a moça questionou, o tom de voz irritado.

— O que tenho a dizer agora é que estou muito atrasado e preciso ir.

Ela bufou, indignada, e foi embora. Ramon sorriu. Sempre funcionava ser direto e objetivo. Ele olhou orgulhoso para o seu pau — grande, viril, másculo, a parte do seu corpo que mais amava. Ele acariciou sua anatomia e conversou com ele como se fosse um amigo pessoal.

— Foi uma noite e tanto, hein, camarada? Mulher boa do caralho. Fez um bom trabalho.

Ramon tinha o ego excessivamente inflado. Era bonito além da média e as mulheres faziam fila para sair com ele. Sim, era convencido e muito confiante, mas quem não seria com aquela aparência perfeita?

Ramon era muito dedicado à BSS, por isso fez questão de não chegar atrasado no trabalho. Para ser honesto, seu pau e a BSS eram seus amores eternos. O resto era necessidade de sobrevivência, e nenhuma outra coisa ou pessoa nunca estaria em primeiro lugar para ele.

O dia foi estressante, corrido e muito trabalhoso. O expediente terminou bastante tarde. Ramon já estava de saída quando checou o celular e viu que Louise ligara no início da noite, mas ele não havia atendido. Tinha outras opções. Por que repetir o prato, se poderia experimentar novas iguarias?

Nicole ouviu o barulho da fechadura e isso fez seu coração disparar. Por isso, se apressou com o pai para dentro do quarto, colocando-o para dormir sem dificuldades. Por sorte, ele tinha tomado a última dose do remédio que o deixava sonolento e não se opôs a ela.

Era uma merda Rafe ter voltado para casa. Ele era um amontoado de problemas reunidos em um só indivíduo. A moça se trancou em seu quarto e olhou a hora. Estava atrasada para seu segundo trabalho.

Vestiu o uniforme rapidamente e, sem perder tempo, saiu do quarto pisando levemente para que ninguém a ouvisse, e, dessa forma, pudesse escapar sem encontrar com o irmão desordeiro.

Já estava no meio da escada quando ouviu a voz dele bem atrás dela.

— Está me evitando, Nick?

Tentando fazer uma cara tranquila, a moça se virou para encará-lo.

— Ah, oi, não... é que eu estou saindo para o trabalho.

Ele desceu os degraus rapidamente até alcançá-la.

— Onde está minha mãe?

— Seu tio mandou uma passagem para ela ir à Atlanta ajudar sua tia por duas semanas.

O jovem pareceu confuso.

— O que aconteceu com minha tia?

— Ela sofreu um acidente de carro.

Nick imaginou que aquela notícia fosse abalar o garoto, mas ele ou não entendeu, ou não se importou com o que ela falou.

— Preciso de dinheiro — falou ele simplesmente.

— Não tenho — respondeu ela, ainda sem poder acreditar que ele não se importava com o que ela havia acabado de dizer.

— Eu sei que tem.

— Rafe, o papai tomou a última dose do remédio hoje e eu mal tenho o dinheiro para o próximo. Temos a hipoteca da casa e todas as despesas para pagar. Eu realmente não tenho nada sobrando.

— Me dá a porra do dinheiro! — Ele elevou a voz, e ela se encolheu.

— Por que você não experimenta trabalhar e ganhar pelo menos o que precisa para sustentar seus vícios?

— Está ousada, não é? Eu seria mais cautelosa, se fosse você. Seu velho pai não pode mais te defender de todas as coisas, você deve ter percebido isso. Por isso, não me deixa irritado, e me arruma logo alguma grana.

O tom de voz dele era ameaçador. Ela sabia que ele tinha razão. Desde a adolescência, Rafe era uma dor de cabeça sem fim para seu pai. Envolvido com coisas ilícitas e usuário de drogas, foi expulso de várias escolas e precisou prestar serviços à comunidade algumas vezes como punição por pequenos delitos praticados.

Quando completou dezoito anos, ele caiu no mundo, e isso foi um alívio para todos. Mas voltava para casa esporadicamente, e, quando isso acontecia, eram sempre períodos difíceis. Quando ele ia embora de novo, ninguém sabia para onde, e nem mesmo sua mãe se sentia mal por isso.

Os dois não eram, de fato, irmãos. A mãe dele havia se casado com o pai dela quando o menino tinha oito anos e ela, quatro. A madrasta substituiu muito bem a mãe que a abandonara e que nunca voltou para visitar. Ela era delicada e bondosa. Não merecia o filho ingrato que tinha.

Nicole perdeu as contas de quantas vezes o pai se enfureceu com o rapaz por ele maltratá-la. Rafe sempre abusou do fato de ser mais velho e mais forte. Os dois haviam sido criados juntos, porém, o sentimento de irmãos nunca foi real entre eles. Em especial quando ela começou a crescer, ganhou um corpo esculpido e seios cheios, o que, junto com o encanto juvenil, começou a chamar a atenção do rapaz, que sempre tinha um olhar faminto e cobiçador para ela.

O pai logo percebeu que não era confiável deixar a filha muito livre perto do rapaz, por isso passou a fazer marcação cerrada quando o enteado estava em casa, sem nunca dar oportunidade para ele avançar qualquer tipo de sinal com ela.

Há um ano, no entanto, o pai tinha sofrido um AVC e ficado inválido. Não falava ou se movimentava. Era como uma criança idosa, que precisava ser cuidada o tempo todo. Os gastos com o medicamento eram muito altos, e as despesas da casa quase sempre atrasavam.

Nick, como sua família a chamava, tinha dois empregos. Procurava almoçar e jantar no local para diminuir os gastos com a alimentação, porém, mesmo assim, os custos só pareciam aumentar.

Entretanto, ela tinha uma boa habilidade, mas só a usava como último recurso. Ninguém sabia. A madrasta desconfiava e Rafe também, mas não podiam estar certos de nada. Ela era muito cuidadosa.

— Vamos, Nick, me arruma alguma coisa — insistiu o rapaz, dessa vez soando um pouco mais ameaçador.

— Já disse que não tenho. Que merda, Rafe. Me deixa em paz, preciso ir trabalhar.

Ela fez menção de sair, mas ele a impediu, agarrando-a pelo cabelo e a mantendo no lugar. A moça se debateu, tentando se soltar, mas ele a controlou com facilidade.

— Vá para a porcaria do seu emprego e dê seus pulos. Preciso de duzentos dólares para amanhã. Eu sei que você dá seu jeitinho quando quer.

Ele a empurrou contra a parede, e Nick tratou de se desvencilhar rapidamente.

Já na rua, a garota saiu apressada. Graças a Deus tinha vizinhos novos. Não que isso a ajudasse, mas garantia que houvesse algum movimento por perto, caso alguma coisa acontecesse.

A casa ao lado estava para alugar, e os demais vizinhos eram todos muito reservados e mal a cumprimentavam. Nick tinha observado os três rostos novos que apareceram por ali na última semana. Um garoto que estava sempre de bicicleta e que deveria ter uns dezesseis anos, uma moça, e um cara, que devia ser namorado da jovem, ou talvez marido. Não eram americanos, disso ela tinha certeza. O bronzeado era típico de gente que morava em país tropical. Bem, isso não importava agora. Tinha um restaurante lotado esperando por ela.

Nicole entrou no vestiário, jogou a bolsa dentro do armário e tirou dali o avental. Era garçonete, pegava os pedidos, servia as mesas e ajudava na limpeza quando o expediente acabava.

Não era um serviço fácil, nem leve, mas era o que sustentava sua casa. Pela manhã, Nick trabalhava na cantina do colégio do bairro, de onde saía pouco depois do almoço. À tarde, ela ajudava a madrasta com a casa e com o pai até o início da noite, quando pegava o turno no restaurante.

Hoje, em especial, teria que colocar sua habilidade particular em prática para arrumar o dinheiro que Rafe exigiu. Esperava que ele fosse embora depois de pegá-lo. Ainda tinha alguns dias até a madrasta voltar e não se sentia segura de estar na mesma casa que o bastardo do meio-irmão.

O turno foi longo e cansativo. Quando o restaurante fechou, ela foi até sua colega de trabalho.

— Ei, Judi, você não tem uma roupa bonita aí para me emprestar? Preciso ir a um lugar e não trouxe nada além do meu uniforme.

A moça sorriu para ela.

— Tem um encontro, Nick? — perguntou, cheia de malícia.

— Hum... ainda não sei. Pode ser. Mas preciso estar apresentável.

Ela mentiu sem rodeios, e pegou as peças que a garota tirou do armário sem dar muitas explicações.

— Tome, pegue as sandálias também. Essa botina que você está usando não combina com lugares requintados.

— Por que você tem uma sandália de salto dentro do seu armário?

— Para qualquer imprevisto que possa acontecer, ou para emprestar para as colegas sortudas que sempre têm algo interessante pra fazer depois do trabalho — brincou, dando uma piscadela toda significativa para a amiga.

As duas riram. Judi nunca voltava para casa de uniforme. Nunca. Era muito vaidosa para isso, ao contrário de Nicole, que não se dava ao trabalho de se arrumar muito.

Nick se arrumou rapidamente e deu especial atenção aos cabelos loiro-escuros. Em seguida, passou um pouco de rímel, bastante gloss na boca e achou-se pronta.

Judi olhou para ela e reclamou.

— Isso é tão injusto!

— O quê?

— Eu demoro horas me arrumando para ficar apresentável, e olhe pra você... Uma blusa elaborada, um salto, pouca maquiagem e já está deslumbrante.

— Que exagero... — Riu a moça, achando graça no drama da amiga.

Mas não era. De fato, Nicole tinha um rosto lindo, emoldurado por cabelos repicados pouco abaixo do ombro e uma franja não muito espessa, usada de lado. Os olhos azuis muito claros realçavam a pele cor de pêssego, a boca era rosada e os dentes, perfeitos. Tinha um nariz pequeno e arrebitado, sobrancelhas desenhadas e uma simpatia que fazia com que todo mundo gostasse dela de imediato.

Depois de se despedir da amiga, Nick pegou um táxi e foi direto para uma boate muito chique bastante requisitada pelos figurões da cidade. Ao entrar, abriu os dois primeiros botões da camisa de seda, para destacar os seios fartos que saltavam do decote.

Nick se encaminhou direto para a pista de dança, onde começou seu pequeno show sensual. Logo viu olhares masculinos muito interessados pousarem sobre seu corpo. Ela dançou por quase meia hora, sem pensar no que estava fazendo, e, quando terminou, foi para o bar, onde pediu um gim-tônica com gelo. Não demorou para o banco ao seu lado ser ocupado.

Muito sorridente, a garota engatou uma conversa agradável com o rapaz e, pouco depois, eles estavam dançando juntinhos na pista. Ele pegava nela com a nítida intenção de ter um final de noite muito melhor. Ela se esfregava nele e deixava suas mãos dançarem pelo corpo do homem.

— Preciso ir ao toalete — comentou, com uma voz inocente.

— Talvez possamos ir para um lugar mais discreto quando voltar... — sugeriu ele.

Ela lhe lançou um olhar sedutor.

— Hum... por que não?

Ela se afastou, deixando-o esperançoso. Já no banheiro, Nick se trancou em um dos reservados e puxou de dentro do vestido a carteira do rapaz, que ela havia furtado. Gente rica era outra história, o cara tinha quatrocentos dólares no bolso para sair na noite!

A garota tirou o dinheiro, colocou duzentos na sua bolsa e os outros duzentos no elástico da calcinha, e deixou a carteira jogada no chão. Alguém acharia e entregaria os documentos de volta para o dono. Ao sair do banheiro, ela se apressou em sair da boate sem que ele a visse. Bater carteira era a coisa mais fácil do mundo, em especial se você estava em um local fechado, abarrotado de gente e usava um pouco de charme.

Depois de umas bebidas, os caras ficavam muito descuidados.

Ela parou em frente à sua casa e toda a esperança que tinha de que Rafe estivesse dormindo foi por terra quando viu a luz acesa.

Desanimada, ela destrancou a porta e entrou. Nick se encaminhou para a cozinha e encontrou o irmão fazendo uma carreira de cocaína em cima da mesa.

Ele olhou para ela, desinteressado, e Nick ficou parada diante da cena, impressionada com o descaramento dele em se drogar na frente de quem quisesse ver.

O rapaz inspirou o pó rapidamente, sem olhá-la. Depois, fechou os olhos por uns instante e fungou várias vezes, jogando a cabeça para trás. Ela o observava sem piscar.

— O que está olhando, fedelha?

— Nada.

Ela jogou o dinheiro em cima da mesa.

— Pegue o dinheiro e se mande, Rafe.

O irmão sorriu satisfeito, pegou as notas e as colocou no bolso da calça. Em seguida, olhou a garota de cima a baixo, avaliando maliciosamente sua aparência.

— Fez programa?

Nicole arregalou os olhos, incrédula. Então ele achava isso dela?

— Está louco? Acha que eu venderia meu corpo pra te arrumar dinheiro?

A moça se encaminhou para a pia e encheu um copo de água. Ele se levantou, olhou para o traseiro dela na calça jeans, estendeu a mão e apalpou. Ela deu um pulo, assustada.

— Não acredito que fez isso. Seu idiota!

Ela colocou o copo na pia com tanta força que ele rachou. Quando se virou para enfrentá-lo, um arrepio enojado percorreu seu corpo ao perceber o quanto ele estava visivelmente drogado. Nicole queria bater nele, arrancar a mão, mas, do jeito que ele estava, era perigoso tentar qualquer coisa.

Teria que engolir o desaforo. Contou dois segundos para controlar a raiva e passou por ele depressa, tentando sair do espaço fechado da cozinha. Porém, não foi rápida o suficiente, e ele a segurou pelo braço.

— Pare com isso, Rafe. Somos irmãos. Está louco?

— Nunca fomos irmãos.

Ele desceu a mão e a segurou forte pela cintura, enquanto com a outra apalpava a bunda dela com cobiça. A garota se contorceu, tentando escapar.

— Seu bastardo drogado! Me larga!

— Me chamou de bastardo? Porra, perdeu o juízo, mulher?

O tapa veio tão forte que ela demorou para entender o que tinha acontecido. Mas a jovem nem teve tempo de organizar os pensamentos, pois logo em seguida veio outro e mais outro. Seu rosto estava em chamas. Ele a agarrou pelo pescoço e a levou até a sala.

Nick concluiu que a dose da droga tinha sido muito forte, porque ele estava louco. Quando a jogou contra a parede, ela sentiu sua cabeça explodir de dor. Sem equilíbrio, caiu no chão, tonta. Nick sentiu um pontapé atingir-lhe bem debaixo da costela, e tudo que pôde fazer foi dobrar o corpo para se proteger dos chutes.

Cruzou os braços sobre o rosto e sentiu quando ele a arrastou até o sofá pelos cabelos.

— Seus dias de princesa terminaram, pirralha. Quantas vezes eu apanhei do seu pai por sua causa? Hein?

— Você está louco — ela consegui choramingar, apesar da dor.

— Agora me chama de louco, hein?! Não mais bastardo? Não sou mais idiota ou drogado?

Ela ficou em silêncio. Estava perdendo as forças. Sentiu quando ele montou sobre o seu colo e apalpou seus seios sem piedade.

Jesus, ele ia estuprá-la! Nicole estava atordoada por causa da pancada na cabeça, e muito assustada com a maneira como a coisa toda estava se desenrolando. Nunca o vira tão violento assim.

— Por Deus, Rafe. Você está fora de si! Me solta! — pediu, sentindo que chamá-lo à razão era sua única saída.

Em resposta, recebeu outro tapa e mais outro, e então ela sentiu o sangue escorrer de sua boca. A bochecha estava ferida; a pele, pegando fogo; e seus olhos, ardendo com as lágrimas que ela nem percebeu que estavam caindo.

— Você não tem mais o papaizinho para te defender, irmãzinha. Ele agora não passa de um verme incapaz.

Ele a soltou de repente e, num surto louco, começou a gritar com ela.

— Pense duas vezes antes de me insultar, porque suas mordomias como filhinha preferida acabaram. Eu vim pra ficar! Essa casa também é minha! Ande na linha ou eu vou te dar a educação que aquele filho da puta nunca se preocupou em dar.

Nicole estava encolhida, aterrorizada, e o ouviu abrindo uma garrafa, que ela imaginou ser de vodca, a bebida preferida do irmão. Ele bebeu um longo gole direto no gargalo e olhou para ela, furioso.

— Saia da minha frente!

De alguma forma inexplicável, a garota conseguiu reunir o resto de força que lhe restava e se apressou em correr escada acima, trancando-se no quarto. Sua respiração estava ofegante e, exausta, deixou o corpo escorregar pela porta.

Cristo! Ela tinha acabado de levar uma surra do irmão! Quando achou que nada na vida podia piorar, se deu conta de que estava errada. Nick estava em péssimos lençóis e, naquele momento, ela entendeu isso.

623.652	24422.562	0953.73
425.764	232.345	6343.09
511.445	424.222	8311.04
732.243	3513.567	9631.77
947.234	288.456	9830.00
981.321	499.221	8693.52
335.234	1349.234	6131.87
111.439	343.567	2198.83
266.423	342.246	1198.72
882.118	31.532	8923.90
909.123	662.232	3600.85
777.234	14445.785	6286.81
412.341	354.234	0753.41
545.324	636.111	7548.58
741.234	78.673	8770.43
554.345	8339.111	9873.37
874.326	67.632	8653.07
452.113	98.232	4498.66
974.423	2333.452	8703.37
893.465	12.543	1048.08
862.123	55.896	6821.21
974.456	3341.332	0953.73
988.335	6441.323	6343.09
582.936	52227.112	8311.04
	33.562	9631.77
	271.286	9830.00
	77.218	8693.52
	3.682	6131.87
	87.322	2198.83
	332.321	1198.72
	59.113	8923.90
223.564	79.322	3600.85
	332.321	
	99.223	

CAPÍTULO 3

No dia seguinte, ao acordar, a primeira coisa que Nicole fez foi se olhar no espelho. *Deus, estava machucada. Bem machucada!* Havia um hematoma enorme no olho esquerdo, sua boca estava inchada e, no pescoço, viu as marcas dos dedos dele. Por sorte, era sábado e não trabalharia na escola. Seu turno no restaurante era só à noite, mas, da maneira que estava seu rosto, não poderia nem pensar em trabalhar atendendo.

A casa estava em silêncio. Ela precisava cuidar do pai e comprar o remédio dele. Esperava que Rafe tivesse saído, ou que ainda estivesse dormindo.

Decidiu colocar uma blusa de gola alta para esconder o pescoço marcado. Em seguida, passou bastante maquiagem para amenizar os hematomas no rosto. *O pai ia surtar quando a visse.* Não queria preocupá-lo, mas não tinha como não ver o estrago.

Nicole soltou os cabelos e analisou seu reflexo no espelho, avaliando o quanto conseguiu esconder os machucados.

— Miserável. Eu devia prestar queixa — murmurou para si mesma.

Seria o certo a fazer, mas sabia que isso acabaria com sua madrasta. Diana era uma boa mulher, cuidara dela e do pai com amor. Não queria magoá-la ou lhe dar mais dor de cabeça. Apesar de toda a mágoa, o melhor era deixar as coisas como estavam.

Nick desceu as escadas, cautelosa, e foi até o quarto do pai. O homem estava acordado e, ao vê-la, tentou sorrir para ela. Ele resmungou alguma coisa ininteligível.

— Bom dia, papai. Vou levá-lo para tomar um pouco de sol agora, tudo bem?

Ela se aproximou e o ajudou a se sentar na cadeira de rodas. Essa era sempre a etapa mais difícil. Em seguida, o conduziu para o quintal, deixando-o tranquilo em seu lugar favorito para tomar banho de sol.

Uma vez que o pai já estava lá fora, ela entrou novamente para preparar o café da manhã. Mas seu sossego não durou muito, pois o som de pés se arrastando anunciou a presença de Rafe. Nicole sentiu seu corpo enrijecer e seu coração disparar. Não queria olhar para ele.

O rapaz entrou na cozinha sem dizer nada e pegou uma xícara no armário. Ela continuou preparando os ovos e o bacon sem se virar, sentindo que ele a observava.

— Deixe-me te ver — pediu ele.

A voz dele, tão perto dela, a assustou. Nick ficou parada, de costas, sem se mexer.

— Nick?

Rafe segurou os ombros dela gentilmente. Para quem havia lhe dado uma surra horas atrás, ele estava muito cuidadoso. Os dedos gelados tocaram o rosto dela e a forçaram a se virar para ele. Os olhos do rapaz se estreitaram ao vê-la de frente, observando o resultado da sua violência.

— Espero que isso te ensine que não deve mais me enfurecer — rosnou, por fim.

O rapaz enfiou os dedos nos cabelos dela, acariciando-os lentamente.

— Agora, sirva-me o café.

Os olhos dela se arregalaram e ela não conseguiu reagir. Ele só podia estar brincando. Servir-lhe à mesa, como uma empregada? Estava claro para Nick que ele tinha enlouquecido.

— Isso é uma piada, Rafe? — conseguiu dizer, reunindo todo o seu autocontrole.

Ele sorriu torto e passou os dedos sobre os ferimentos dela.

— Isso aqui pareceu uma piada pra você?

— Não acredito que está me ameaçando.

— Não. Estou mandando você servir meu café.

— Não sou sua maldita empregada! — Ela ergueu a voz, exasperada.

— Não. Você é minha doce irmã. Que vai parar de discutir comigo e colocar a porra do café da manhã em um prato pra eu comer. E vai encher minha caneca de café preto sem leite, pra eu tomar.

O tom de voz áspero foi um aviso de que ele não estava brincando. Ela olhou para o quintal e viu o pai sentado, olhando para o nada. Não dava para arriscar uma discussão com o desgraçado do irmão agora.

Com má vontade, ela fez o que ele mandou e já estava saindo quando ele a chamou de volta.

— Nick.

— O que foi?

— Venha aqui.

Impaciente, ela se aproximou da mesa, e ele cruzou os braços sobre o peito.

— De agora em diante, eu dou as ordens nessa casa. Se não quiser obedecê-las, arrume outro lugar pra morar. Mas, se decidir ficar, saiba que será do meu jeito.

Ela não podia acreditar no que estava ouvindo.

— Você perdeu a cabeça. Vamos ver o que sua mãe acha disso quando ela voltar.

— Ela não tem que achar nada, a regra vale para as duas.

— O que deu em você, afinal?

— Cansei de andar por aí sem rumo. Estou de volta e não vou mais permitir ser tratado como um delinquente. Quero respeito, e vocês me darão isso, gostando ou não.

Foi a vez dela de cruzar os braços. De onde ele estava tirando toda essa atitude?

— É dessa forma que espera ganhar o respeito das pessoas? Espancando-as e tratando-as como empregadas?

— Cada um usa o que tem. Esse é o meu caminho.

A displicência com que ele disse isso fez um arrepio percorrer sua espinha. Sem poder mais se controlar, ela reuniu toda a sua coragem e disse:

— Até que eu decida te denunciar.

O rapaz se levantou bruscamente e ela deu dois passos para trás.

— Faça isso, e vai enterrar seu pai mais cedo do que espera — rosnou ele.

— Você... você... não teria coragem! Você não faria isso!

— Pague pra ver, Nick.

Não conseguia ficar nem mais um minuto ali, na presença daquele demônio, e saiu correndo para fora da casa. Estava sem ar. Precisava ficar longe dele. Mas como?

Nicole tentou se acalmar, inspirando e expirando várias vezes. Rafe tinha a alma enegrecida pelas drogas. Desde criança, tinha atitudes pouco comuns e um temperamento violento, mas a coisa estava se agravando. Nicole podia ver que ele estava muito, muito entorpecido pela vida mundana que havia escolhido para si.

Ela suspirou, desencantada, e foi ao encontro do pai. Ele precisava tomar o remédio. Aproximou-se e o beijou.

— Vou à farmácia, pai. Volto bem rápido.

Ele concordou, mas, quando olhou para ela, seus olhos se arregalaram e ele resmungou furioso. Mesmo sem conseguir falar, o que o pai queria dizer não era difícil de adivinhar.

— Está tudo bem, pai. Foi um acidente no trabalho.

Ela o deixou antes que ele quisesse mais explicações. Graças a Deus, embora estivesse frio, havia sol, o que lhe possibilitava garota usar óculos escuros.

Nicole entrou na farmácia e aguardou enquanto o balconista, que ela conhecia de longa data, terminava de atender um cliente. O sotaque dele denunciava que era estrangeiro e ela ficou ouvindo a conversa entre o desconhecido e o atendente, que havia perguntado com quem o rapaz morava.

— Com minha irmã e meu cunhado. Acabamos de nos mudar. Quanto é? — respondeu o estrangeiro, apontando para o pacote.

— Vinte dólares.

Enquanto o garoto abria a carteira, o atendente sorriu para ela.

— Nick. Como está seu pai?

— Bem.

Ela não estava no humor para conversa hoje. Queria voltar logo, porque temia que Rafe pudesse maltratar o pai na sua ausência. Mas o balconista, um fofoqueiro de plantão, insistiu no papo.

— Eu vi Rafe rondando pelo bairro — comentou, claramente querendo mais informações.

— É, ele está de volta.

O seu tom de voz devia ter transparecido todo o seu amargor, porque o garoto estrangeiro olhou-a, curioso. *Que droga, era seu vizinho!* O rapaz da farmácia encarou a garota, desconfiado.

— Por que está de óculos de sol aqui dentro? — quis saber o balconista intrometido.

— Pode terminar de atender o garoto e pegar o remédio do meu pai, por favor? Estou com pressa — respondeu, ríspida, na esperança de que ele entendesse a mensagem.

O balconista não discutiu. O garoto pagou e saiu da farmácia enquanto Nick esperou pelo seu remédio. Quando estavam apenas os dois, o balconista tirou cuidadosamente os óculos escuros dela, e a jovem não protestou.

— Nossa, ele te machucou.

Era uma afirmação que ela não conseguia negar. Os comerciantes do bairro a conheciam e sabiam dos podres do seu irmão.

— Ele estava drogado até o limite ontem. Eu fui imprudente, não devia ter respondido às provocações dele.

O balconista endureceu a voz.

— Você tem que denunciar isso, Nick.

— Não posso — respondeu baixinho.

— Você tem que denunciar!

O rapaz puxou a gola da blusa da amiga e se assustou.

— Meu Deus! Está pior do que imaginei!

— Está tudo bem...

— Ficou louca, Nicole? O Rafe sempre foi estranho, desagradável e muito temperamental, mas essa violência toda está além do limite. Se ele fez isso uma vez, fará novamente.

Nick sabia disso, mas havia muito mais coisa envolvida naquela situação.

— Vou me certificar de ficar bem longe dele.

— Ele é um maníaco, Nick. Você precisa ir à polícia.

— Não. Olha, eu sei que está preocupado comigo e agradeço, mas... não é tão simples assim. Ele nunca fica muito tempo em casa. Daqui a algumas semanas, ele some. E tudo isso aconteceu porque Diana não está em casa. Ele meio que se aproveitou disso. Ela volta em poucos dias.

Rafe deixou Nicole em paz durante todo o fim de semana. Na verdade, eles não se esbarraram mais depois daquele dia, para alívio da garota. Ele não dormiu em casa, assim, o domingo foi tranquilo, e, na segunda bem cedo, Diana chegou.

Os machucados de Nick estavam disfarçados pela maquiagem, entretanto, assim que colocou os olhos nela, Diana viu que alguma coisa tinha acontecido.

— O que foi isso em seu rosto? — quis saber. Nick havia pensado em como ia responder à madrasta, ensaiara o discurso várias vezes, porém, agora, todas as palavras lhe escaparam.

— Um imprevisto.

— Do tipo?

— Do tipo Rafe.

A mulher quase caiu da cadeira onde estava sentada. Ela se levantou, incrédula, e analisou o rosto da enteada.

— Rafe fez isso em você? — Sua voz tremeu, e Nicole sentiu o peso daquelas palavras.

Mas Nicole tinha que falar, ela não podia ser pega de surpresa quando ele retornasse, achando que podia distribuir ordens para Deus e o mundo. A garota contou tudo que tinha acontecido, sem ocultar detalhes. Quando terminou, Diana estava pálida e sem palavras.

A garota abraçou a madrasta e tentou confortá-la.

— Diana, ele precisa de ajuda. A droga tomou conta da mente dele.

— Mas o que faremos? As clínicas para dependentes são absurdas de caras e já recebemos ajuda do governo com a doença do seu pai. Não conseguiríamos outro benefício para internar o Rafe.

— Eu sei. Daremos um jeito. Só não podia deixar você no escuro quanto ao comportamento agressivo dele. Temo que ele possa fazer algo com o papai — confessou, por mais que lhe doesse.

— Só se ele me matar primeiro! Deus, é do meu filho que estamos falando... Não dá pra acreditar, é como se... fosse uma cópia do pai.

A mulher tinha lágrimas nos olhos. Nick nunca soube nada do pai biológico de Rafe; o assunto nunca veio à tona. Mas, pelo comentário da madrasta, podia supor que ele não era flor que se cheirasse.

Depois de abraçar a madrasta por alguns minutos, Nick saiu correndo para o trabalho na escola, pois já estava atrasada. No meio do caminho, uma bicicleta se aproximou dela. A garota olhou desconfiada e reconheceu o garoto da casa da frente — o mesmo da farmácia.

— Oi. Eu sou o Marcos — Tiago se apresentou, usando sua nova identidade.

O garoto parou e estendeu uma das mãos para ela, que aceitou, sorrindo.

— Nicole.

— Está indo pra escola?

— Sim. Eu trabalho lá.

— É minha primeira semana — ele comentou, sorrindo.

Nick sorriu de volta para o jovem.

— E esse sotaque é do...

— Brasil. — Ele riu.

— Uau, Brasil. O que faz um brasileiro largar o sol, a praia, os dias quentes e maravilhosos do verão para vir pra cá? — ela provocou, voltando a caminhar. O rapaz acompanhou, segurando a bicicleta de lado.

Ele ficou sem graça.

— Meu cunhado veio a trabalho, minha irmã o acompanhou e me trouxe junto. E, além disso, onde eu morava não tinha praia, então...

— Mesmo assim, eu teria preferido ficar.

— Eu quis mudar de ares. — O rapaz deu de ombros.

Os dois caminharam conversando sobre o Brasil e as expectativas de Tiago com a escola. O garoto foi perspicaz. Ele soube, através da conversa que ouviu na farmácia, que a moça tinha problemas com o tal cara que ele viu na casa dela. Mas achou melhor não perguntar nada que a comprometesse.

A escola foi como o garoto esperava, ou seja, chata. Ele estava no último ano do ensino médio e mal podia esperar para concluir e fazer o que realmente queria.

Era tudo muito diferente das escolas que ele tinha frequentado em São Paulo, e ele ficou um pouco perdido. A turma foi receptiva e algumas pessoas tentaram ser simpáticas perguntando sobre o Brasil, mas a conversa não ia além do futebol e do carnaval.

Tiago voltou para casa por volta das três horas e encontrou a irmã toda arrumada voltando do centro da cidade.

— Aonde foi?

— Fazer uma entrevista.

— Murilo sabe?

Ela olhou para ele, irritada.

— Vou dizer hoje.

— Vai falar depois que já foi? Deveria ter dito antes de ir — palpitou ele, abrindo a porta para que os dois entrassem em casa.

— Ti, é sério, dá pra tentar me entender? Poxa, eu sou sua irmã, você deveria ficar do meu lado.

Ele ficou em silêncio e ela o encarou, esperando uma palavra de apoio, que não veio. Babi tinha percebido a afeição do irmão pelo namorado dela. Não sabia se era por causa da postura que Murilo adotou em relação a ele, ou outra coisa, mas o irmão estava sempre do lado do cunhado. Eles estavam muito próximos. O garoto pedia opiniões e ouvia os conselhos sobre os planos de Murilo com atenção. Eles iam ao mercado, assistiam futebol e faziam muitas outras coisas juntos.

Embora Murilo parecesse apenas um irmão mais velho, ele se portava como um pai, e definitivamente Tiago o respeitava como um. Babi gostava disso. Achava que o irmão precisava de uma boa imagem masculina em quem se espelhar, mas estava em desvantagem porque eles uniam força contra ela nas pequenas coisas.

Babi passou o dia inteiro pensando em como abordaria o assunto e, à noite, logo após o jantar, ela tentou uma conversa com o namorado. Tiago saiu de fininho porque sabia que haveria discussão.

— Eu tenho uma coisa pra falar, mas quero que me ouça sem ficar bravo — começou ela, convidando-o a sentar-se junto dela no sofá da sala.

Ele fixou os olhos nela e concordou, sem pronunciar uma palavra.

— Eu tenho uma proposta de emprego. É um pub. Um muito bom, e o salário é razoável. Sei que você não quer que eu trabalhe, mas são apenas três dias na semana, então eu achei que talvez você pudesse ceder um pouco.

— Não, Babi...

— Por favor. São apenas três dias, e vou me sentir melhor se estiver trabalhando.

Ele passou a mão pelos cabelos, impaciente.

— O que está te faltando aqui?

— Nada. Só preciso me sentir útil — respondeu prontamente, tão óbvia era a resposta.

Murilo já estava se sentindo com ciúmes só de imaginar os caras em cima dela e as cantadas que viriam. Já podia vê-la sorrindo e sendo simpática com os idiotas babões que nunca perderiam a esperança de levá-la para a cama. Porém, sabia que a namorada não iria desistir de trabalhar, e eles ficariam brigando o tempo todo por causa disso. A relação deles estava muito no começo, e Murilo temia que ela se sentisse sufocada.

— Nada de roupas sensuais ou danças no balcão — rosnou baixinho, sem muita convicção.

Ela sorriu confiante.

— Tudo bem.

— Nada de apresentações quentes pela pista de dança.

— Sem danças — concordou ela prontamente.

— Merda, Babi, você vai me deixar careca antes dos quarenta!

Ela se sentou no colo dele e o beijou diversas vezes.

— Obrigada.

— Estou fazendo isso por você. Não faça com que eu me arrependa.

Ela concordou com a cabeça.

— Vou cortar meu cabelo amanhã. Dylan disse que seria bom eu mudar um pouco.

Murilo torceu os lábios, contrariado.

— Não corte muito, eu gosto dele comprido assim.

— Você age como um marido mandão e ciumento.

— Eu sou um marido mandão e ciumento.

— É difícil lidar com você às vezes, sabia? — Ela deu um tapinha de leve no ombro dele.

— Você tem se saído bem.

— Tenho?

— Sim, e tudo porque meu corpo tem mais força que minha mente quando estou perto de você.

— Isso é ruim?

— É péssimo.

Ele resmungou, mas estava sorrindo. E então, tudo que eles podiam pensar era em correr para o quarto para fazer o que mais gostavam de fazer quando estavam juntos: amor.

CAPÍTULO 4

Desde que Babi conseguiu o emprego no pub, sentia-se mais do que feliz, sentia-se realizada. Era seu último fim de semana de folga antes de começar a trabalhar e Murilo quis fazer um churrasco no domingo para toda a equipe conhecer a casa deles. Tiago ficou eufórico porque o que mais gostava era de estar entre os agentes.

Na sexta-feira, Babi e o irmão estavam saindo para ir ao mercado no final da tarde quando viram que a vizinha, uma senhora, tinha dificuldade para levar o idoso da cadeira de rodas para dentro da casa.

Tiago foi até lá, e Babi o acompanhou.

— Com licença, senhora, eu posso ajudar, se não se incomodar.

Ela se virou na direção da voz e seu semblante suavizou ao perceber que era o vizinho.

— Ah, muito obrigada. Acho que a roda da cadeira emperrou.

— Deixe-me ver.

O garoto se abaixou e tentou achar o problema que estava impedindo o movimento da cadeira. Babi se apresentou.

— Muito prazer, eu sou Bianca, mas pode me chamar de Babi.

— Diana. Desculpe não ter ido até sua casa lhe dar as boas-vindas, mas cuidar do meu marido me toma muito tempo.

— Não se incomode com isso, eu compreendo.

Tiago se levantou e mostrou uma pedra pequena que tinha se enroscado nas engrenagens da cadeira. A mulher testou a cadeira e, ao ver que não havia mais dificuldade, sorriu, agradecida.

— Sempre que precisar de ajuda, pode nos chamar, não é, Tata? — ofereceu o garoto.

— Claro, chame a gente — emendou Babi.

— Tata?

Todos os olhares se voltaram para a porta de onde Nicole saiu sorrindo. Ela estendeu a mão para Babi.

— Nicole, mas me chame de Nick, por favor.

— Babi.

— Babi ou Tata?

Os irmãos riram. Tiago explicou.

— Tata é como os irmãos mais novos costumam chamar os mais velhos no Brasil. É meio que um apelido nacional.

— Que legal. Bem, desculpem a pressa, mas eu tenho que ir trabalhar.

Tiago estreitou os olhos curiosos.

— Trabalhar, de novo?

— Sim. Tenho dois empregos. De manhã, fico na escola, à tarde, ajudo Diana com meu pai e com a casa, e, à noite, sou garçonete em um restaurante no centro da cidade.

Babi estava impressionada. Eles deviam mesmo precisar de dinheiro. Provavelmente a doença do homem inválido aumentava muita a despesa.

— Estamos indo para o centro, você quer uma carona? — ofereceu ela.

— Seria ótimo. Obrigada.

O grupo se dirigiu para o carro enquanto Nick falava sobre seus dois empregos. Tiago estava muito curioso sobre o cara que viu entrar na casa dela na semana anterior, e o fato de a moça chamar pelo nome a senhora que estava com ela podia indicar que não era sua mãe. Já no carro, Nicole foi muito simpática e sorridente, e fez várias perguntas à Babi sobre sua vida no Brasil e agora em Boston.

— Eu disse para o seu irmão que jamais trocaria o clima tropical do Brasil pelo frio de Boston.

A bartender sorriu diante do comentário.

— É que meu namorado foi transferido no trabalho, daí eu tive que vir.

— Namorado?

Tiago corrigiu a irmã, revirando os olhos, impaciente.

— Marido, Tata...

Foi a vez da irmã revirar os olhos.

— Ah, é, claro, meu... errr... marido.

— Estou confusa agora, marido ou namorado? — brincou Nicole.

Babi tentou ser convincente, embora o título de casada ainda lhe soasse estranho.

— Marido. É que me casei há pouco tempo. Ainda não estou acostumada.

As duas riram, cúmplices.

— Você parece jovem para estar casada. Quantos anos tem?

— Vinte e três...

— *Vinte*, Tata — corrigiu-a novamente o irmão.

Tiago olhou para ela, sinalizando que devia ser mais atenta.

— Desculpe, eu sou péssima pra dirigir e falar ao mesmo tempo, me distraio... Então... tenho vinte anos.

— Quase a minha idade. Tenho vinte e um — respondeu a outra jovem, sem dar importância aos relapsos da nova amiga.

Babi levou o assunto para terrenos mais seguros, como o tempo e o trânsito, e acabou por convidar Nicole para o churrasco de domingo.

— Meu namo... quer dizer, meu marido fará um churrasco de boas-vindas para sua equipe de trabalho. Adoraríamos que se juntasse a nós.

— Sério? — O convite a pegou de surpresa.

— Claro. Vai ser bom. Traga sua mãe e seu pai, se quiser.

— Obrigada. — A jovem chegou a enrubescer.

Tiago achou que era a deixa que esperava para saber sobre o rapaz.

— Acho que ela tem um marido, namorado, ou algo assim, Tata...

Nicole ficou tensa, mas tentou soar natural.

— Ele não é meu marido, nem meu namorado. É meu irmão. Ele não mora conosco, só aparece vez ou outra.

— Pode trazê-lo também, se ele estiver por aí. Sem problemas, serão todos bem-vindos.

— Err... obrigada.

O domingo estava lindo, com um sol leve e a temperatura não muito fria. Os caras levaram muitos engradados de cerveja para curtirem o dia de folga.

Jason foi junto com Fritz. Ramon chegou logo depois, fazendo farra, e Sam apareceu com uma moça ruiva e bonita que ele apresentou sem muito interesse.

— Essa é a Chloe. Estamos trabalhando juntos, e Dylan me obrigou a trazê-la. Ela é uma agente suporte para um trabalho com o FBI, e o comandante parece achar que sou a maldita babá dela.

Babi estranhou a aspereza de Sam com a moça, mas a jovem pareceu não se importar, apenas sorriu confiante e estendeu a mão num gesto cortês e muito simpático.

— Oi, Chloe.

— Olá. Sua casa é bem bonita.

— Obrigada.

Lorena veio bem mais tarde, e estava estupidamente bonita, mesmo vestida casualmente. Parecia muito mais jovem quando não estava trabalhando. Ela trouxe uma garrafa de vinho branco caríssimo que fez Babi se lembrar de Will. Ele amava vinho branco e coisas caras. Ela suspirou, saudosa, e Murilo a abraçou pela cintura.

— Está tudo ótimo. Você é uma excelente anfitriã — falou em seu ouvido.

A garota sorriu para ele e se esticou para beijá-lo, mas, no mesmo instante, a campainha soou. Murilo beijou rapidamente a namorada e foi abrir a porta. Para sua surpresa, ele se deparou com uma moça loira segurando uma vasilha coberta.

— Ah, oi. Eu sou a Nicole. Moro aqui na frente e sua esposa me convidou para um churrasco — falou a moça, claramente envergonhada.

Babi reconheceu a voz da garota e veio recebê-la.

— Oi, Nick, que bom que veio. Entre. Esse é o meu marido, Murilo.

A vizinha o cumprimentou e teve que disfarçar sua admiração. Já o tinha visto de longe, mas a distância não tinha feito jus à sua aparência. *Vai ser bonito assim do outro lado do mundo! Céus, que garota de sorte essa Babi!*

Quando Nicole apareceu nos fundos da casa, ela parou e levou um tempo para assimilar a presença de todos aqueles homens grandes e fortes, que pareciam ter saído direto das capas de revistas de moda.

Babi percebeu a surpresa dela e cochichou baixinho:

— É, eu sei, também fiquei assim quando os vi pela primeira vez.

— Desculpe a indiscrição, mas onde seu marido trabalha? Porque eu preciso tentar uma vaga lá. Deus, eles são tão... perfeitos!

Babi riu. A sensação era essa mesma. Ela se lembrava bem de quando os viu juntos na Base pela primeira vez.

Do outro lado do jardim, Ramon prestava atenção na garota que tinha acabado de chegar. Tiago seguiu o olhar do agente e riu discretamente.

— Quem é? — perguntou o mexicano, interessado.

— A garota da casa da frente.

— É boa de olhar, hein?

— Ela é legal.

— Está interessado nela?

— Não. Por que, você está?

— Acabei de ficar.

Fritz se aproximou para ouvir a conversa.

— Em quem você não está interessado, Ramon?

— Em você.

Os homens riram. Dylan não era esperado, embora tenha sido convidado. Ele nunca comparecia. O comandante não era adepto a festas e encontros.

A tarde estava uma delícia. Os caras falavam muita besteira e, pela primeira vez, Babi viu o irmão realmente descontraído e rindo muito. Murilo veio até ela, a abraçou, beijou, cheirou seu cabelo e disse que estava muito feliz por estarem ali juntos. Babi retribuiu todos os gestos, sorrindo apaixonadamente para ele enquanto sua mão subia e descia por seu peito numa carícia descontraída.

De longe, Nick os observava, e não percebeu Ramon se aproximar.

— Eles são esse tipo de casal meloso mesmo.

Ela riu e comentou sem olhá-lo.

— Eu acho lindo. Eles combinam, e parecem tão apaixonados!

— E você com certeza é do tipo romântica.

Nick olhou para ele e teve que piscar várias vezes para se concentrar. *Puta merda, de perto assim, o cara era ainda mais bonito.* Ele estava dando a ela um sorriso torto e sem-vergonha, daqueles de tirar o fôlego.

Ramon estendeu a mão finalmente, se apresentando.

— Ramon.

— Nicole.

Os dedos longos e fortes do agente fecharam-se sobre os dela e o homem deslizou o polegar pelas costas da mão da moça. *Porra, era tão macia!* Ele imaginou como seria o resto do corpo. Os olhos azuis fitaram o rosto dele e a garota ficou encabulada.

Ramon sentiu um arrepio de tesão percorrer seu corpo. *Ele adorava esse tipo de mulher que se fazia de rogada. Eram as mais quentes na cama!*

A campainha tocou e quebrou o momento. Babi foi atender e Murilo se juntou aos caras.

O mexicano ainda observava a loirinha de perto. Ela estava um pouco sem jeito, e ele adorava saber que podia afetá-la com sua presença. Era comum isso acontecer, e ele não se acostumava nunca. Sempre se sentia vaidoso em ver a mulherada reagir a ele, depois cair em cima ansiosas por atenção, mas as que se faziam de difíceis eram as que realmente o prendiam.

Um sorriso, uma conversa, alguns drinks e elas estavam em sua cama. Nunca tinha sido diferente.

CAPÍTULO 5

Babi abriu a porta.

— Pois não?

— Oi. Eu sou o Rafe. Desculpa incomodar assim, mas minha mãe disse que minha irmã está aqui. Posso falar com ela um minuto?

— Ah, oi. Claro, entra.

— Não quero atrapalhar.

— Não é incômodo. Eu te levo até ela.

Nicole prendeu a respiração quando viu Rafe atravessar o jardim de trás junto com Babi. Ela se levantou depressa, e Ramon seguiu seu olhar.

Murilo veio ver quem era o homem estranho que estava com sua namorada. Ao reparar em quem era, Tiago arregalou os olhos e voltou seu olhar para Nick. Era óbvio que ela estava nervosa.

Rafe estendeu a mão para o agente brasileiro, simpático. Seus olhos encontraram os da irmã. Tiago viu a garota se agitar. Ela olhou para ele e Ramon e murmurou uma despedida rápida.

— Desculpem, eu... eu tenho que ir.

A moça não esperou que o irmão se aproximasse. Foi ao encontro dele, que parou no meio do gramado para esperá-la. Murilo e Babi os observavam de um lado. Tiago e Ramon, do outro.

Nicole podia ver a fúria disfarçada nos olhos do rapaz.

— Hei, mana.

— Vamos saindo, Rafe.

Ele colocou a mão no pescoço dela, sorrindo, e acariciou os cabelos da garota. Em seguida, se aproximou e cochichou no ouvido dela:

— O que está fazendo aqui no meio desse monte de caras?

— Vamos pra casa. Conversamos lá.

O irmão enlaçou a cintura dela e a conduziu para fora do jardim.

— Tenho que me despedir da Babi.

O rapaz não disse nada, apenas esperou que ela falasse com a dona da casa antes de partir.

— Babi, muito obrigada pelo convite, estava tudo ótimo.

— Por que não ficam um pouco mais?

Rafe falou pela irmã.

— Nick e eu temos umas coisas pra fazer. Talvez em outra oportunidade.

Murilo observava o rapaz. Seu treinamento de agente era infalível. Havia algo de errado com o irmão da garota. Ela estava tensa e agitada. Ele tinha as pupilas dilatadas, embora transparecesse estar tranquilo. A respiração da moça estava alterada e a mão na cintura dela obviamente a incomodava.

— Preciso mesmo ir. Tchau.

Tiago olhou para a irmã, que olhou para Ramon, que encarava Murilo. Havia uma mensagem não dita de *"esse cara não me desceu na goela"*.

Já na rua, Rafe apertou os dedos na cintura da garota e rosnou, bravo:

— Quem era o cara que estava com você?

— Não tinha ninguém comigo. Eram todos amigos dos donos da casa.

Ele abriu a porta de casa e a empurrou para dentro. A mãe da garota estava na cozinha e se juntou a eles.

— Está louco, Rafe? O que está acontecendo aqui? — A mulher se aproximou, sem poder acreditar no que via.

— Fica de fora, mãe — disse, ríspido, e então voltou sua atenção para a irmã. — Fala logo, Nick. Quem era o cara?

— Rafe, era amigo da Babi. Eu não conhecia ninguém, e isso também não é da sua conta.

O rapaz agarrou os braços dela com força e a sacudiu, irado.

— Pensa que não sei o que estava acontecendo ali?

— Que é isso, Rafe, não estava acontecendo nada. Era um churrasco entre amigos.

Ele a puxou para ele. Nick prendeu a respiração, amedrontada. Precisava pensar em uma maneira de sair do caminho dele sem enfurecê-lo, mas Diana ficou tão abalada com o que estava vendo que se intrometeu.

— O que significa isso, Rafe? Vocês são irmãos, pelo amor de Deus.

— Pare com essa baboseira de irmãos. Somos filhos de pai e mãe diferentes, não temos nada a ver um com o outro. E eu estou cansado pra caralho de me esconder e ficar longe do que eu quero.

— Vocês foram criados juntos, isso é incesto.

Ele riu alto e soltou Nick, que tomou uma boa distância dele.

— Não seja ridícula, mãe, você sempre soube que eu era a fim dela.

— O quê? — A voz de Diana subiu alguns decibéis, tamanha sua incredulidade.

— É isso mesmo. Eu gosto dela e estou assumindo isso.

Diana estava tremendo e seu rosto estava pálido.

— Rafe, meu filho, você está fora de si. Precisa de ajuda.

— Cala sua maldita boca!

O rapaz agarrou a mãe pelos braços e a levou para o quarto onde o pai da garota dormia. Nick olhou para a mesa de centro da sala, onde havia os rastros da droga que ele tinha usado. Viu com pavor quando ele tirou a chave da porta e a trancou por fora, deixando a mãe do lado de dentro.

Diana bateu na porta, apavorada. A mulher gritava o nome do filho e mandava ele abrir a porta. Nick viu os olhos dele se voltarem para ela. Merda, ela reconheceu a intenção clara e transparente dentro da pupila dilatada dele. A garota deu alguns passos para trás.

— Só quero falar com você, Nick.

— Fica longe, Rafe.

— Venha aqui.

— Eu vou, mas preciso me acalmar.

Ele parou de andar e observou a irmã. Seus olhos estavam vidrados, e ele fungava o tempo todo. A garota calculou o espaço que tinha para fugir. Tinha que sair da casa. Em um movimento muito rápido, ela correu para a porta, abrindo-a de supetão, e pulou para fora tão veloz quanto podia.

Nicole não precisou olhar para trás para saber que Rafe estava em seu encalço. Ela atravessou o jardim e já estava quase alcançando a rua, quando ele a pegou pela cintura. Ela fechou os olhos, vencida.

— Um grito e mato seu pai. Uma nova tentativa de fuga e o velho morre — sussurrou ele em seu ouvido.

Ele estava dobrado sobre o corpo curvado dela. A garota queria gritar, queria bater nele e pedir ajuda, mas sabia que ele estava falando a verdade. Estava louco e não hesitaria em impor sua vontade, atingindo um idoso indefeso que não significava nada para ele.

O rapaz a soltou e ela endireitou o corpo.

— Agora vire e olhe para mim — ordenou ele.

Ela obedeceu, ódio brilhando em seus olhos.

— Venha até mim e abrace minha cintura.

A garota hesitou.

— Nick. A porra dos seus vizinhos estão nos observando. Me abrace pra mostrar que está tudo bem. Eles vão achar que estávamos apenas brincando.

Ela olhou discretamente para as casas ao redor. Uma senhora que morava duas casas depois da dela acenou desconfiada. Marcos e Ramon estavam no jardim e os observavam atentamente.

A moça fez conforme ele mandou. O rapaz passou o braço pelos ombros dela e os dois voltaram para casa. Nick evitou olhar para o vizinho e o amigo dele.

— Da próxima vez que correr de mim, Nick, vou me certificar de que você não ande por uma semana.

Do lado de dentro, Diana ainda esmurrava a porta. A essa altura, o pai já tinha acordado e estava muito agitado. O irmão a puxou para si e cheirou seus cabelos. Os braços dele eram duas barras firmes que a mantinham presa ao corpo dele. A cabeça dela estava voltada para o lado, e os olhos, fechados, em uma tentativa vã de manter a mente longe do que ela previa que ia acontecer.

— Eu te quero desde que eu tinha quinze anos. Você era a garota mais linda da escola, do bairro! Mas um monte de gente imbecil buzinava na minha orelha toda essa merda de sermos irmãos. Não somos irmãos. Apenas crescemos na mesma casa. Tentei me manter afastado. Seu pai me ameaçou, me intimidou. Merda, ele mandou que eu ficasse longe. Velho nojento.

Ele roçou os lábios no pescoço dela e Nick pôde sentir o cheiro de álcool vindo dele.

— Posso te querer, não posso? Posso te desejar. Não é errado.

Ele estava lutando contra sua própria culpa, e ela viu nisso sua oportunidade de escapar.

— É errado querer fazer isso sem o meu consentimento, Rafe.

— Por que você não me quer? Não sou atraente o suficiente?

As mãos dele agora passeavam pelas costas dela. Nicole pensou que, se não fosse muito cautelosa com as palavras, estaria perdida.

— Posso me acostumar com a ideia? Posso pensar no assunto? — pediu. Sua melhor chance era tentar ganhar tempo.

Ele estava muito drogado, por isso apenas sorriu e afastou seu rosto do dela.

— Pensa mesmo que pode me manipular, Nick? Sei que não vai pensar uma merda de segundo em mim — falou, cheio de raiva.

— Só estou um pouco assustada, Rafe. Não esperava nada disso — mentiu.

Ele a soltou bruscamente.

— Vá, saia da minha frente.

Ela não esperou uma segunda ordem. Nicole já estava no meio da escada quando ele a chamou.

— Nick?

— Sim?

— Tranque a porta do quarto. Coloque alguma barreira entre nós. Posso voltar atrás na minha decisão e você não será capaz de lidar comigo.

Ela estava boquiaberta com a sinceridade das palavras dele. Por mais louco que pudesse estar, ele estava ciente do perigo que representava para ela. A garota continuou subindo quando ele a chamou novamente.

— Seja prudente e não fique com ninguém. Não me afronte dessa maneira, porque posso perder a cabeça muito fácil.

Ela correu para o quarto e o trancou com duas voltas na chave. Em seguida, empurrou a cômoda até encostá-la na porta.

— É só uma questão de tempo. Ele vai me pegar. Deus, ele vai me pegar.

623.652	24422.562	0953.73
425.764	232.345	6343.09
511.445	424.222	8311.04
732.243	3513.567	9631.77
947.234	288.456	9830.00
981.321	499.221	8693.52
335.234	1349.234	6131.87
111.439	343.567	2198.83
266.423	342.246	1198.72
882.118	31.532	8923.90
909.123	662.232	3600.85
777.234	14445.785	6286.81
412.341	354.234	0753.41
545.324	636.111	7548.58
741.234	78.673	8770.43
554.345	8339.111	9873.37
874.326	67.632	8653.07
452.113	98.232	4498.66
974.423	2333.452	8703.37
893.465	12.543	1048.08
862.123	55.896	6821.21
974.456	3341.332	0953.73
988.335	6441.323	6343.09
582.936	62227.112	8311.04
352.309	33.562	9631.77
223.564	271.286	9830.00
	77.218	8693.52
	3.682	6131.87
	87.322	2198.83
	332.321	1198.72
	59.113	8923.90
	79.322	3600.85
	332.321	
	99.223	

CAPÍTULO 6

Assim que Nick foi embora com o irmão, Murilo se aproximou de Tiago e Ramon, junto com Babi.

— Minhas tripas se retorceram, campeão. Isso quer dizer que o irmão da vizinha não me passou na garganta.

— Nem na minha — Ramon concordou.

— Ela pareceu nervosa com a presença dele — Babi preocupou-se.

— Eu disse que o achava estranho. O cara da farmácia fez um comentário esquisito outro dia, quando a encontrei lá — Tiago comentou.

— Que comentário? — Ramon quis saber.

— Ele parecia preocupado, e estranhou que ela estivesse usando óculos escuros.

Ramon ergueu as sobrancelhas.

— O quê? Acha que ele usa violência com ela?

— Não sei. Só estou dizendo o que ouvi.

— Talvez estejamos vendo chifres em cabeça de cavalo — ponderou Babi, receosa de que os garotos pudessem fazer alguma coisa.

— Eu não acho — discordou Murilo.

Lorena e Chloe riram alto ali perto, e Babi resolveu se juntar a elas. Ramon saiu para fumar no jardim e ficou de olho na casa da frente, tentando verificar se algo acontecia. Tiago se aproximou.

— Ficou mesmo a fim dela, hein?

O mexicano sorriu.

— Nem tanto. Apenas averiguando.

Os dois estavam olhando a porta da frente quando, de repente, ela se abriu, e eles viram Nick sair correndo, com o irmão logo atrás. Pareceu que ela estava fugindo, mas então ele a segurou e a moça passou as mãos pela cintura dele. Os dois voltaram abraçados. Aparentemente, estava tudo bem.

— O que foi isso?

Ramon era agente há alguns anos, e seu instinto era aguçado. Sabia que o irmão havia sussurrado alguma coisa para a garota, que a fez parar e voltar com ele.

— Ele comanda a vida dela. De alguma forma, ele a mantém em rédea curta.

— Mas por que ela permitiria isso? É maior de idade, trabalha. É dona da própria vida — Tiago questionou.

Ramon ficou intrigado, mas tinha que concordar com Tiago. Talvez fosse apenas impressão. Ela podia ser apenas uma garota esquisita com um irmão controlador. Ponto.

Já era bem tarde quando todos foram embora, e Murilo e Tiago finalmente terminaram de arrumar a bagunça junto com Babi.

O agente se aproximou da namorada e roçou os lábios nos dela.

— Neném, vou ter que ir a Los Angeles na quarta-feira.

Ela ergueu as sobrancelhas e fez beicinho.

— Quantos dias?

— Uma semana.

— Por quê?

— Trabalho.

— Pode me dizer sobre o que é?

— Melhor não.

— Vai ser perigoso?

Murilo viu a preocupação no rosto dela. Não queria deixá-la em casa, aflita, por isso, mentiu.

— Não. Coisa simples.

Ele acariciou os cabelos dela.

— Eu queria te dar uma coisa. É importante pra mim, mas só quero que use se concordar.

Babi assentiu. Ele enfiou a mão no bolso e tirou uma caixinha de veludo, que entregou a ela. Murilo parecia um pouco nervoso. Babi abriu a caixinha e viu duas alianças de ouro. Na menor, havia uma pequena pedra de brilhante no meio.

A garota não conseguiu disfarçar a surpresa.

— Quer que usemos alianças de casados?

— Sim. É como me sinto, de qualquer forma, e gostaria de oficializar nosso compromisso em breve. Se quiser, é claro.

Ela sorriu emocionada.

— Mas nos conhecemos há tão pouco tempo!

— O suficiente para eu ter certeza de que te quero ao meu lado pra sempre.

Murilo pegou a aliança, e ela estendeu a mão. Ele deslizou o anel no dedo dela e o beijou.

— Eu amo você, neném.

Babi fez o mesmo, colocando a aliança no dedo dele. Depois, entrelaçou suas mãos e ficou na ponta dos pés para beijá-lo.

— Eu te amo também. Às vezes, acho que estou vivendo um sonho.

Ele sorriu largamente.

— Então... isso quer dizer que aceita casar comigo?

Sorrindo também, ela murmurou na boca dele:

— Não podemos nos casar. Se esqueceu de que seu comandante tomou a liberdade de nos unir de papel passado e tudo?

Eles riram. Sim, Dylan Meyer tinha se antecipado a eles sem pedir sequer suas opiniões.

— Eu acho que vou precisar mudar a pergunta, então... Você aceita que está oficialmente casada comigo e que isso será para sempre?

— Sim...

Ela se pendurou no pescoço dele, pulou em seu colo e enroscou as pernas ao redor da cintura dele. Com a voz rouca e apaixonada, Babi reforçou sua resposta com a segurança que só quem ama de verdade pode ter.

— Sim, e, para sempre, sim...

Murilo gemeu sua aprovação e colou a boca na dela. Após um beijo sôfrego, ele a sentou na mesa da sala. Tiago olhou a cena demasiadamente romântica e saiu de fininho, balançando a cabeça e sorrindo. Babi tinha finalmente encontrado o amor e ele estava verdadeiramente feliz pela irmã.

Era de madrugada e Nicole ainda não tinha pregado o olho. Precisava destrancar Diana do quarto, mas temia encontrar Rafe no caminho. Ela teria que denunciá-lo. Teria que registrar queixa contra ele.

A coisa toda estava fora de controle. Ele havia perdido de vez o bom senso.

Ela tirou a cômoda da porta e abriu-a devagar. Em seguida, olhou para o corredor e tentou ouvir algum barulho. Tudo parecia calmo. Nick desceu as escadas o mais silenciosamente que pôde, e então viu Rafe largado no sofá, desleixado e bêbado.

Olhando desgostosa para o irmão, Nick concluiu que ele seria bonito, se não estivesse tão estragado pelas drogas. Ela andou na ponta dos pés e viu a chave enganchada do lado de fora da fechadura da porta onde estava seu pai e a madrasta. Com cuidado, ela girou a chave e abriu a porta. Diana estava dormindo sentada na poltrona perto da janela.

A mulher abriu os olhos, assustada, e Nick colocou um dedo na boca, pedindo silêncio. Nick fez sinal para que ela saísse e a mulher a seguiu até seu quarto.

— Diana... eu...

— Ah, Deus, Nick! Ele não... ele não... te fez mal?

— Não. Ainda.

As mulheres se encararam.

— É apenas uma questão de tempo, ele está louco.

— Se você o denunciar, ele vai ser preso. Não é mais réu primário.

— Não posso arriscar. Ele quase... quase... perdeu a cabeça, você sabe.

— Nunca desconfiei que ele nutrisse algum sentimento por você.

— Eu percebi alguma coisa na adolescência. Papai também, mas nunca acreditamos que ele chegaria a esse ponto.

— Seu pai? Ele sabia? Falou com você sobre isso?

— Nunca falamos diretamente, mas havia um excesso de cuidado e algumas outras coisas que eu percebia que ele só fazia quando Rafe estava em casa.

— Não sei o que fazer. Simplesmente não sei...

— Diana, sei que é difícil, mas preciso me proteger, e também a você e ao papai. Eu preciso fazer alguma coisa.

— Não. Nick, por favor. Eu vou falar com ele. Me dê apenas uns dias. Não quero ver meu filho preso. Sei que ele está fora de si, que precisa de ajuda, mas não posso denunciá-lo. Não posso deixar que faça isso com ele. Nick, ele é meu filho.

A angústia na voz chorosa da madrasta tocou o coração da jovem e ela concordou em esperar.

— Eu sei. Tudo bem. Tudo bem.

Era meio-dia de quarta-feira quando Ramon buzinou na frente da casa de Murilo. Eles estavam indo à Base encontrar o grupo para irem a Los Angeles. Ao ouvir que o amigo já estava do lado de fora, o agente se levantou da mesa, e Babi fez o mesmo. Ela agora estava usando um franjão de lado, e os cabelos cortados em V caíam pelos ombros em camadas até o meio das costas.

— Eu definitivamente gostei do seu cabelo. Está tentador.

— Vai tomar cuidado, não vai?

— Sim. E você, comporte-se naquele pub. Deixe sua aliança à vista e faça com que os engraçadinhos de plantão possam vê-la claramente.

Ela sorriu e emaranhou os dedos nos cabelos da nuca dele.

— Volte logo, e inteiro.

Ramon buzinou novamente, impaciente. Murilo beijou Babi demoradamente, hesitando em deixá-la.

— Se cuida, neném.

— Você também.

Eles foram de mãos dadas até o carro. Ramon revirou os olhos ao vê-los. Murilo beijou novamente a namorada.

— Já não transaram metade da noite e dormiram a outra metade agarrados e tomaram café da manhã juntos? Parece que nunca estão satisfeitos. Jesus Cristo, vamos embora, Murilo.

Babi riu e soltou as mãos dele, que deu uma piscadinha para ela e entrou no carro.

No caminho para a Base, Ramon resmungou que estavam atrasados.

— Se Dylan estiver estressado, vou dizer exatamente de quem foi a culpa. Porra, vocês são como dois coelhos famintos!

O agente brasileiro riu alto da irritação do colega.

— Relaxa, chegaremos a tempo.

— Maldita hora que um cara se apaixona. Não quero nunca ficar assim.

— É a melhor parte da vida, Ramon.

— Estar com uma só pessoa por um longo tempo? Nem fodendo. Gosto de variar.

Ramon olhou para a mão de Murilo.

— Caralho, está usando uma aliança? — gritou, o que fez com que o carro derrapasse um pouco.

— Sim. Ela vai começar a trabalhar num pub amanhã e não quero que pensem que é solteira.

— Cara, você é um caso perdido. Por um momento, achei que houvesse esperança, mas agora vejo claramente que você foi contaminado pela maldita poção do amor. Fique bem longe de mim.

Murilo engasgou com a risada. O cara era incorrigível. Mal podia esperar para vê-lo de quatro por uma mulher.

— Sou um cara ciumento, Ramon. Por mim, ela nem saía de casa pra trabalhar, mas, já que não abre mão, então que o faça como uma mulher que tem dono.

— Dono? Ninguém é dono de ninguém, campeão.

— Ninguém é dono de ninguém até se apaixonar. A Babi é minha.

— Maldição, homem. Isso não é contagioso, é?

Os dois riram.

CAPÍTULO 7

No decorrer da semana, Rafe esteve muito calado, e observava Nicole ir e vir dentro de casa sem se aproximar dela ou tentar qualquer tipo de conversa.

O rapaz estava na sala observando a moça dar comida ao velho. Diana fora ao mercado e agora eles estavam sozinhos. O pai engasgou, e Nick se levantou rapidamente, batendo em suas costas. Logo depois, o pai teve um acesso de tosse e quase ficou sem ar.

Muito preocupada, Nick pensou que a medicação parecia não estar surtindo efeito. Seu pai transparecia fraqueza e estava debilitado além do normal. Ela limpou a sujeira da mesa e o levou para descansar no quarto. Ter Rafe constantemente observando seus movimentos fez com que ela se sentisse muito incomodada, mas, pelo menos, ele não tentou se aproximar mais.

Era um maldito vagabundo que ficava à toa o dia inteiro. Fumava muito e bebia todas as noites. Ela não sabia o que Diana havia dito a ele, mas o rapaz estava distante e reservado. Dos males, o menor. Rezava para que continuasse assim.

A madrasta chegou do mercado com as poucas coisas que pôde comprar. Diana pagara a hipoteca da casa, que estava alguns meses atrasada. Era sempre assim: quando chegava ao ponto de quase serem despejados, ela pagava uma ou duas prestações e evitava que fossem colocados na rua.

A doença do pai consumia quase toda a renda da família. A medicação, além dos gastos de supermercado, água, luz, telefone e tratamento fisioterapêutico, bem como também as fraldas geriátricas e a alimentação especial, levavam noventa por cento dos dois salários de Nick e mais a ajuda do governo. O que sobrava mal dava para sobreviver. Para piorar, quando estava em casa, Rafe pegava parte do dinheiro para sustentar seu vício.

Diana deixou as coisas sobre a mesa para Nicole guardar e foi até o quarto verificar o marido. O grito dela ecoou pelo ambiente e a garota saiu correndo. Rafe deu um meio sorriso que nenhuma das duas pôde ver.

— O que aconteceu?

O marido estava convulsionando e se engasgando com sua própria saliva. Diana colocou a cabeça dele de lado para ajudá-lo a respirar e Nick ligou para o pronto-atendimento móvel, pedindo socorro.

Após o que pareceram minutos infindáveis, a ambulância chegou.

— Apenas uma das duas pode seguir como acompanhante — falou o enfermeiro, já conduzindo a maca para fora da casa.

Diana entrou no carro e Nick ficou vendo a ambulância se distanciar.

— Oh, Deus, não o deixe morrer.

Ela entrou correndo em casa para pegar sua mochila e seguir para o hospital, mas parou de repente ao ver Rafe despejando os remédios do pai na pia.

— O que está fazendo? — Nicole gritou, inconformada. — Ficou louco, Rafe?

O sorriu doentio do rapaz lhe deu a certeza de que ele tinha feito alguma coisa com o remédio contra convulsões que o pai tomava. Ela correu até a embalagem e a encontrou vazia. A garota se enfureceu de tal modo que voou sobre o irmão.

Queria matá-lo, queria feri-lo, mas o irmão facilmente prendeu seus pulsos num aperto forte.

— Colocou minha mãe contra mim e ameaçou me denunciar, não foi? — grunhiu ele.

— Seu verme! Seu grande filho da puta desalmado!

Ela estava possessa. Mas esta era exatamente a desculpa que ele queria para começar uma grande confusão.

— Vou te dar um bom motivo pra me denunciar hoje, Nick, e, quando o fizer, vou me certificar de que seu pai nunca mais volte daquela porra de hospital.

Imediatamente, ele bateu a cabeça dela contra o armário e a jogou por cima da mesa.

Nick tinha entendido tudo. Rafe havia trocado os remédios do pai para que ele passasse mal de propósito, assim, a mãe estaria fora por alguns dias e ele se vingaria de Nick por ter pensado em convencer Diana a prestar queixa.

A madrasta deve ter usado isso contra ele, e agora ela estava perdida.

Quando caiu em cima das cadeiras, Nick sentiu seu fôlego fugir. Tentou escapar, mas foi em vão. Rafe a estapeou vezes seguidas, chutou suas costelas e socou seu corpo sem piedade. Depois, rasgou a roupa dela e a deixou seminua. Insaciável, ele tirou o cinto da calça e a surrou incansavelmente.

Ela rastejou pelo chão e foi se encolher no canto da parede para se proteger do açoite. Rafe se aproximou e colocou o rosto bem próximo do dela, estendendo-lhe o celular ironicamente.

— Chame a polícia, irmãzinha.

Ela não se atreveu a tocar no aparelho.

— Vamos. Chame a maldita polícia e me denuncie — ameaçou ele, aos berros.

Nick continuou imóvel. Rafe a ergueu do chão e acariciou seu rosto, dizendo muito suavemente:

— Você me tira do sério. Achei que a primeira vez que te bati tinha sido suficiente para você entender que não devia me enfurecer, Nick. Venha, vou te ajudar a tomar um banho e descansar.

Tomar banho? Má ideia, péssima ideia. Deus, ela não sabia como se defender dele agora. Estava dolorida e mal podia respirar. Com certeza tinha fraturado uma ou duas costelas. Seu rosto ardia e seu corpo todo estava em chamas por causa das cintadas.

— Me deixa em paz, Rafe. Pelo amor de Deus, me deixa.

— A culpa é sua. Você me provoca, me faz perder a cabeça.

Ele a soltou e saiu de casa. Nick subiu as escadas e se trancou no banheiro. O rosto estava afogueado, mas não muito machucado. O corpo, porém, estava lamentável, com manchas roxas que ficariam pretas. Os vergões da cinta estavam espalhados em direções diferentes.

Ela deixou a água quente correr por sua pele dolorida. Tudo ardia, mas não mais que seu coração, e ela chorou. Doía muito. A garota mal podia ficar de pé, as costelas pareciam perfurar tudo dentro dela.

Depois do longo banho, ela colocou um moletom largo e confortável. Sentia-se miserável, mas, de repente, ouviu a campainha soar, e seu corpo estremeceu.

Com dificuldade, Nicole desceu as escadas muito devagar, porque movimentos bruscos faziam seu corpo latejar. Não tinha ideia de quem poderia ser, por isso abriu a porta cautelosamente, deixando apenas uma fresta por onde olhar.

— Oi.

O sorriso de Tiago morreu ao ver o rosto meio encoberto da garota, que deixou o cabelo ainda úmido cair sobre a bochecha para ocultar o hematoma.

— Oi.

— Eu vi a ambulância sair com seu pai e sua madrasta e pensei que...

— Marcos, está tudo bem. Obrigada por se preocupar, mas não posso falar agora.

Ela já estava fechando a porta quando o garoto colocou o pé no vão, forçando-a a mantê-la aberta.

Sem pedir licença e sem fazer cerimônias, ele a obrigou a se afastar e deu um passo para dentro da casa.

Seus olhos se arregalaram quando viu o rosto da garota.

— Jesus Cristo, ele bateu em você!

— Por favor, vá embora.

Ele se aproximou e colocou a mão sobre o ombro dela, que gemeu em protesto. Tiago tirou a mão rapidamente e observou-a caminhar curvada até o sofá. Ele fechou a porta e observou o ambiente. Havia cadeiras caídas, objetos quebrados e muitas coisas fora do lugar. Tinha havido uma luta ali, e era óbvio, pelo estado dela, quem tinha perdido.

— Por Deus, vá embora, garoto. Se ele te pega aqui dentro, te mata.

— Ou eu a ele.

— Não se meta nisso.

O rapaz se agachou perto dela. Tirou sua mão da barriga, ergueu a blusa para verificar o estado e soltou uma exclamação de horror.

— Maldição! Ele te surrou pra valer!

— Está tudo bem.

— Já se olhou no espelho? Chama isso de estar tudo bem?

— Marcos, isso é um assunto de família, não quero que se intrometa. Obrigada por se preocupar, mas preciso que vá embora.

— Você tem que denunciá-lo, Nick. Precisa ir até a delegacia e prestar queixa. Eu posso pedir pra minha irmã te levar.

— Não. Não. Pelo amor de Deus, não. Sem policiais, sem queixas... não.

— Eu sabia que acontecia alguma coisa estranha aqui. Ramon e Murilo também viram isso no dia do churrasco, mas... nunca imaginei que fosse tão grave.

— Deixa isso pra lá e não conte pra ninguém.

— Por quê?

— Porque sim.

Ela puxou o ar e fez uma careta de dor. Tiago se levantou.

— Você mal consegue respirar. O cara quase te matou. Ou você denuncia ou eu vou denunciar.

Nick fechou os olhos, desesperada. Tudo que menos precisava agora era de alguém discutindo com ela ou tentando convencê-la do que era certo. Estava dolorida, preocupada com o pai, assustada com a violência a que foi submetida, sem proteção e sem dinheiro para nada, e ainda tinha que lidar com a ameaça que Rafe deixou pairando sobre sua cabeça.

Era óbvio que ele não estava brincando, porque senão o pai não estaria no hospital neste exato momento.

— Você realmente não sabe de nada. Quer me ajudar?

— Claro.

— Então fica fora disso. Eu não posso denunciá-lo agora. Acha mesmo que, se eu pudesse, não o faria?

— Me diz por quê.

— Não posso.

Ele suspirou, cansado. Tiago já tinha sido vítima de violência. Sabia o que era sofrer calado. Na época, ele realmente não tinha para onde correr. Nick tinha opções, mas, se não queria usufruir delas, então ele não a forçaria.

— Seu irmão é um maníaco covarde, Nick, mas só você pode pará-lo. Não fui eu quem tomou uma surra. Não espere o pior acontecer para tomar uma providência. Pode ser tarde.

O garoto se virou para ir embora, mas ela o chamou.

— Marcos?

— Sim.

— Não conte pra ninguém. Por favor.

— Seu segredo está a salvo comigo.

Ele estava visivelmente contrariado, mas saiu da casa da vizinha mesmo assim.

Nicole ligou para a madrasta para saber do pai. Ele havia sido entubado e estava esperando por um leito para fazer uma pequena cirurgia de desobstrução das vias nasais e do esôfago, para facilitar sua respiração e não o deixar tão suscetível a engasgos. Não contou o que Rafe fizera porque achou que Diana já tinha coisa suficiente com o que se preocupar. Tudo que Nick conseguia pensar era em como arrumaria dinheiro para comprar não somente um, mas todos os medicamentos que o pai iria precisar depois que saísse do hospital.

A casa estava com seis parcelas da hipoteca atrasadas e eles receberiam a qualquer momento uma carta de ação de despejo. A geladeira estava quase vazia e as contas de luz e telefone, claro, também encontravam-se pendentes. *Deus do céu, somente um milagre os salvaria...*

Ela pegou o telefone.

— Ora, vejam só... já dizia o ditado: "quem é vivo um dia aparece".

— Oi, bem... eu só... queria que soubesse que, se precisar de uma mão...

— Está precisando de dinheiro, garota?

— Sim.

— Muito?

— Uma quantia razoável.

— Venha me ver. Posso ter algo pra você.

— Obrigada.

Ela desligou com o coração disparado. Evitou essa vida por tanto tempo. Mas agora não tinha outra escolha. Precisava de dinheiro, e rápido.

Dois dias haviam se passado desde que o pai de Nick fora internado. E agora ela se via entrando nos fundos de um inferninho no lado mais pobre e obscuro de Boston.

Quando chegou perto da sala do homem que a esperava, os seguranças ergueram as armas.

— Vincent está me esperando.

Um deles verificou a informação e, em seguida, abriu espaço para ela entrar.

Vincent era um homem com mais de cinquenta anos, um figurão brega e muito rico. Rasgava notas de cem apenas por diversão. Sua imagem paternal podia enganar os desavisados, mas não Nicole, que conhecia sua força e crueldade.

Ele olhou curioso para ela e mandou que se sentasse.

— Quem te machucou?

— Como é? — A pergunta a deixou desconfortável.

— Os hematomas no seu braço e rosto.

— Ah, sabe, tive uns problemas — ela tentou disfarçar, mas sabia que era inútil.

— Você não é o tipo de garota que se mete em problemas, Nick.

— O que tem pra mim, Vincent? — Ela tentou ir direto ao assunto. Sua vida particular não dizia respeito a ele.

O homem a olhou sério.

— Quero saber em que tipo de problemas você está metida. Não posso me comprometer com alguém que vai me trazer dor de cabeça.

— Meu problema se chama Rafe, Vincent.

O homem a observou em silêncio, avaliando a situação.

— Hum. Entendo. O bastardo não costumava te bater.

— Mas agora parece que está virando um hábito.

— E não fez nada a respeito, por quê?

— É complicado, Vincent. Somos irmãos, e minha madrasta não se sente confortável em prestar queixa... Além disso, estar envolvida com as autoridades não é algo que eu queira.

— Entendo. Olha, Nick, eu tenho algo grande. Estava exatamente pensando a quem atribuir o trabalho quando você me ligou. Mas preciso que se comprometa com a tarefa.

— Você sabe que preciso de dinheiro, e eu sei que você sempre tem algo pra quem sabe manter a boca fechada. Mas você me conhece, não quero fazer parte de nada permanente.

— Eu sei. Não é trabalho permanente. É uma atribuição um pouco mais elaborada. Serão quatro lugares altamente protegidos.

— Quatro lugares?

— Te ofereço dois mil dólares por lugar alcançado.

Nick arregalou os olhos. Oito mil dólares era mais do que ela sonhava naquele momento. Porém, devia ser algo muito perigoso.

— Puta merda, Vincent. Oito mil dólares? Deve ser algo muito importante.

— De suma importância!

Céus, só podia ser ilegal. Tanto dinheiro para fazer alguma coisa só podia ser algo errado. Mas como conseguir o dinheiro trabalhando em um restaurante e uma cantina de colégio?

A voz do homem a tirou do seu devaneio.

— Não pense no que é certo ou errado, garota. Pense apenas que você precisa do dinheiro, e eu, do trabalho feito. Você me dá o que quero e eu te pago por isso.

Ela fechou os olhos e respirou fundo.

— Tudo bem.

Vincent se inclinou sobre a mesa.

— Sabe como funciona um acordo comigo, Nick.

— Eu sei.

— Trabalho entregue no prazo, dinheiro à vista e vida que segue. Se me deixar na mão ou tentar me passar pra trás, eu acerto as contas com você... do meu jeito.

— Nunca te deixei na mão.

— Tem razão. A coisa toda não é tão simples, por isso o risco de algo não dar certo é maior. Se for pega, Nick, corte a língua, mas não diga nada sobre mim, esse lugar ou sua tarefa. Estará por sua conta. Não me procure. Eu entro em contato com você.

— Se eu for pega e der alguma coisa errada, ainda assim acertará as contas comigo?

— Sem dúvida. Por isso, não seja pega.

Ela concordou. Ele estendeu a mão e ela a aceitou. Era assim no mundo do crime: a palavra era a lei.

Vincent se levantou.

— Nos encontraremos em uma semana para te passar os detalhes. Eu te ligo.

— Tudo bem.

Ela se encaminhou para a saída, mas ele a chamou.

— Nick?

— Sim.

— Posso cuidar do seu irmão, se quiser.

Ela sabia o que queria dizer "cuidar" quando se tratava de Vincent, mas ter a morte de Rafe nas costas não era algo com que ela poderia lidar.

— Não. Está tudo bem.

Ele deu de ombros e enfiou a mão em uma gaveta, de onde tirou um maço de dinheiro. Ela não recusou. A situação em casa estava crítica e o pai chegaria no dia seguinte do hospital. Precisaria dos remédios e de alimentação adequada.

— Pegue isso, é um adiantamento.

— Obrigada.

Nicole pegou o dinheiro sem contar e saiu. Não importava a quantia, ela pagaria por ele com seu servicinho sujo. Não se orgulhava do que ia fazer, mas, quando uma família chegava ao ponto de ter que escolher qual refeição fazer porque não podia usufruir das três refeições em um mesmo dia, os escrúpulos e o orgulho tinham que ser deixados para trás.

623.652	24422.562	0953.73
425.764	232.345	6343.09
511.445	424.222	8311.04
732.243	3513.567	9631.77
947.234	288.456	9830.00
981.321	499.221	8693.52
335.234	1349.234	6131.87
111.439	343.567	2198.83
266.423	342.246	1198.72
882.118	31.532	8923.90
909.123	662.232	3600.85
777.234	14445.785	6286.81
412.341	354.234	0753.41
545.324	636.111	7548.58
741.234	78.673	8770.43
554.345	8339.111	9873.37
874.326	67.632	8653.07
452.113	98.232	4498.66
974.423	2333.452	8703.37
893.465	12.543	1048.08
862.123	55.896	6821.21
974.456	3341.332	0953.73
988.335	6441.323	6343.09
582.936	52227.112	8311.04
223.564	33.562	9631.77
	271.286	9830.00
	77.218	8693.52
	3.682	6131.87
	87.322	2198.83
	332.321	1198.72
	59.113	8923.90
	79.322	3600.85
	332.321	
	99.223	

CAPÍTULO 8

Nick aproveitou o adiantamento e passou no mercado, onde comprou tudo que precisava para que o pai tivesse sua boa alimentação. Depois, passou no banco e pagou duas prestações da casa e algumas das contas pendentes.

O dia estava lindo, as pessoas iam e vinham e Nick decidiu se sentar em um banco na praça, para observar o movimento. Não tinha vontade de voltar para casa. A expectativa de encontrar Rafe era desanimadora. Seu corpo ainda doía e suas costelas estavam negras dos hematomas.

Sua vida era complicada. Nicole tinha vinte e um anos, não namorava, não estudava, não tinha amigos ou perspectiva de crescimento profissional. Rafe tinha sumido há dias e ninguém sabia quando voltaria. Levar uma surra por semana não estava nos planos dela. Denunciar era arriscado. O pai estava preso a uma cadeira de rodas e Diana não sabia como lidar com a situação.

Foi obrigada a pedir alguns dias no restaurante até que seu rosto estivesse em boas condições, o que significava que tinha o fim de semana livre. No colégio, foi transferida para a cozinha para não ficar à vista dos alunos. Sentiu-se agradecida pela discrição do diretor e por não interrogá-la sobre o assunto.

No meio disso tudo, ela conhecera Marcos, o vizinho, que era muito prestativo. Ele estava se tornando um bom amigo e alguém com quem ela podia conversar, embora o garoto não tivesse ideia de sua situação financeira.

— Está esperando alguém? — perguntou uma voz grave e familiar.

— Como?

Nick olhou para cima e sorriu, tímida. Era o amigo dos vizinhos. O cara lindo de tirar o fôlego chamado Ramon.

— Perguntei se está esperando alguém.

— Ah, não. Eu só estava... pensando na vida.

— Espero não ter atrapalhado seus pensamentos.

Ela riu, mas não respondeu.

— Estou indo almoçar. Quer vir comigo?

— Bem, eu... Estou com todas essas coisas que comprei e preciso voltar pra casa.

— Pode deixar no meu carro, e depois eu te levo pra casa.

Ela hesitou, mas ele se abaixou e pegou as sacolas de supermercado, levando-as para o carro. A garota ficou sem jeito de recusar e, pensando bem, estava faminta.

O rapaz guardou as coisas na parte de trás do Maserati Kubang cinza que parecia ter saído direto do salão do automóvel de Frankfurt. O carro era um sonho, assim como o dono. Nick sorriu quando ele abriu a porta para que ela entrasse. Ele parecia poderoso com seus óculos de sol e casaco preto, enquanto colocava-se em movimento no trânsito pesado de Boston.

— Este é um carro realmente bonito.

— É, eu sei.

A jovem continuou tentando puxar assunto, para não haver um silêncio constrangedor entre eles.

— Trabalha aqui perto?

— Sim.

— Hum... não está um pouco tarde para almoçar?

— Um pouco, mas acabei de chegar de Los Angeles e tive que levar Murilo na casa dele. Já estava quase chegando na minha quando te vi sentada no banco. Parecia solitária.

— Então não estava indo almoçar?

— Não. Estava indo comer qualquer coisa que eu pudesse encontrar na geladeira. A sorte me fez te encontrar e consegui uma linda companhia para um almoço de verdade.

Nick sorriu, tímida, e virou o rosto para observar o trânsito. Ela não era a pessoa mais extrovertida do mundo, mas também não fazia o tipo recatada. Entretanto, Ramon a deixava nervosa. Talvez fosse porque ele representava muito bem a palavra "muito". O homem era muito grande, muito alto, muito largo e muito bonito. Um conjunto que, sem dúvida, a intimidava.

Tinha que admitir: era uma intimidação gostosa. Ele sorria torto, e os cabelos bastante curtos na nuca e um pouco mais compridos na testa davam-lhe um ar muito sensual. Ela não estava acostumada com gentilezas ou flertes, e ele era gentil e paquerador. Isso a desconcertava.

— E então, me diz o que fez desde o churrasco?

— Hum... nada interessante.

— Você saiu correndo naquele dia. Seu irmão parecia tenso.

Caramba, aquele não era um assunto que ela queria discutir, por isso ficou em silêncio. Ramon pegou a deixa e mudou de assunto.

— O que gosta de comer?

— Qualquer coisa.

— Isso eu acho que não tem.

Eles riram e ela pareceu relaxar um pouco. O rapaz continuou:

— Gosta de comida mexicana?

— Para ser sincera, nunca provei.

— Então vai me dar seu parecer hoje.

Eles entraram em um restaurante mexicano muito aconchegante, gerenciado por uma família que migrara para a região no meio do século anterior. Ramon colocou a mão direita na parte de baixo das costas de Nick para guiá-la até a mesa. Uma vez acomodados, ele fez os pedidos e a comida não demorou a chegar. Nicole adorou a comida. Era picante e com sabor bem acentuado. Ramon era uma companhia muito agradável, e explicou a ela o significado dos nomes de muitos pratos.

Ramon falou um pouco sobre sua infância no México e como tinha vindo parar nos Estados Unidos. Ela falava muito pouco sobre si mesma, e muitas vezes desviou o assunto sobre sua vida, levando o tema discretamente para direções que não fosse o centro da conversa.

Ramon reparou nisso, mas não insistiu. A moça tinha um rosto lindo e um corpo fenomenal. Queria transar com ela. Claro que queria. Não seria ele mesmo se já não estivesse imaginando-a nua entre seus lençóis.

Nick consultou o relógio e pareceu preocupada.

— Desculpe, mas meu pai sai hoje do hospital e preciso estar em casa para recebê-lo.

— Ele está bem? Por que foi hospitalizado?

— Ele teve algumas complicações, mas agora está melhor.

— O que aconteceu com ele?

— Sofreu um AVC.

— Sinto muito. Vou te levar pra casa.

— Obrigada.

No trajeto de volta, Nick parecia um pouco triste. Talvez fosse por causa do pai. Ramon a observou atentamente. O rosto delicado e de traços finos transparecia cansaço. Os cabelos loiros tinham um caimento natural e emolduravam sua feição perfeita, mas não ocultaram uma leve mancha escura na têmpora, que chamou a atenção dele.

— O que aconteceu com seu rosto? — quis saber, mas sem fazer alarde.

A mão dela foi direto para onde havia a mancha.

— Ah, isso aqui? Eu caí.

— Caiu? Onde?

— Em casa. Na escada.

Ele ficou pensativo e Nick sorriu, debochando de si mesma.

— Eu sou desastrada, sabe. Tropeço no meu próprio pé.

O rapaz riu alto. Ela pensou que o tinha distraído o suficiente para que não fizesse mais perguntas, e ficou bastante aliviada quando chegou em casa.

— Amanhã, eu e o Murilo vamos beber alguma coisa no pub onde a Babi trabalha. Por que não aparece por lá e nos faz companhia? Pensando melhor, eu poderia vir te buscar.

A garota ficou de boca aberta. *Era um convite? Pra sair? Não podia ser! O que um cara como ele iria querer com alguém como ela?*

Tudo bem que ela sabia que não era feia e tinha um charme que podia envolver certos tipos de caras. Certos tipos normais de caras, não um do tipo exportação, lindo e saído direto de um concurso de beleza latina.

— Eu não sei...

— Por que não?

— Vou pensar.

— Que horas passo pra te pegar?

Ela riu.

— Eu disse que vou pensar.

— Tem que me ajudar. Murilo vai estar de muito mau humor e vai ser péssima companhia.

— Como sabe que ele vai estar de mau humor?

— Porque ele é um ciumento maldito que acha que o mundo inteiro olha para os peitos da mulher dele, e, enquanto ela estiver atrás do balcão, ele vai estar pronto para matar o primeiro que se aproximar dela.

— Nossa. Ela deveria procurar outro emprego, então.

— Bom, não me respondeu a que horas posso te pegar.

A garota sorriu para ele, que tinha o corpo voltado para ela e a olhava divertido.

— Às dez? — Ela se ouviu dizer.

— Perfeito.

— Bem, obrigada pelo almoço. Foi ótimo.

Ele assentiu e saiu do carro para ajudá-la com as sacolas. Nick se virou para entrar em casa, mas ele a segurou gentilmente pelo braço. Quando ela se virou, ele a puxou devagar e deu um beijo na sua bochecha.

— Te vejo amanhã.

Nick apenas sorriu, sem saber o que fazer. Em seguida, deu as costas, antes que pudesse fazer qualquer besteira.

Ela andou pelo jardim com certa pressa, e ele a observou entrar em casa. Ramon estava eufórico. Adorava lidar com as mais difíceis. Por um instante, chegou a achar que ela não fosse aceitar o convite, mas seu poder de persuasão tinha funcionado.

Caralho, ela era bonita e adoravelmente tímida. Reservada e um pouco enigmática. Que puta sorte tê-la visto sentada no banco da praça. O que será que ela estava fazendo ali? Não importava. Seu foco agora estava no dia seguinte. Depois de uma semana fodida de trabalho duro e perigoso, ele merecia uma garota doce e quente na sua cama.

Murilo olhou para Ramon, achando graça do amigo.

— Vai sair com ela? Hoje?

— Sim.

— Ela me parece uma garota séria, Ramon.

— Assim como eu.

Sam, Jason e Fritz reviraram os olhos para o comentário. O agente alemão teve que comentar:

— Você é tudo, menos um cara de encontros sérios, mexicano.

— Só no ano passado você saiu com mais de trinta mulheres diferentes — retrucou Jason.

— E você ficou contando?

— Não, mas não sou cego. Todos aqui foram testemunhas da sua alta rotatividade.

— Um maldito mulherengo.

Ramon riu dos colegas. Ele gostava de variar, e isso era tudo.

— Sou solteiro e não engano ninguém. As mulheres sabem exatamente o que quero delas quando saem comigo, e eu sei exatamente o que elas querem de mim. Uma combinação que dá certo.

— Nick talvez não se encaixe nesse padrão — Murilo interveio.

— Como sabe?

— Porque ela e Tiago estão bem próximos — o agente brasileiro explicou.

— Tiago está a fim dela?

— Não que eu saiba. Ele a tem como uma boa amiga. A garota parece ter alguns problemas familiares, Ramon.

— Quem de nós não tem? — Ramon encerrou o assunto.

Os caras riram dele. Ramon era um homem muito persistente. Se ele queria, ninguém conseguiria impedi-lo. Um agente de primeira linha, sério e genioso, mas um conquistador incorrigível e muito, muito habilidoso na arte de seduzir.

Nick estava de lingerie olhando para seu guarda-roupa, tentando decidir o que usar. Diana bateu à porta e entrou sorrindo, mas seu rosto empalideceu ao olhar a enteada.

— O que foi isso, Nick?

Droga, a garota não queria que a madrasta tivesse visto seus hematomas. Estavam horríveis, piores do que da outra vez. A pele machucada era um lençol de manchas negras por todas as partes.

— Não se preocupe. Já estou bem.

— Ele te bateu? De novo?

— Diana, eu realmente não quero falar sobre isso. Vou sair com alguém que me interessa, pela primeira vez. É uma noite de expectativas. Não quero estragá-la com más lembranças.

— Por isso ele sumiu, não foi? Da outra vez, foi a mesma coisa. Ele te surrou e sumiu por uma semana.

— Veja esse vestido. Acha que cai bem em mim?

— Veste lindamente.

A voz triste da mulher fez Nicole repensar se deveria mesmo sair.

— Talvez eu não devesse te deixar sozinha com o papai.

— De jeito nenhum. Seu pai está bem e você precisa de um pouco de distração.

A madrasta a beijou e saiu do quarto. Nick terminou de se arrumar, sentindo-se como uma adolescente prestes a ir ao primeiro encontro.

623.652	24422.562	0953.73
425.764	232.345	6343.09
511.445	424.222	8311.04
732.243	3513.567	9631.77
947.234	288.456	9830.00
981.321	499.221	8693.52
335.234	1349.234	6131.87
111.439	343.567	2198.83
266.423	342.246	1198.72
882.118	31.532	8923.90
909.123	662.232	3600.85
777.234	14445.785	6286.81
412.341	354.234	0753.41
545.324	636.111	7548.58
741.234	78.673	8770.43
554.345	8339.111	9873.37
874.326	67.632	8653.07
452.113	98.232	4498.66
974.423	2333.452	8703.37
893.465	12.543	1048.08
862.123	55.896	6821.21
974.456	3341.332	0953.73
988.335	6441.323	6343.09
582.936	52227.112	8311.04
	33.562	9631.77
	271.286	9830.00
	77.218	8693.52
	3.682	6131.87
	87.322	2198.83
	332.321	1198.72
	59.113	8923.90
	79.322	3600.85
223.564	332.321	
	99.223	

CAPÍTULO 9

Ramon desligou o carro assim que chegou à casa de Nicole. Estava estupidamente lindo, de jeans desbotado, camisa listrada e um terno de veludo preto, que o deixou com uma aparência chique despojada. Ele tocou a campainha e ela abriu a porta sorrindo.

O agente teve que piscar várias vezes para absorver a impacto que a imagem dela causou nele. *Porra, a garota parecia uma fada.* Seu vestido bege tinha um corpete muito justo, que acentuava os seios e realçava a saia curta de babados graciosos. Cabelos soltos, maquiagem leve e sandálias de salto completavam o visual.

— Não sei se estou de acordo com o lugar que vamos. Você não me disse onde era.

— Você está perfeitamente de acordo — respondeu ele, satisfeito.

Ele colocou a mão na cintura dela, guiando-a até o carro, e, em seguida, abriu a porta para que entrasse. Caralho, ele queria beijá-la! Não, queria mais que beijá-la. Queria ir direto para casa e rasgar aquele vestido lindo com os dentes, depois cair de boca nos seios maravilhosos. Seu pau estremeceu e inchou dentro da calça. Ramon respirou fundo e tentou controlar sua mente pervertida, mas seu corpo todo já estava aceso pela visão daquela garota tão linda, de sorriso tímido que ele já adorava.

No caminho, ela contou sobre seus dois empregos e a saúde frágil do pai. Ramon falou um pouco mais sobre sua vida no México e algumas situações engraçadas que passou logo que chegou aos Estados Unidos, quando era apenas um menino.

Quando chegaram, Nick ficou de boca aberta. Era um dos pubs mais badalados e caros de Boston. Ramon a conduziu pelo local e procurou pelo amigo.

Murilo estava encostado no balcão onde Babi atendia. O brasileiro sorriu ao vê-los e cumprimentou Nick com um beijo na bochecha, quando eles se aproximaram.

— O que vai beber? — Ramon perguntou a Nick.

— Margarita.

Ele concordou e fez o pedido a Babi, acrescentando um duplo Blue Label para si. A bartender sorriu ao vê-los e piscou para Nick num gesto de incentivo e cumplicidade.

Nick ficou observando-a trabalhar, muito impressionada com a agilidade da garota atrás do balcão.

— Uau. Ela é incrível.

Murilo revirou os olhos, consternado, mas percebia-se seu orgulho ao observar a mulher trabalhar. Os agentes ficaram conversando e, de repente, ela sentiu a mão de Ramon na sua cintura, e se virou para olhá-lo.

— Vem, vamos dançar — convidou o agente.

Ela sorriu, concordando, e eles foram para a pista de dança. Nick não estava na sua melhor forma para dançar, as costelas ainda doíam, mas ela não queria dar nenhuma explicação sobre o assunto, então o seguiu.

Ramon dançava muito bem para um homem grande. O corpo dele tinha um molejo invejável e ela tentou acompanhá-lo.

Ela estava encantada com o rapaz. Depois de um tempo, ele a puxou para fora do grande movimento e a levou para a parte de trás do bar, própria para casais que queriam um pouco mais de privacidade.

Ramon enlaçou sua cintura sem se intimidar, puxando-a para ele. O homem a olhou do alto dos seus um e noventa de altura. Uma das mãos subiu para o pescoço dela.

— Estive esperando a noite toda pra fazer isso.

A boca dele desceu e cobriu os lábios de Nick suavemente. Ela deixou suas mãos subirem da cintura para o tórax dele.

A garota achou que ele tinha uma boca deliciosa. Quente, molhada e muito atrevida. Ramon tinha os lábios cheios, sensuais e beijava maravilhosamente bem. Sua língua buscava todos os cantos da boca dela. Seus dedos eram carinhosos e suaves em sua nuca, e movimentavam-se sobre seus cabelos macios.

O rapaz sentia tudo dentro dele se aquecer apenas com o contato da boca dela, tão ávida pela sua. Ela estava esperando que ele a beijasse. Sabia que sim. A boca dela se abriu docemente; a língua, tímida, se encostando com a dele; e a mão caminhou lentamente da sua barriga para seu peito num escorregar delicioso pelo seu corpo.

Deus, ele a queria fora daquele lugar cheio e barulhento. Ele a encostou na parede, e seu pau muito duro e desejoso tocou a cintura dela. Nick ofegou com o contato. Ramon deixou seu corpo prender o dela enquanto devorava seus lábios num beijo quente e demorado, que nenhum dos dois parecia querer terminar.

A mão dele desceu da cintura para a coxa dela, apalpando-a, deslizando por ela e sentindo a maciez maravilhosa da pele acetinada. Depois voltou a subir por baixo do vestido curto, parando na curva do bumbum de forma ousada, fazendo com que a respiração dela acelerasse. Ele sorriu com a reação dela e seu dedo fez o contorno da calcinha minúscula, entrando sutilmente pelo elástico.

Caramba, estavam em um lugar público e, por mais que quisesse, não a tocaria ali. Ramon gostava de privacidade, por isso não ousou enfiar os dedos nela onde todo mundo podia ver. Por isso, subiu a mão pela lateral do corpo dela, massageando o seio por cima do tecido.

Ela gemeu, e ele chegou a um ponto que pensou que gozaria na calça. Estava com tanta vontade dela que a puxou contra seu corpo de um jeito firme, que indicava exatamente o que ele queria.

O gesto não foi brusco, mas o corpo machucado e dolorido dela sentiu o impacto e ela gemeu de dor.

Ele a soltou imediatamente, com uma expressão preocupada e surpresa.

— Eu te machuquei?

— Não.

Ramon ergueu a sobrancelha, cauteloso, observando-a atentamente.

— Desculpe, é que eu dei mau jeito quando caí, dois dias atrás, e ainda estou um pouco dolorida.

— Não tem que se desculpar, eu é que deveria.

Ele passou o dedo indicador pelo rosto dela. Os olhos azuis voltaram-se para ele.

— Meu apartamento fica a quatro quadras daqui. Vamos até lá.

Nick passou a língua pelo lábio inferior, pensando no que ele estava propondo. Em toda a sua vida, só tinha estado com um rapaz, e isso quando ela tinha apenas dezessete anos. Um namorico de escola, que acabou em sexo desajeitado na casa dele algumas poucas vezes.

Ela não tinha certeza se sabia lidar com um homem como Ramon. Era certo que ele devia ser um perito na arte de seduzir e levar uma mulher para a cama. Nicole teve uma pequena amostra de como ele conseguia deixar uma mulher com os joelhos fracos apenas com um beijo e algumas carícias.

Ir para o apartamento dele significava passar a noite lá, dormir com ele, e isso implicava em tirar a roupa. *Céus, ela não estava nada atraente por baixo do vestido, toda marcada de hematomas.* Por mais que todos os seus hormônios gritassem SIM com letras garrafais, ela não poderia ir.

Com certeza o homem se assustaria quando a visse cheia de manchas roxas e outras quase negras pelo corpo.

— Ramon, eu... preciso ir pra casa.

Ele a beijou novamente e a garota ficou totalmente inebriada com a maneira que tomou sua boca.

— Vai ser bom. Vai ser divertido — sussurrou, colando a testa na dela.

Suas mãos agora estavam em seu pescoço, e os polegares massageavam a mandíbula dela, sentindo a suavidade da pele.

— Eu realmente tenho que ir pra casa.

Ele sorriu. Caralho, ela era do tipo difícil mesmo, e agora ele a queria mais do que tudo. Nick tinha aguçado seu desejo, sua libido, e elevado o sabor da conquista uns mil por cento.

— Não estou acostumado a rejeições.

Ela sorriu. *É claro que não!* Um homem lindo e perfeito como ele deveria estar acostumado a escolher, mas, da maneira como estava machucada, ir para a casa dele se tornaria um problema.

— Não é uma rejeição. Apenas não estou acostumada a passar a noite com alguém que acabei de conhecer.

— Sou totalmente confiável. Posso te garantir.

— Eu acredito... mas, Ramon... Por favor...

Ele beijava seu pescoço, e sua voz estava sensual, rouca, quente... Uma tentação!

— Por favor, o quê? Por favor, me dê a melhor noite da minha vida? É o que pretendo.

Nick ofegou, seu corpo todo gritava que sim, sim, sim! Mas tinha que dizer não. Ela se afastou um pouco, olhou para ele, e seu olhar o confundiu. Por um minuto, ele pensou que ela queria ceder, queria muito dizer sim. Ele conhecia esse tipo de mulher que não dormia com o cara no primeiro encontro. Era uma tática, e ele até que valorizava isso.

— Tudo bem. Vai me fazer ficar dolorido e mal-humorado. Terei que tomar banhos gelados e usar minha mão e minha imaginação suja para me aliviar, mas vou te levar pra casa.

Ela deu uma gargalhada gostosa e ele também sorriu, entrelaçando seus dedos com os dela.

De volta ao bar, viram que Murilo estava conversando com outro cara, enquanto Babi continuava a atender.

— Ele vai ficar a noite inteira esperando por ela?

— Provavelmente. O homem passou uma noite inteira no quarto, pendurado no maldito celular no primeiro dia de trabalho dela, porque não pôde estar aqui.

Nick sorriu, encantada. Murilo era um tipo de homem que um dia ela queria para si. Alguém que a amasse tanto, e de todas as formas, que não acharia maneira de ficar longe nem por um minuto.

— Você estava com ele?

— Infelizmente sim, e tive que ameaçar dar um tiro na cara dele para que sossegasse e me deixasse dormir.

O casal se aproximou e se despediu dos dois, encaminhando-se para o carro.

— Tem certeza de que não quer tomar uma última bebida na minha casa? — ofereceu Ramon, manobrando o veículo pelas ruas da cidade.

— Ramon...

— Ok. Ok. Não se perde nada por tentar.

Ela riu alto e ele também. Quando chegaram, ele desligou o carro e se virou para beijá-la mais uma vez. Era para ser um beijo rápido de despedida, mas foi se aprofundando mais e mais e, por fim, tudo que ele pensava era que queria estar com ela a noite toda. Precisava vê-la de novo, e logo.

— Podemos nos ver amanhã?

O polegar dele acariciava a bochecha rosada dela.

— Não sei...

— Janta comigo?

— É que não tenho certeza se poderei ir.

— Que horas eu te pego?

Nick riu novamente. *Ele era persistente!* Antes que pudesse negar, ele falou:

— Estarei aqui às oito.

A garota balançou a cabeça em derrota, mas estava intimamente lisonjeada. Claro que ela sabia que ele queria levá-la para a cama. A proposta de terminarem a noite em seu apartamento evidenciava suas intenções, mas, mesmo assim, o cara era um monumento da perfeição e poderia ter a mulher que quisesse. Só que ele a queria. Nem que fosse para uma noite apenas, ele a queria.

Nick fechou a porta, se recostou nela, e sorriu, romântica. Porém, em seguida, para seu desgosto, viu Rafe cochilando na poltrona com uma garrafa de vodca inacabada nas mãos. Droga, jantar com Ramon no dia seguinte estaria fora de cogitação com a merda do irmão em casa.

A moça subiu as escadas nas pontas dos pés. A última coisa que queria era acordar o bastardo e enfrentar seu amargor e sua violência.

No dia seguinte, fez um lindo domingo de sol. Rafe estava calado e distante. Era o último dia de folga de Nick; ela voltaria para a escola e o restaurante na semana seguinte.

À tarde, a moça ajudou a madrasta com a casa e viu Rafe ir e vir por entre os cômodos. Pela janela da sala, Nicole observava Babi e Murilo cuidando do jardim. Eram um casal muito feliz, dava para perceber. O tempo todo sorriam e se tocavam, se abraçavam com ternura e trocavam beijos, muitos deles calorosos até. A menina sorriu para a imagem deles brincando um com o outro. Depois, os viu se preparando para sair.

Rafe apareceu atrás dela e procurou o que ela estava tão atentamente observando.

— Admirando o "felizes para sempre" da sua vizinha? — falou, a voz cheia de ironia.

— Sim.

— Acredita nessas merdas?

Ela olhou para ele sem muita vontade de permanecer em sua companhia, porém, cautelosa para não deixá-lo zangado, manteve a conversa em tom ameno.

— Acredito que algumas pessoas alcançam a felicidade.

Rafe se aproximou e colocou a mão no ombro dela, que deu um passo para trás, tentando evitá-lo. Ele balançou a cabeça, contrariado.

— Não.

— Não o quê?

— Não se afaste de mim assim.

A garota ficou petrificada. A voz dele estava suave, e seu rosto tinha uma expressão cansada e um pouco perdida, mas ela não se enganava. Ele podia ir de norte a sul em cinco minutos.

— Nick, eu... quero você. Sempre quis.

— Rafe, pelo amor de Deus, isso é um absurdo.

— Posso mudar por você. Arrumar um emprego, deixar as drogas e te fazer feliz...

— Me surrando toda vez que eu te contrariar?

— Não vou bater mais em você. Nunca quis te machucar. Eu fico mal quando isso acontece, mas você simplesmente me tira do sério. Me ignora e eu não gosto disso.

Diana entrou na sala e viu o filho com as mãos no ombro da enteada. Olhou o rosto da garota e viu um olhar assustado e inseguro. *Deus, como ela resolveria essa situação?*

— Pode ir ao mercado pra mim, Nick? — pediu a mulher, dizendo a primeira coisa que lhe veio à mente.

— Claro — respondeu a jovem, sem olhar para a madrasta, porém grata por ter sido resgatada.

Nick saiu do espaço que Rafe a mantinha e o rapaz olhou fuzilante para a mãe.

— Eu vou com você.

— Posso ir sozinha, Rafe.

— Eu disse que vou.

Merda, a última coisa que ela queria era a companhia de Rafe para fazer qualquer coisa que fosse, mas rejeitá-lo agora era pedir para terminar o dia cheia de novos hematomas.

Os dois saíram, e Diana ficou em choque quando viu o filho escorregar a mão pela cintura da garota.

CAPÍTULO 10

No mercado, Murilo segurava uma cesta com ingredientes que Babi queria levar para fazer o jantar, enquanto ela se decidia entre um produto e outro. Do outro lado do corredor, ele viu Rafe e Nick pegando alguns itens.

O rosto da garota estava tenso. A mão do rapaz nunca deixava a cintura dela. Babi se aproximou de Murilo e seguiu a direção dos seus olhos.

— O que foi?

— Olha como o irmão da Nick a segura.

Babi viu que o rapaz movimentava a mão na cintura da irmã, num carinho suspeito.

— Ele parece bastante possessivo sobre ela.

— Neném, ele a segura como eu te seguro. Parecem um casal, e não irmãos.

Murilo e Babi ficaram observando. Rafe subiu as mãos pelas costas e deixou seu braço sobre os ombros da irmã.

— Ele olha pra ela com paixão — comentou Babi.

O agente concordou.

— São irmãos de verdade? Digo, são irmãos de sangue?

— Não sei.

— Porque definitivamente ele tem outros olhos pra ela.

Nick olhou para Rafe, impaciente.

— Pode tirar as mãos da minha cintura, por favor?

— Não.

— Que droga, Rafe, não sou sua namorada.

— Já pegou tudo que queria?

Ela pegou a mão dele e a tirou da sua cintura, mas ele voltou a colocá-las.

— Você não vai querer uma cena aqui, Nick.

— Nem você. Então, me deixa em paz — falou ela, reunindo toda a sua coragem.

A garota pagou os produtos, e eles já estavam do lado de fora da loja quando Rafe voltou a falar com ela.

— Está trabalhando para o Vincent?

Nick empalideceu e olhou para ele, surpresa.

— Eu sei — continuou o rapaz.

Silêncio. A jovem não conseguia encontrar as palavras,

— Ele me mandou um recado, Nick. Disse que, se eu te machucar de novo, terei que acertar as contas com ele.

Nicole ficou pasma. Não disse nada e o irmão continuou:

— Sabe, Nick, você não devia ter se queixado de mim pra ele.

— Eu não me queixei. Eu juro. Só tenho que fazer um trabalho pra ele. A gente se encontrou, e ele viu meus machucados.

Ele parou na frente dela.

— Então é assim que consegue dinheiro extra? Por um tempo, eu pensei que você fizesse programa.

— Já te falei que nunca fiz, e nunca farei! — respondeu ela, elevando um pouco a voz.

— Me põe no esquema.

— O quê? Não é assim que funciona.

— Como conseguiu trabalhar pra ele?

— Rafe, fica fora disso.

— Sabe de verdade quem é o Vincent?

— Sei o suficiente para não brincar com ele.

— Acha que não sou capaz de fazer as coisas que ele precisa?

— Não é isso. Pelo amor de Deus, você é dependente, precisa se tratar, não trabalhar para o major do tráfico americano.

Mas o irmão não lhe dava ouvidos.

— O que vai fazer pra ele?

— Não é da sua conta.

— Cuidado. A polícia pode receber algum telefonema anônimo falando do seu envolvimento com o crime.

Nicole ficou furiosa.

— Não brinque com isso, Rafe. Se eu der uma maldita ligação para o Vincent, você vira comida de cães. Então, já que sabe que trabalho pra ele, eu te aconselho a ficar bem longe do meu caminho.

Rafe riu.

— Acha que ele me intimida? Acha que tenho medo de você e das pessoas com quem se relaciona? Não.

Ele estendeu a mão para o rosto dela.

— Nessa porcaria de vida que tenho, Nick, nada que eu possa perder vai me fazer falta.

Nick se olhou no espelho. Estava bem. Calça jeans apertada e blusa de lantejoula preta, que combinava com a bota de salto alto da mesma cor. Colocou um pouco de rímel para realçar o olhar e gloss na boca.

Ela estava apreensiva em sair com Ramon com Rafe em casa, porém, agora que ela tinha a proteção de Vincent, por mais que o irmão negasse ter medo, a verdade era que ele tinha recuado com o aviso.

Não que ela esperasse que o traficante fosse intimidar o irmão, mas sabia que Rafe era bem conhecido nos pontos de venda de drogas, e tinha sido fácil Vincent mandar o recado para ele.

Quando ouviu o carro parar em frente à sua casa, Nick desceu as escadas depressa. Rafe estava na sala e olhou pela janela.

— Onde inferno pensa que vai? Quem é esse cara?

— Um amigo.

— Nem fodendo você vai sair com ele bem debaixo do meu nariz, Nick.

A mãe reagiu ao surto do filho.

— Rafe, isso está ficando insustentável. Ela tem uma vida, que não é da sua conta.

— Cala a sua boca. Você não tem nada a ver com isso.

— Me respeite, Rafe!

Nick vestiu o casaco e ele foi até ela, segurando-a pelo pulso.

— Eu disse pra você ser prudente e não sair com ninguém perto de mim.

— Isso é sobre negócios, Rafe — sussurrou ela.

O homem olhou para ela, desconfiado. Não estava certo se ela estava falando a verdade.

— É sobre o lance com o Vincent?

— Sim. Agora, vê se me deixa em paz.

Ela livrou o braço do aperto do irmão, e ele ficou olhando pela janela.

Ramon desceu e abriu a porta para ela. Ele a teria beijado se ela não tivesse entrado no carro sem mal olhar para ele. O agente deu a volta, tomando seu acento atrás do volante.

— Está tudo bem?

— Sim. É só que... podemos sair da frente da minha casa?

Ele olhou para a janela e viu Rafe fuzilando-os com os olhos.

— Seu irmão?

— Sim.

Ramon colocou o carro em movimento e, somente quando já estavam fora da vista de Rafe, comentou.

— O que se passa entre você e seu irmão?

A garota congelou. *O quê? Ele tinha percebido alguma coisa?* Ela tentou dar um ar casual a sua voz.

— Ele é um pouco ciumento.

— Um pouco? Ele é exagerado, não acha?

— Muito. Piorou bastante depois da doença do meu pai.

— Ele é do tipo protetor?

— Sim. Acha que pode mandar em mim.

— E ele pode?

— Por que me pergunta isso?

A voz dela era um sussurro temeroso.

— Eu vejo que ele te intimida com bastante facilidade.

— Ele é do tipo encrenqueiro, e eu procuro evitar confusões. Diana tem coisas demais para se preocupar para ter que lidar comigo e Rafe brigando.

— Diana é sua mãe?

— Madrasta.

— E sua mãe?

— Não sei dela.

Ramon sentiu a hostilidade na voz da moça e mudou o assunto.

— Gosta de comida italiana?

— Muito.

— Eu também. Vamos nos esbaldar, então.

Ela riu e eles seguiram para um pequeno restaurante italiano. Nick já tinha percebido que Ramon era um grande apreciador da boa culinária. Ele comia bastante, e sabia como combinar o vinho com a comida.

Foi uma noite muito boa e, mais uma vez, ela se perguntava por que ele a tinha escolhido. Ele devia ser um mulherengo de mão cheia. Um conquistador nato, porque ela não tinha nada de mais para prender sua atenção.

Ramon, por sua vez, olhava para ela extasiado. Ela era divertida, simples e objetiva. O tipo de garota que conseguia levar qualquer assunto e, ainda assim, havia um resguardo, uma timidez que o deixava louco. A garota devia ter um e setenta de altura, pele de pêssego e um sorriso de fada que faziam o conjunto todo completo e bom de olhar. Mas ele não queria apenas olhar, queria colocar as mãos nela toda.

— Vem, vamos beber alguma coisa na minha casa, onde poderemos conversar mais tranquilamente.

— Ramon...

— Não vamos fazer nada que você não queira. Eu prometo.

Ela sabia que podia confiar nele. De fato, não era nele que não estava confiando, era nas próprias reações.

— Tudo bem. Apenas uma bebida e você me leva de volta.

O agente ergueu as mãos e fez cara de cachorrinho abandonado.

— Fechado.

Puta merda! Ele devia ganhar muito bem. O apartamento de Ramon era grande, bonito e bem decorado, com tudo no lugar, limpo e arrumado.

— Para um homem, você é organizado.

— Não posso levar o mérito sem dizer que tenho alguém que o mantém pra mim.

— Uma empregada?

— Isso. Ela vem duas vezes por semana e me ajuda com a arrumação. O que quer beber?

— Prefiro que você escolha.

— Vinho?

— Pode ser.

Ramon trouxe uma garrafa e duas taças. Ele a serviu e eles se sentaram no sofá. O agente ficou olhando para ela, parecendo intrigado.

— O que foi?

Ele colocou a taça na mesinha de centro e se aproximou. Tirando a taça da mão dela, falou baixinho:

— Estou louco pra te beijar.

— Estou louca pra que você me beije — respondeu ela, quase que imediatamente.

Uma chama de fogo acendeu entre eles quando as bocas se buscaram. *Deus, o cara era demais!* Nick estava perdida na sensação do beijo avassalador.

O corpo de Ramon foi fazendo uma pressão sutil sobre o dela e, quando a garota percebeu, estava deitada no sofá com ele por cima, beijando sua boca, seu pescoço, sua orelha.

— Você parece uma fada. Linda, sensual...

— Ramon...

Ele tirou a camisa e a garota foi premiada com a visão do seu tórax firme, amplo e bronzeado. Sua respiração acelerou e ele subiu a blusa dela, segurando delicadamente o seio cheio em sua mão atrevida.

— Oh, Deus, Nick eu te quero nua.

— Não.

— Sim.

— Ainda não, Ramon.

— Por que não? Você quer, eu quero. Ponto final.

— Eu quero, mas não posso.

— Não entendo.

— Por favor...

Ele gemeu frustrado e se levantou, trazendo-a consigo.

— Vai fazer com que eu entre em combustão — disse Ramon, de olhos fechados, controlando a respiração.

Ela riu e sussurrou.

— Você deve ter outras opções.

— Não quero minhas outras opções. Quero você.

Ela ficou em silêncio e ele colocou a camisa de volta.

— Vem, vou te levar pra casa antes que eu perca minha cabeça e minhas calças.

623.652	24422.562	0953.73
425.764	232.345	6343.09
511.445	424.222	8311.04
732.243	3513.567	9631.77
947.234	288.456	9830.00
981.321	499.221	8693.52
335.234	1349.234	6131.87
111.439	343.567	2198.83
266.423	342.246	1198.72
882.118	31.532	8923.90
909.123	662.232	3600.85
777.234	14445.785	6286.81
412.341	354.234	0753.41
545.324	636.111	7548.58
741.234	78.673	8770.43
554.345	8339.111	9873.37
874.326	67.632	8653.07
452.113	98.232	4498.66
974.423	2333.452	8703.37
893.465	12.543	1048.08
862.123	55.896	6821.21
974.456	3341.332	0953.73
988.335	6441.323	6343.09
582.936	52227.112	8311.04
352.208	33.562	9631.77
223.564	271.286	9830.00
	77.218	8693.52
	3.682	6131.87
	87.322	2198.83
	332.321	1198.72
	59.113	8923.90
	79.322	3600.85
	332.321	
	99.223	

CAPÍTULO 11

Dentro do carro, o celular dela tocou, e era um número desconhecido.

— Alô?

— Nick. É Vincent. Encontre-me amanhã no Le Monde da avenida principal, às nove da noite.

— Tudo bem.

O homem desligou, mas, cinco minutos depois, o celular voltou a tocar. Era Rafe. *Deus, ele estava cada dia mais incômodo e ousado!*

— Oi.

— Onde está?

— Não é da sua conta.

— Se passar a noite fora com esse sujeito, eu vou retaliar, Nick.

— Estou chegando em casa, Rafe.

— Melhor que esteja.

Ao desligar, ela suspirou, cansada e constrangida.

— Irmão preocupado, hein!

— Chato, você quer dizer.

— Preocupante, na minha opinião.

— Na minha também.

O murmúrio dela não passou despercebido para ele.

— Quer que eu me apresente pra ele? Talvez ele fique mais seguro se souber com quem você está saindo.

Ela quase gritou, tão absurda que era a ideia.

— Não... Err... Não. Está tudo bem. Eu sei como lidar com ele.

— Tem certeza?

— Sim.

Quando o carro parou, ela saltou e disse um adeus frio e rápido do lado de fora do veículo. Ramon se irritou com o comportamento dela e foi embora sem olhar para trás.

— Irmão maldito. Deve ser um peste pra deixá-la tão nervosa assim — murmurou o agente para si mesmo, afastando o veículo da casa de Nicole.

Nick abriu a porta e tentou correr escada acima, mas Rafe a alcançou.

— Ficou com ele?

— Jesus Cristo, Rafe! Você não pode continuar me monitorando dessa forma.

— Me responde, Nicole.

— Não. Apenas jantamos e falamos sobre o que tenho que fazer para Vincent.

— E o que é?

— Pergunte ao próprio, se quer saber. E já vou avisando que amanhã tenho que ir a uma reunião com ele. Se quiser me acompanhar, saberá que estou falando a verdade.

— Vai ganhar muito dinheiro com esse trabalho?

— O suficiente para pagar a hipoteca da casa, o que vai evitar que sejamos despejados.

Ela entrou no quarto e ele foi atrás.

— Saia do meu quarto, Rafe.

— Posso dormir com você?

— Você perdeu completamente o juízo!

— Tirando aquele bastardo com quem ficou na adolescência, nunca te vi namorar. Você deve ter necessidades, assim como eu.

— Estou muito bem com as minhas necessidades.

— Como? Tem transado com alguém?

— Você definitivamente ficou louco. Agora, saia!

Ele riu do desespero dela, mas saiu. A garota trancou a porta.

Nick não estava confortável esperando no restaurante. Ela chegou cedo porque não queria correr o risco de Rafe aprontar alguma e atrasá-la, mas se sentia totalmente deslocada ali.

Vincent chegou e se sentou. Estava impecavelmente vestido, sem os exageros de costume.

— Como vai, menina?

— Bem.

— O que quer beber?

— Tônica com gim.

Ele fez os pedidos e observou o nervosismo da moça.

— Relaxa, Nick.

— Tudo bem.

— Temos que esperar outra pessoa, que já deve estar chegando.

Não mais que meia hora depois, um homem, por volta dos trinta e cinco anos, sentou sem pedir licença. Vincent fez as apresentações.

— Nick, Leon. Leon, Nick.

A garota acenou com a cabeça.

— Leon é nosso facilitador dentro de alguns órgãos públicos, como o FBI, a CIA e o DEA. Ele tem contatos importantes nessas agências e vai te ajudar a entrar nelas.

Nick achou que o mundo tinha girado de repente.

— Como? O que está dizendo, Vincent? Entrar dentro do FBI, da CIA e do DEA? Isso é... simplesmente... impossível! Deus, Vincent... é como caminhar para o matadouro.

— Calma, Nick. Você é capaz. E com um pouquinho de ajuda, tudo vai dar certo.

— O que tem lá de tão importante?

— Documentos e provas contra um traficante colombiano chamado Julián Martinez — falou Leon, pela primeira vez. — Ele estava na rota americana há um ano e teve seu principal armazém invadido há três meses. Os federais brasileiros recolheram os computadores com as informações sobre as rotas e os nomes dos envolvidos. Sabemos que a ABIN, no Brasil, enviou os dados referentes à rota americana para o governo dos Estados Unidos, que desmembrou as informações entre o FBI, CIA e DEA para que cada departamento pudesse fazer sua parte. É isso que precisamos recolher. Julián não teve o rosto divulgado ainda. Precisamos evitar que seja exposto. Apenas alguns dos reféns podem identificá-lo, e eles não o farão. São garotos que não vão querer problemas com alguém tão poderoso, mas há uma pessoa que nos preocupa no momento.

— Quem?

— Uma garota que decodificava as mensagens que enviávamos ao colombiano. O nome dela é Bárbara Savi, e tem por volta de vinte e três anos. Na época, o irmão foi feito refém. O nome dele é Tiago Savi. Um garoto de uns dezesseis ou dezessete anos, que ajudou em vários departamentos dentro do cartel. Acreditamos que há informações sobre eles guardadas nos departamentos também. Por isso, você precisa recolher os documentos. Eles sabem demais e precisam ser eliminados. Mas, para isso, temos que encontrá-los.

— Céus! Eu não vou matar ninguém!

— Sabemos disso, Nick.

Vincent parecia se divertir. Nick não podia acreditar no que estava ouvindo.

— Bárbara e Tiago são brasileiros e estão desaparecidos. Temos uma pessoa no Brasil tentando rastreá-los. Queremos que entenda bem a importância do sucesso dessa tarefa, porque está tudo relacionado.

— Minha função será entrar e tirar os papéis de lá.

— Sim. Os cofres dos três departamentos são elétricos. Quando falta energia, leva dez segundos até que o gerador ative um novo sistema de segurança. Esse é o tempo que terá para abri-los e pegar tudo que tiver lá.

— Dez segundos?

— Exatamente. Temos o mapeamento de área e todos os pontos de alarmes, identificadores, câmeras e lasers. Vou te enviar por e-mail para que estude uma maneira de deslizar por eles sem ser pega. Teremos um primeiro apagão programado para você entrar; o segundo, para remover a documentação do cofre; e o terceiro para tirar seu traseiro de lá sã e salva.

— Qual o tempo de invasão de um local para outro?

— FBI e DEA em um mesmo dia, com intervalos de algumas horas de um para o outro. CIA no dia seguinte, e o outro local, teremos que estudar as possibilidades.

— Outro local?

Vincent concordou.

— Sim, menina. Eu te falei que eram quatro.

— E qual é?

— Um lugar chamado Base Secreta Subterrânea, que é invisível para a sociedade, mesmo estando instalada no maior edifício de Boston, bem no centro da cidade.

— Aquele complexo administrativo? É fachada?

— Não completamente. Fazem parecer que é apenas um complexo de escritórios internacionais, mas é muito mais do que isso. Há um departamento inteiro instalado no subterrâneo que cuida de missões secretas de alta periculosidade fora do eixo federal e governamental. Foram os agentes dessa Base que resgataram a decodificadora e o irmão do armazém. Eles também têm um dossiê sobre Julián, o braço direito dele, Dan, e muita gente envolvida no esquema, que não quer e não pode aparecer em hipótese alguma.

— Uma Base Secreta... Deus, acho que preciso de um uísque duplo sem gelo.

— Essa Base é a mais difícil, Nick, porque alguns departamentos lá dentro funcionam vinte e quatro horas, o que significa que nunca fica vazia.

— Ai, Deus.

— Te enviarei os mapeamentos ainda hoje. Tem quatro dias para estudá-los e, então, na madrugada do próximo fim de semana, agiremos.

— Quatro dias? Não sei se é suficiente.

— Tem que ser. Há rumores de que divulgarão os negócios e o rosto de Julián na próxima semana. Temos que nos antecipar.

Nicole concordou. O homem à sua frente era um traidor da sua gente. Estava dentro desses departamentos entregando todo o trabalho das equipes aos lobos. *Bem, ela não era diferente, e não podia julgá-lo.*

623.652	24422.562	0953.73
425.764	232.345	6343.09
511.445	424.222	8311.04
732.243	3513.567	9631.77
947.234	288.456	9830.00
981.321	499.221	8693.52
335.234	1349.234	6131.87
111.439	343.567	2198.83
266.423	342.246	1198.72
882.118	31.532	8923.90
909.123	662.232	3600.85
777.234	14445.785	6286.81
412.341	354.234	0753.41
545.324	636.111	7548.58
741.234	78.673	8770.43
554.345	8339.111	9873.37
874.326	67.632	8653.07
452.113	98.232	4498.66
974.423	2333.452	8703.37
893.465	12.543	1048.08
862.123	55.896	6821.21
974.456	3341.332	0953.73
988.335	6441.323	6343.09
582.936	62227.112	8311.04
	33.562	9631.77
	271.286	9830.00
	77.218	8693.52
	3.682	6131.87
	87.322	2198.83
	332.321	1198.72
	59.113	8923.90
223.564	79.322	3600.85
	332.321	
	99.223	

CAPÍTULO 12

Ao fim da reunião, Nicole se dirigiu ao ponto de ônibus para ir embora. Enquanto esperava, seu celular tocou.

— Alô?

— Oi, Fada.

A voz de Ramon fez seu coração disparar, sua mão tremer e sua voz falhar.

— Ah... oi.

— O que está fazendo?

— Hum, estou no ponto, esperando o ônibus pra ir embora.

— Não está em casa?

— Não. É... desculpe, mas, como conseguiu meu telefone?

— Marcos me passou. Espero que não se incomode.

— Não. Claro que não.

— Me diz onde está que eu passo para te pegar e te levo em casa.

— Não precisa se preocupar.

— Não estou preocupado. Apenas quero te ver.

Ela sorriu.

— Estou perto do restaurante Le Monde, da 41 Union St.

— Não pegue o ônibus. Estarei aí em quinze minutos.

Enquanto esperava, ela arrumou o cabelo e pensou em algo para dizer, uma vez que sabia que ele a encheria de perguntas.

Quando Ramon chegou, se dobrou para beijar Nicole, e ela se deu conta de que tinha sentido falta do beijo dele. Tinham se passado apenas alguns dias, mas já se sentia como uma bobona sonhadora.

Ramon olhou para ela e sentiu o estômago repuxar. Mesmo vestindo um jeans simples, tênis e casaco surrado, Nicole era uma beleza de mulher, pensou Ramon. Ele deixou seu dedo indicador acariciar a bochecha dela. *Porra, estava muito a fim daquela garota*. Ninguém o tiraria de casa numa segunda-feira fria, depois de um dia em que Dylan estava particularmente irritante. O chefe distribuiu sermões e palavrões para quem quisesse ouvir por causa de uma falha que encontrou no projeto de uma missão que ele e os outros caras estavam envolvidos e colocariam em prática a partir da semana seguinte.

O comandante deixara Sam de cabelo em pé com a reestruturação do sistema tecnológico do projeto. Ele e Murilo estavam encarregados da logística e da averiguação das informações. Fritz e Jason já estavam infiltrados na equipe que seria atacada. Haviam trabalhado o dia todo, e mal conseguiu acreditar quando chegou em casa e se deu conta de que o projeto estava mais da metade concluído.

Nem bem chegou em casa, Ramon ligou para Murilo e pediu que ele perguntasse a Tiago se tinha o telefone da vizinha.

Por acaso o garoto tinha e passou para ele com uma voz divertida, lembrando-o de que Nick conhecia todos eles com outras identidades.

Ramon nem se importou com o fato de que Murilo iria zoar com ele no dia seguinte. Queria ver Nicole, falar com ela, e, por uma sorte fodida, ela estava na rua.

— O que estava fazendo sozinha, no frio, a essa hora, na rua?

— Entrevista de trabalho.

Ele ergueu as sobrancelhas.

— Pensei que trabalhasse no colégio e no restaurante.

— Sim, mas preciso de algum extra.

— Que tipo de trabalho procura?

— Babá.

— Vai cuidar de crianças?

— Não dessa vez, os horários não eram compatíveis.

— Que hora pretendia trabalhar?

— Depois que saísse do colégio. Trabalho no restaurante apenas de quinta a domingo. Posso fazer alguma coisa nos demais dias à tarde e à noite.

Ele olhou para ela. A garota realmente precisava de dinheiro, do contrário, não trabalharia tanto. Tinha idade para estar na universidade, mas, pelo visto, ela nem pensava no assunto. Seu instinto dizia que tinha algo faltando nesse quebra-cabeça.

— Topa um café?

Ela concordou, e ele dirigiu até uma charmosa cafeteria ali da região. Os dois optaram por cappuccino. Ele passou o braço pelos ombros dela, puxando-a para mais perto. Depois, beijou seus cabelos, e ela se virou para olhá-lo. Ramon segurou levemente o queixo da garota e a beijou com doçura.

Deus, ele adorava o gosto dela! Sua boca se movia lentamente sobre os lábios macios, e ele emaranhou os dedos nos cabelos da nuca, acariciando-os preguiçosamente.

A garçonete colocou os dois cafés na mesa, e o barulho das xícaras quebrou o contato das bocas. Ramon olhava Nicole com carinho. Caralho, ele gostava de estar com ela. Mesmo sabendo que isso não terminaria em um sexo quente e selvagem no final da noite. Só de estar com ela já era bom.

Nicole entrelaçou os dedos nos dele. Era tão gostoso estar ali, a cabeça deitada no peito dele, os braços fortes ao seu redor e a mão acariciando seu cabelo. Beijá-lo era sempre um sonho.

Nick ficou pensando que eles tinham ficado juntos por quatro dias seguidos. Ela poderia se acostumar a tê-lo ao redor com frequência. Seu corpo todo reagia à proximidade dele, e ela pensou que agora seus machucados estavam quase totalmente desaparecidos.

Entretanto, depois de três recusas, ele não a chamaria para ir ao seu apartamento de novo. Ela suspirou, sonhadora. Depois que essa atribuição acabasse e ela tivesse dinheiro para pagar as contas e dar algum conforto ao pai, iria se dedicar a estudar para melhorar sua vida financeira e se empenharia mais em sua vida pessoal.

Seria um bônus se Ramon estivesse interessado nela ainda!

— Está calada.

— Pensando um pouco.

— Em mim?

Nick sorriu. Ele era pentelho, mas ela adorava.

— É, posso dizer que você faz parte dos meus pensamentos.

— E você dos meus.

A menina ficou tímida com a confissão, mas o que mais a intimidava era a intensidade do olhar dele, que parecia ler sua alma, olhando por dentro e penetrando em seu interior.

— Você tomou minha mente nesses últimos dias, Nick. E meu sono também — confessou ele.

— Seu sono? — Ela riu, adorando ter ouvido isso.

— Sim. Mal consigo dormir, pensando em você.

— Posso imaginar que tipo de pensamentos você teve...

— Os piores dos melhores.

— Ramon, você não tem jeito!

— Não sou do tipo que desiste, Fada.

— Por que me chama de Fada?

— Já te disse, você parece uma daquelas fadas de contos infantis. Linda, delicada...

— Você está apenas tentando me seduzir...

— E estou conseguindo? — provocou.

— Eu diria que está no caminho.

— Falta muito?

— Muito?

— Pra eu conseguir?

Eles estavam sussurrando um para o outro, os lábios roçando e os corpos muito próximos.

— Está quase lá.

— Ah, Nick...

Ramon beijou a garota brevemente e ela cedeu. Ele sentiu, pelo gemido dela, que hoje ela iria com ele para onde quisesse levá-la.

— Vem, vamos para onde eu possa estar com você de verdade.

Ele deixou o dinheiro na mesa e a puxou pela mão. Em meia hora, eles estavam entrando no apartamento de Ramon. Nem bem entraram, ele a empurrou contra a parede e tomou sua boca. As mãos do homem passeavam por ela, tirando o casaco e a blusa. Os seios dentro do sutiã de renda ficaram em evidência.

Ramon gemeu quando suas mãos se fecharam sobre eles.

— Tão lindos!

Nick sentiu as mãos dele esfregarem seus mamilos eretos. Em seguida, ele os segurou em concha, estimulando-os. A boca dele devorava a dela. A língua lambeu os lábios, o pescoço, os seios.

Ramon brincou com cada um sem pressa, chupando-os, puxando os bicos com os dentes de maneira sedutora. Nick gemeu e se agarrou a ele. Ela estava sem ar e subiu as mãos pelos braços musculosos, indo direto para o tórax e baixando para a barriga, onde ergueu a camiseta dele, retirando-a sem demora.

Ele deixou os lábios voltarem a beijar o pescoço com pequenos beijos quentes que a fizeram respirar fundo de puro prazer.

Ramon levou-a para o quarto sem parar de tocá-la, de sentir seu corpo, de passear a mão pelo corpo dela. Ele abriu a porta e a fechou com o pé. Nicole parou quando suas pernas bateram na borda da cama.

O agente a deitou delicadamente e percebeu que ela estava um pouco nervosa. Era fato que a garota não era muito experiente, ele podia ver isso nos pequenos gestos, mas... *ela não podia ser virgem, podia? Caramba, era melhor se certificar.*

Não era um homem de muitas noites com a mesma mulher, não queria um comprometimento com alguém que nunca tivera experiência e que grudaria nele depois de uma possível primeira experiência. Ramon sempre recorria à honestidade. Nenhuma mulher jamais poderia acusá-lo de má-fé.

— Você parece nervosa...

— Um pouco tensa.

— Se não quiser... a gente não faz... posso esperar.

— Eu quero.

— Você já fez antes, Nick?

Ela sorriu, tímida, e acenou afirmativamente.

— Não sou virgem, Ramon. Fique despreocupado.

Ele sorriu de volta, aliviado e desejoso. Beijou-a longamente, enquanto explorava o corpo dela com as mãos. A garota gemeu e arqueou os quadris. Ramon foi à loucura com o gesto, por isso colocou um preservativo rapidamente e abriu as pernas da garota, introduzindo dois dedos dentro dela logo em seguida. Estava quente, molhada, apertada, do jeito que ele mais gostava, e, assim, ele a conduziu a um mundo que ela não conhecia.

Estocando os dedos com firmeza, enquanto chupava os seios dela e esfregava sua excitação pelo corpo da jovem, Ramon a fez gozar. Um mundo de sensações indescritíveis percorreu o corpo de Nick, algo que a garota só conhecia dos romances dos livros.

Ele ficou observando enquanto ela dava deliciosos espasmos de prazer. Antes que Nick pudesse voltar a si, Ramon a tomou e ficou surpreso com a intensidade das emoções que explodiram dentro dele. Seu pau estava tão duro, tão inchado, tão desejoso que ele achou que seria impossível se segurar por mais tempo, por isso meteu fundo e bombeou firmemente. Ela era bastante apertada, mas seu interior muito molhado facilitou o vai e vem ininterrupto. Então, ele sentiu suas bolas se retorcerem, o arrepio na espinha e o alívio da melhor sensação do mundo tomar todo seu corpo e sua mente.

Ramon gemeu longamente, fechou os olhos e gozou tão forte, que perdeu o sentido por alguns segundos. Nick alcançou seu prazer junto com ele dessa vez. Seu corpo inteiro tremia e sua respiração entrecortada ficou ainda mais restrita. Ela podia não ser virgem, mas era como se fosse. Desconhecia completamente a intensidade de uma transa com um tesão tão grande quanto o que ele sentia por ela. Estava surpresa com o que estava sentindo. Seu rosto denunciava sua reação, e ele adorou.

CAPÍTULO 13

Nick era inocente na cama e estava totalmente entregue ao momento. Ela estava deliciada com as sensações que ele lhe provocara e Ramon se sentiu muito vaidoso em saber que era ele quem estava apresentando à garota todas as delícias que um homem e uma mulher podiam partilhar.

Ainda com o membro dentro dela, ele se permitiu relaxar. Honestamente, de todo o sexo que sempre teve na vida, esse tinha sido o mais singelo. mas uma merda se não tinha sido o melhor, o mais gostoso e o que ele não queria que acabasse mais.

Nick adormeceu logo depois, e, quando despertou, ficou confusa sobre onde estava. Ela olhou o relógio e viu que eram três da manhã! *Caramba, adormeceu pra valer! Estava em maus lençóis com Rafe. Jesus, só esperava que ele tivesse dormido sem perceber que ela não tinha voltado. Mais essa agora... ter que se preocupar que o irmão não a visse com alguém e dar satisfação da vida dela para poder tentar mantê-lo calmo.*

Era uma vida de merda mesmo! Ela olhou para Ramon dormindo com uma perna em cima da dela e um braço na sua barriga. Deus, ele era um tamanho *king* de homem muito lindo. Ela passou o dedo indicador no rosto adormecido dele e se lembrou da noite que tiveram.

O homem tinha sido carinhoso e cuidadoso, e a fizera sentir coisas que ela nem sequer imaginava poder sentir. Suas poucas vezes com Gil, na adolescência, tinham sido sem graça e apática. Agora ela se sentia uma mulher de verdade, com todas as sensações que seu corpo absorveu de Ramon.

A garota beijou levemente a boca deliciosa, e ele se mexeu. Nick não queria incomodá-lo, por isso, ficou imóvel. A mão dele espalmou sua barriga reta e fez um carinho. A voz rouca e sonolenta acendeu tudo dentro dela.

— Quero mais.

— Mais do quê?

— De você.

— Então me mostra o que eu devo fazer.

— Beija aqui.

Ele apontou os olhos ainda fechados e ela fez como ele pediu. Depois, ele apontou o nariz.

— Agora aqui.

O beijo quente já tinha despertado todo o homem adormecido dentro dele.

— Aqui.

Bochecha.

— Aqui.

Pescoço. E Nick se demorou mais indo e voltando pela extensão do pescoço dele enquanto ele gemia, satisfeito.

— Ah, Fada...

— Sim?

— Aqui.

Novamente, a boca linda, cheia e habilidosa que momentos antes a tinha feito gritar de prazer. Ramon estava aceso e pronto para tomar sua fada. E foi exatamente o que fez.

Ramon olhava para a tela do computador da Base, mas sua mente estava focada na imagem do rosto lindo da garota enigmática que tinha passado a noite com ele. Nick não o deixou levá-la até a porta da sua casa, disse que o irmão iria surtar por ela ter passado a noite fora. Ele respeitou porque ela parecia bastante aflita.

Ele já tinha decidido que, assim que a missão estivesse concluída, dali a uma ou duas semanas, ele iria falar com o maldito irmão dela. Afinal, não iria se sujeitar a deixar a mulher com quem estava dormindo voltar para casa sozinha de novo.

Deus, ela tinha sido tão incrível em sua pouca experiência! As mãos macias dançando pelo seu corpo estavam pouco à vontade no início, mas, depois... céus, ele podia jurar que ouviu os fogos de artifício dentro do peito, tamanha sua satisfação. Seu membro endureceu com as lembranças, e ele o acariciou por cima da calça.

— Filho da puta, dormiu com ela, não foi?

A voz divertida de Murilo o tirou do seu devaneio.

— Por que acha isso?

— Está escrito na sua cara.

Ramon sorriu e Murilo bateu no ombro dele.

— Bem-vindo ao clube.

— Está louco? Apenas passamos a noite juntos. Estou longe de fazer parte do seu clube da poção do amor.

— Estou cansado de ser o único membro.

— Problema seu. É algum maldito casamenteiro ou algo assim? Erra meu alvo. Tem o Sam, Fritz e Jason para você bancar o cupido.

— Mas é você quem está saindo com alguém, e eu posso apostar que ela mexeu com você.

— Ela é bonita e tem um corpo assassino. É claro que mexeu comigo.

— Tudo bem, Ramon. Você entendeu o que eu quis dizer, mas, se prefere acreditar no contrário, então vou fechar minha boca.

— É a melhor decisão que você tomou hoje.

Nicole se trancou no quarto e ligou o notebook. O e-mail de Leon estava lá. Ela abriu o primeiro mapeamento do FBI.

— MEU. DEUS. DO. CÉU!

Era uma operação minuciosa e muito perigosa. Os raios laser faziam um ziguezague a uma distância menor que um pé.

— Como vou passar por isso sem acionar o alarme?

Nick memorizou o ambiente e trabalhou os movimentos no espaço do seu quarto. Ela pegou uma fita crepe e passou pelo chão, imitando os raios. Em alguns lugares, a distância era muito curta e a altura de um raio para o outro variava muito.

— Merda. Isso não vai dar certo. Eu teria que me desdobrar pingando como bola de tênis na velocidade da luz sem parar e sem esbarrar em nada.

Nicole olhou novamente para o mapa e de novo para o chão do quarto.

Algo passou por sua cabeça. Ela foi até o guarda-roupa e pegou uma sapatilha de ponta da época em que praticava balé. Entrelaçou a fita no tornozelo e ficou na ponta do pé.

— Um pé inteiro pode não caber entre um raio e outro, mas, na ponta, pode ser que funcione.

Ela se levantou e tentou. Era como dançar num palco pequeno. A garota colocou uma música que facilitaria a memorização dos seus movimentos e começou a fazer os passos do balé, curvando o corpo para cá e para lá enquanto atravessava as fitas sem esbarrar. Anos e anos de balé clássico agora lhe salvariam a vida.

Nick treinou a tarde toda, memorizando os passos de cada mapeamento. Era como estar em um espetáculo. Seu pé estava muito dolorido quando ela parou. Já era noite quando Ramon ligou.

— Oi, Fada.

— Oi.

— Senti sua falta hoje.

— E eu, a sua.

— Quando vamos nos ver de novo?

— Hoje não posso.

— Por que não?

— Estou atarefada com meu pai.

— Então eu vou até aí te dar um beijo.

Ela riu.

— Está louco? É longe.

— Vale a pena.

— Vai me deixar mal-acostumada.

— Se eu tiver minha recompensa, não me importo de te mimar.

— Nos vemos amanhã, pode ser?

— Vou ficar ansioso.

— Preciso desligar.

— Sonha comigo?

— Seria muito bom.

— Eu vou sonhar com você. Bem aqui do meu lado, nua, ofegante, deliciosamente à minha mercê.

Nick sentiu um gelo na barriga e um formigamento nas partes íntimas.

— Não faz isso, Ramon.

— Fazer o quê? Deixar você excitada? Sabe como já estou duro como rocha só de ouvir sua voz?

Ela riu e sentiu que ele sorria também. Pareciam adolescentes e era tão bom. Tão gostoso.

— Boa noite, Ramon.

— Boa noite, Fada.

Rafe estava parado na porta do quarto dela com os braços cruzados e os olhos dilatados pela droga. Estava zangado.

— Sussurros ao telefone, saídas noturnas e pernoite em plena segunda-feira.

— O que você quer, Rafe?

— Você.

Ele entrou, e ela deu um passo para trás, cautelosa.

— Não percebe que eu tenho que querer? *Eu* tenho que querer, Rafe — falou ela, encontrando coragem.

Ele chegou mais perto, e ela deu mais dois passos para trás.

— Com quem dormiu, Nick? Tenho ciúmes só de pensar.

— Com ninguém. Eu juro, Rafe. Olha, preciso terminar meu treinamento. Veja o chão.

Ele olhou as fitas por todo o quarto.

— Preciso ser capaz de fazer isso com perfeição. Estava treinando. Tenho que ter a mente focada nesse trabalho, senão Vincent ficará furioso comigo.

Talvez tenha sido a mente nublada pelas drogas ou a ameaça de Vincent que ainda pairava sobre ele, mas o fato é que o rapaz se afastou e ela passou a chave na porta. Quando estava sozinha, murmurou para si mesma:

— Não se esqueça mais de trancar essa porta, Nick.

CAPÍTULO 14

Nick estava nua, olhando para Ramon, só esperando seu movimento. Ele separou as pernas dela e acariciou suas coxas, seu quadril, sua pélvis.

— Você tem a pele mais suave que já toquei.

Nick não conseguia nem falar. Ramon se abaixou e tomou seu sexo inteiro na boca. Ele sugou seu sabor, lambeu todo o seu interior, chupou seu clitóris e ela gritou de prazer.

As mãos dela passearam pelos cabelos curtos e sedosos dele enquanto o rosto de Ramon estava enterrado entre suas pernas. Era uma sensação incrível e ela mal conseguia raciocinar sobre o que ele estava fazendo com ela.

Ramon enfiou a língua bem no fundo, estocando dentro dela, comendo-a, enquanto o polegar estimulava o botãozinho secreto do prazer. Foi demais para ela. Nick não conseguiu conter-se e gemeu alto.

O gozo foi arrebatador. Ramon subiu o corpo pelo dela e a observou em sua plenitude. *Era linda demais quando gozava!* Se entregava de corpo e alma e ficava com uma expressão corada, satisfeita, deliciosa.

Ele esperou que ela se recuperasse. Quando ela voltou a si, Ramon estava montado sobre o tórax dela, tomando cuidado para não deixar que a garota sustentasse seu peso.

Ramon segurava seu pau grande, duro e muito grosso, acariciando-o em um vai e vem sedutor.

Ela tentou tocá-lo, mas ele a impediu.

— Não com a mão.

Nick não entendeu muito bem, mas Ramon a puxou para cima para acomodá-la sobre os travesseiros.

— Quero que brinque com ele... com a boca — sussurrou, aproximando o membro da boca dela.

Ela obedeceu e começou a beijar o membro por toda a extensão, depois, ainda um pouco tímida, o tomou até o ponto que conseguiu. O homem se segurou na cabeceira da cama e Nick se apoiou em seus quadris.

— Deus do céu, como isso é bom...

Incentivada pela reação dele, a garota o segurou e então começou a movimentar o pau de Ramon, tomando-o dentro da boca quase que por inteiro.

O homem convulsionou e gemeu rouca e profundamente.

— Nick, vou me movimentar... tudo bem?

Concordando com a cabeça, Nick sentiu quando ele fez os primeiros movimentos com alguma cautela. Ela nunca imaginou que seria tão prazeroso tê-lo tão intimamente em sua boca.

Ramon começou a estocar com mais agilidade. Nick sentiu alguma dificuldade de mantê-lo por inteiro porque era grande e grosso, mas seus esforços foram recompensados pelos gemidos enlouquecidos dele.

Ramon sentiu seu gozo explodir na boca dela. Não teve tempo de raciocinar se devia ter tirado antes de se derramar todo, mas foi impossível parar. Ele ficou satisfeito em ver que ela não teve dificuldade em consumi-lo por completo.

Quando tudo terminou, ele desceu o corpo até que estivesse na altura certa para beijá-la. Ramon segurou o rosto da jovem entre as mãos e a beijou profundamente.

— Foi incrível.

Ela concordou, sorrindo. Ramon deixou o corpo cair sobre o dela, suado, exausto e completamente satisfeito. Depois, rolou para o lado, puxando-a para seus braços e beijando seus cabelos.

— Deus, Fada... você é perfeita!

Ela não conseguia falar. Estava se recuperando da intensidade do momento. Suas energias estavam esgotadas e tinha um sorriso bobo no rosto.

De repente, uma felicidade plena tomou conta dela. Talvez fosse porque sua tarefa estava próxima ou porque seus sentimentos estavam tão aflorados que parecia não conseguir segurar no peito, ela não sabia explicar, a única certeza que tinha era que estava gostando muito dele e queria que ele soubesse.

— Nunca me senti assim — confessou.

— Assim como?

— Tão arrebatada, tão pertencente a alguém.

Ele ficou tenso e ela se arrependeu de ter dito. Era muito cedo. Por mais que fosse exatamente como se sentia, sabia que os homens eram diferentes. Separavam muito bem sexo de amor.

O silêncio dele foi constrangedor e ela achou que era hora de ir. Não pretendia constrangê-lo ou forçar uma declaração. Ela falou porque quis, era a verdade. Não esperava suspiros apaixonados e frases românticas. Sua vida nunca tinha sido mais do que dificuldades financeiras e problemas com Rafe. Os momentos de gentileza que ele lhe proporcionara apenas a fizeram se sentir bem, e ela teve vontade de se expressar. Grande erro!

A garota se levantou e pegou suas roupas no chão, começando a se vestir

— Aonde vai?

— Pra casa.

— Por quê?

— Porque Rafe ficou louco no dia que dormi aqui. Ele sabe como ser chato, entende?

— Estou começando a me irritar com seu irmão.

— Eu me irrito com ele todos os dias.

Ramon soltou o ar pesadamente.

— Vou ter que me ausentar por uns dias para uma viagem de trabalho depois de amanhã. Quando eu voltar, vou falar com seu irmão.

Ela olhou para ele, assustada.

— De jeito nenhum.

— Claro que sim. Você tem idade suficiente para cuidar da sua vida e não precisar sair correndo da minha cama porque a porcaria do seu irmão vai ficar bravo.

— Eu me entendo com ele, Ramon.

— Não é o que parece.

— Você não sabe de nada.

— O que eu vejo é que você tem medo dele.

Nick congelou. Puta merda, não precisava que um cara, que não queria nem ouvir que ela estava a fim dele, se intrometesse em sua vida e lhe trouxesse um problema gigante com o maníaco do Rafe.

— Por que deixa ele te intimidar? O que acontece entre vocês, Nick?

— Nada. Ele só tem um temperamento difícil, e afrontá-lo não é o melhor caminho.

O homem estava nu quando abraçou-a pelas costas.

— Ele te machuca? É assim que ele a mantém em rédeas curtas? Aqueles hematomas foram ele quem fez, não foi?

Ela respirou fundo.

— Não. Não é nada disso. Ele só tem excesso de proteção comigo, com meu pai e com Diana. Não percebe que eu cresci.

— Jura?

— Sim.

— Então tudo bem. Nos vemos amanhã?

— Trabalho no restaurante até onze.

— Passo pra te pegar, então.

— Melhor não. Vou estar cansada.

Ele olhou para ela, meio bravo.

— Está me dispensando?

— Não. Só acho que talvez esses encontros constantes possam ter significados diferentes pra nós dois.

Ramon entendeu as entrelinhas. O silêncio dele diante da declaração dela a tinha. Grande merda essas mulheres não conseguirem ser mais práticas sobre relacionamentos!

Nick o fitava, esperando uma resposta, mas ele não deu nenhuma.

O mexicano ficou irritado.

— Sim. Tem toda razão.

Ela deu de ombros, e ele saiu do quarto bastante contrariado. Nick respirou fundo. Por que ele estaria bravo, afinal? Por não poder vê-la ou porque ela tinha sido ousada em seus comentários? Bom, ele que engolisse essa. O homem viajaria a trabalho e poderia até sair com alguém nas horas de folga. Eles não tinham um relacionamento e ele deixou bem claro com seu silêncio que não pretendia ter.

Ramon vestiu uma roupa confortável e levou-a embora. Como de costume, ela pulou do carro antes que ele pudesse beijá-la, e entrou em casa sem olhar para trás. Ele arrancou com o carro cantando os pneus. Em alguns dias, resolveria essa merda com o irmão dela, e o bastardo teria um problema sério se não a deixasse em paz.

Dentro do avião, os cinco agentes repassavam o plano de ação que salvaria a filha do governador, cativa há quase um mês. A imprensa teve seu foco desviado pelos federais, para que o serviço secreto pudesse trabalhar sem interferências.

Vestidos de preto e com armamento pesado, eles invadiriam o esconderijo dos terroristas que a mantinha presa em um inferninho escondido em Denver.

Sam, o perito em tecnologia, já tinha feito o mapeamento da área via satélite, e tudo iria para os ares assim que eles tivessem resgatado a garota e matado um bom número de bandidos, que tinham planos de usar o resgate para aumentar o poder aquisitivo do grupo.

O avião pousou e uma van os levou até o local. A voz de Dylan soou através do comunicador que eles usavam.

— Em 10, 9, 8, 7, 6, 5... 0!

Os homens saltaram atirando, enquanto os explosivos destruíam a parte de trás do esconderijo. A moça estava presa em algum lugar da primeira divisão do local. Enquanto os homens corriam para averiguar o que estava acontecendo, Jason e Fritz percorreram o corredor procurando o cativeiro, e, assim que o acharam, atiraram na fechadura. A refém estava deitada no chão da cela improvisada, debilitada demais para se levantar. Fritz a pegou no colo enquanto Jason dava cobertura pelo caminho, onde o furgão de Dylan estava esperando com um médico.

Tiros eram ouvidos por toda parte. Fritz entrou com a garota no carro, e Murilo arrancou em disparada, ouvindo a lateral do veículo ser atingida por disparos.

— Tirem suas bundas daí. Sam vai explodir a área em vinte segundos — gritou Dylan. Depois, verificou um por um se tinham entendido a mensagem.

— Sam?

— De acordo, chefe.

— Jason?

— De acordo.

— Ramon.

Silêncio.

— Ramon?

— Tem mais pessoas em cativeiro, Dylan.

— Não é nosso problema, mexicano. Saia daí em dez segundos.

— Preciso de uns minutos, comandante. Estou quase lá...

— Ramon... saia já daí! É uma ordem.

A voz de Sam estava irritada quando falou:

— Em dez, Ramon... 10, 9, 8, 7...

Dylan se enfureceu.

— Porra, homem, os explosivos estão programados.

— Meia volta, Marconi — ordenou o chefe.

O brasileiro não questionou, e retornou com o furgão. De longe, viram Ramon correndo com alguns outros reféns em seu encalço enquanto o local ia pelos ares.

Sam abriu a porta do segundo furgão ainda em movimento e Fritz fez o mesmo. Os outros cinco reféns entraram correndo e Ramon pulou para dentro segundos antes de tudo ser consumido pelas chamas.

Dylan estava possesso.

— Merda, Ramon. Você não consegue seguir a porra de uma ordem?! Quase morreu...

— Estou vivo, não estou?

O mexicano virou a garrafa de água na boca. Tinha o rosto cheio de fuligem e óleo, e o braço sangrava. A roupa estava um pouco rasgada, mas ele parecia bem.

Dylan bufou, impaciente.

— Sede dos federais, Marconi — pediu o chefe, deixando a bronca guardada para mais tarde.

CAPÍTULO 15

Nicole estava dentro do avião de pequeno porte que a levaria para a sede do FBI, em Washington. A moça passava e repassava os detalhes dos passos que deveria seguir para ter sucesso na operação.

Sua vestimenta preta tinha bastante elasticidade, o que deixaria seus movimentos livres. A sapatilha e a máscara estavam em sua mochila.

Era uma coisa grande o que ia fazer. Se desse errado, apodreceria na prisão ou seria morta por Vincent. Boa coisa foi Ramon ter viajado a trabalho e Rafe estar fora. Ela disse a Diana que seria dama de companhia de uma senhora por duas noites para ganhar um extra.

Leon estava também no avião e falava ao telefone.

— Ninguém evapora dessa maneira, Laura. Devem ter deixado alguma pista. Se vira... não... não... Use violência, se precisar... ele deve saber... sabemos que ele era o melhor amigo da garota.

Nick tentou não prestar atenção na conversa, mas foi impossível.

— Ela pode ter alterado a identidade e a do irmão também. Quem é? Faça-o falar. Nossa operação está em andamento. Julián está possesso atrás dela. Ele a quer, Laura. Faça a bicha louca falar ou eu cuidarei dele do meu jeito, e de você também.

Assim que desligou, olhou para Nick.

— Teremos três cortes de energia de dez segundos. Não falhe, Nick.

Ela fez que sim com a cabeça, mas não disse nada.

Quando pousaram, havia um carro esperando por eles, onde um homem já trabalhava com várias telas e monitores que mais pareciam um pequena sala da Nasa, cheia de vídeos, botões, comunicadores e armas para todos os lados. Os dois entraram, e ela tirou as sapatilhas pretas de ponta de dentro da mochila, calçando-as e amarrando fortemente as fitas nas panturrilhas. O homem dos computadores olhou surpreso para ela.

— O que está fazendo? Isso não é um espetáculo de balé.

— Faça seu trabalho e deixe que do meu cuido eu.

— Ui. Nervosinha a bailarina, hein?

Leon riu. Em seguida, deu os comandos, repassou o plano e fez uma última ligação.

— Luzes cortadas em 5, 4, 3, 2, 1.

Nicole saltou do carro e entrou no recinto através da porta destrancada pela falta de energia. Ela se recostou na parede e as luzes se acenderam. De dentro da sua máscara, ela viu os raios laser que cortavam todo o ambiente até a sala do cofre.

Mentalizando a música do seu treinamento, Nick deu o primeiro passo da sua dança entre os raios. De dentro do carro, Leon observava a garota em sua habilidosa contorção entre os fachos de luz. A firmeza dos movimentos e a curvatura perfeita de braços, pernas e tronco passavam pelas luzes com aparente facilidade. O homem dos computadores sorriu, entusiasmado.

— Olha isso! Golpe de mestre, Leon, e em grande estilo. Ela está atravessando a sala na ponta do pé e com os movimentos precisos da dança. Nunca vi nada igual.

— Julián vai ficar doido com ela. A grande bailarina ladra. Vai ser notícia nacional amanhã.

Quando a garota atravessou a sala e parou em frente à porta do cofre, Leon falou novamente:

— Luzes cortadas em 5, 4, 3, 2, 1.

Nick ouviu o *click* da trava do cofre e abriu a porta rapidamente. Pegou tudo que tinha lá e enfiou dentro de um saco de pano embutido em sua roupa, fechando-o a tempo de o gerador verificar as travas.

Novamente, ela deixou seu corpo rolar pelo chão, ficou na ponta do pé e se contorceu entre um feixe e outro de luz, até que estava de frente com a pesada porta de saída e esperou Leon dar o comando de luz.

Ela abriu a porta, tomando o cuidado de fechá-la atrás de si. O carro já estava esperando por ela, que pulou para dentro. Mal tinha se sentado, o alarme geral do prédio soou pelo quarteirão.

— Por que disparou? — perguntou, nervosa.

— Porque o cofre tem um sistema de segurança que é acionado se ele estiver vazio. Em pouco tempo, toda a equipe da sede receberá um sinal de invasão e estará aqui para averiguar. Quando isso acontecer, nós estaremos entrando nas dependências do DEA.

A garota tirou tudo o que tinha no saco e entregou a ele.

— Aqui está.

— Perfeito.

Ele arrumou as coisas dentro de uma pasta de couro e sorriu para ela.

— Vincent gosta muito de você, Nick. Devia se aproveitar dessa afeição, porque ele a tem por poucos. Sabia que você é muito parecida com a falecida filha dele?

— Não — respondeu, bastante constrangida.

— Você é. Por isso ele a tem em grande estima. Talvez possamos formar uma boa equipe. Pense nisso. Não seria bom deixar a vida de contar moedas para trás?

Ela não iria pensar. Não era uma criminosa. Estava ali porque não podia deixar que sua família fosse despejada. Não podia deixar seu velho pai morrer à míngua. Jamais roubaria pela mordomia do dinheiro fácil. Isso, não.

Uma hora depois, o mesmo procedimento acontecia nos corredores da sede do DEA. As disposições das luzes eram bem diferentes. Quando achou que estava quase lá, uma nova linha de laser se formava, surpreendendo-a. Ela pensou rápido e mudou seu esquema de pulo na hora exata, dando um *Pas de Chat* seguido de um *Jeté*, que a colocou de frente para o cofre. Um *click* na luz e sua mão rápida varreu todo o conteúdo que estava lá.

Dentro do quarto chique de hotel, depois de tomar banho e pedir o jantar, Nick ligou seu celular. Cinco chamadas perdidas. Uma de Rafe e quatro de Ramon. Ele deixara duas mensagens de voz, e ela sorriu ao ouvir a voz dele na mensagem.

— Onde você está? Quero falar com você.

Segunda.

— Fada, Fada... Você está me deixando louco. Só penso em você. Me liga quando pegar essa mensagem.

Ela olhou a hora. Meia-noite de sábado. Talvez ele estivesse com alguém. Mas, se estivesse acompanhado, não teria ligado para ela. A garota discou e ele atendeu no primeiro toque.

— Oi.

— Oi.

— Que bom que ligou, pensei que estivesse brava comigo.

— Por que eu estaria brava com você?

— Não sei.

Silêncio.

— Onde você está?

— Acabei de sair do trabalho.

Nick pensou que não era de todo mentira. Apenas não era o trabalho que ele imaginava.

— Volto amanhã. Quero te ver.

Ela pensou rápido. Ainda tinha a sede da CIA na Virgínia para concluir antes de voltar para Boston.

— Onde está agora? — Nick desviou o assunto.

— Em Denver.

Ela fechou os olhos e visualizou o rosto dele. Sentiu seu corpo aquecer com as lembranças do que ele fazia com ela. Ele poderia rir dela, mas queria que o rapaz soubesse o quanto já estava envolvida.

— Senti sua falta. Parece tolice, eu sei, mas é como estou me sentindo.

— Também senti a sua. Por que acha que sentir minha falta seria uma tolice?

— Porque te conheço há tão pouco tempo, e você não parece gostar que eu diga como me sinto.

Ramon respirou fundo e desviou o rumo da conversa.

— Queria que estivesse aqui agora.

— Queria estar aí.

Ramon suspirou, imaginando o que faria se ela estivesse ali com ele. Todas as coisas que gostaria de lhe ensinar. Deus, ela estava se tornando uma constante nos pensamentos dele. Isso o preocupou, e o agente pensou que talvez fosse o momento de pular fora.

— Está tarde, vá dormir, Nick. Nos falamos amanhã.

Ela estranhou a mudança brusca de uma hora para outra, mas consentiu.

— Boa noite, Ramon.

— Boa noite, Fada.

Fada. Ele tinha dito que ela parecia uma fada. Ela gostava disso. Era muito pessoal, como se ela se destacasse das outras mulheres por causa de um detalhe que ele tinha observado. Era como se tivesse algo único que a tornava especial para ele.

Ramon desligou o telefone e Murilo olhou para ele, tentando evitar um sorriso. O mexicano fingiu que não notou a diversão no rosto do colega de quarto, foi até o frigobar e abriu uma cerveja. Deu um gole na bebida e olhou a atadura no braço. Merda, tinha sido um corte profundo. Levara cinco pontos, e a ferida estava dolorida agora.

O telefone de Murilo tocou. Era Babi, que estava no intervalo. Ramon ficou ouvindo o agente brasileiro todo carinhoso e meloso com a namorada e concluiu que nunca iria querer ficar exagerado assim. Parecia um pouco idiota estar tão vulnerável aos encantos de uma mulher, mas sua fada não estava fazendo isso com ele.

Isso o irritou muito. Mulher dos infernos. Não saía da sua cabeça. Podia sentir o sangue correr mais rápido com o simples pensamento dela nua, os olhos fechados, a respiração ofegante pela satisfação que ele estava dando a ela.

Droga. Ele pegou o controle da televisão e aumentou o volume. Não queria ouvir a conversa "eu te amo, você me ama e somos felizes" que o colega estava tendo. Ele via como o agente se corroía de ciúme e se martirizava quando estava longe. Nem fodendo ele queria ficar daquele jeito.

— Também te amo, neném.

Ramon revirou os olhos. Murilo desligou e, antes que pudessem engatar alguma conversa, os celulares de ambos vibraram, sinalizando uma mensagem de Dylan.

"Todos na minha suíte em cinco minutos."

— Caralho, alguma coisa grave aconteceu — falou Ramon.

Murilo vestiu a calça e colocou uma camiseta, e Ramon colocou uma blusa e os tênis de qualquer forma. Encontraram Jason e Fritz no caminho. Sam chegou logo depois.

Dylan abriu a porta para os homens entrarem enquanto ainda falava ao celular. O monitor em cima da mesa estava ligado e imagens subdividiam-se em várias telas.

— Estaremos aí ao amanhecer. Ok. Boa noite.

Sam foi o primeiro a questionar:

— Temos uma situação, chefe?

— Uma bem grave — respondeu o homem, com a voz cansada.

— O que aconteceu? — questionou Murilo.

— Invadiram a sede do FBI e do DEA essa noite. Abriram os cofres e levaram os dossiês sobre Julián Martinez.

— Porra! — Ramon deu um soco na mesa.

— Caralho! — Sam parecia exasperado.

— Como? — insistiu o brasileiro.

— Os dois lugares em uma única noite? — quis saber Jason.

— Em questão de horas. Vejam as imagens.

Os agentes se aproximaram para ver uma graciosa bailarina dançar por entre as luzes, saltando, agachando, esticando as pernas e as mãos, e ficando na ponta dos pés até atravessar o recinto protegido e limpar o cofre.

— Mas que merda é essa, Dylan? É uma moça? Uma bailarina? — Fritz não podia acreditar no que via.

O comandante acenou com a cabeça.

— Inacreditável, não é?

Ramon aproximou o rosto e voltou a imagem para ver novamente.

— Caramba, olha a precisão dos movimentos!

— Sem dúvida — concordou Jason.

Dylan voltou a falar.

— Ela foi assessorada por alguém. As luzes foram cortadas em três estágios de dez segundos. Foi o tempo que ela teve para entrar, passar pelo laser e levar as informações.

— Ela fez tudo isso em trinta segundos? — duvidou Murilo.

— Em um pouco mais do que isso.

— Puta merda!

Sam raciocinava sobre alguns detalhes enquanto olhava as imagens novamente, indo do FBI para o DEA.

— Os passos foram trabalhados, estão ensaiados. Ela tinha o mapeamento do lugar. Temos um traidor, Dylan. Alguém passou pra ela a posição exata dos feixes e os detalhes do ambiente.

— Foi o que pensei, Sam. Em se tratando das informações do colombiano, eu acredito que o facilitador é o homem por trás da ladra.

— O que faremos agora? — quis saber Ramon.

— Voaremos para Washington ao amanhecer pra dar uma olhada de perto. Os dossiês sobre Julián foram distribuídos para o FBI, DEA e CIA. Temos uma cópia na Base também.

— Então, provavelmente... — deduziu Jason, que deixou a conclusão no ar, mas todos entenderam e Ramon completou:

— Provavelmente, a CIA é o próximo local a ser invadido, e, na sequência, a Base.

— Temos que pegá-los na invasão da CIA, antes que cheguem à Base.

Dylan dispensou os agentes e, já na porta, acrescentou:

— Volta pra casa adiada temporariamente.

623.652	24422.562	0953.73
	232.345	6343.09
425.764	424.222	8311.04
511.445	3513.567	9631.77
732.243	288.456	9830.00
	499.221	8693.52
947.234	1349.234	6131.87
981.321	343.567	2198.83
335.234	342.246	1198.72
111.439	31.532	8923.90
266.423	662.232	3600.85
882.118	14445.785	6286.81
909.123	354.234	0753.41
777.234	636.111	7548.58
	78.673	8770.43
412.341	8339.111	9873.37
545.324	67.632	8653.07
741.234	98.232	4498.66
554.345	2333.452	8703.37
874.326	12.543	1048.08
452.113	55.896	6821.21
974.423	3341.332	0953.73
893.465	6441.323	6343.09
862.123	52227.112	8311.04
974.456	33.562	9631.77
988.335	271.286	9830.00
582.936	77.218	8693.52
	3.682	6131.87
	87.322	2198.83
352.209	332.321	1198.72
223.564	59.113	8923.90
	79.322	3600.85
	332.321	
	99.223	

CAPÍTULO 16

Nick olhava no noticiário sua imagem camuflada pelas roupas e pela máscara preta, seus movimentos precisos por entre os raios. Era uma imagem bem rápida e disforme. O país estava embasbacado com o sucesso de uma operação dentro de dois dos órgãos muito importantes para a segurança nacional.

Leon assistia à TV, impassível. Nem parecia estar envolvido com tudo aquilo. Quando ela se sentou com seu café da manhã, ele sorriu e falou baixo:

— Nosso próximo local vai ter que esperar, por enquanto. Há muita publicidade envolvida. Pensei que os imbecis fossem evitar a imprensa, mas a informação vazou e a segurança vai estar reforçada.

— Foi o que imaginei.

— Por sorte, eles não têm interesse de deixar a coisa toda se propagar porque isso seria admitir que a segurança deles é falha. Aposto que alguém vai pagar o pato para mostrar ao público que o problema foi resolvido.

— Vão acusar alguém no meu lugar?

— Com certeza.

— Fazem isso com frequência?

— Mais do que você pode imaginar. A população quer se sentir segura, Nick. Quando algo desse tipo acontece e a informação vaza para a imprensa, os grandões do governo querem resultados rápidos e eficazes. A solução comum é arrumar um bode expiatório e acalmar os ânimos. Assim, ganham tempo para ir atrás do verdadeiro culpado.

A garota engoliu em seco. Ela era a culpada e um arrepio de medo passou por sua espinha.

— Vamos voltar pra casa em duas horas. Fique atenta ao chamado de Vincent para a invasão da CIA e da Base. Delete todas as informações do seu notebook e siga sua rotina nos próximos dias.

— Tudo bem.

Dois dias depois, Nick estava na casa de Tiago. Eles haviam saído da escola juntos e o rapaz a convidara para almoçar com ele e a irmã. Babi os recebeu sorrindo.

— Ah, oi, Nick.

— Oi. Seu irmão insistiu que eu viesse.

— Sem problemas, há o suficiente para três.

Eles almoçaram e conversaram bastante durante toda a tarde. O dia passara rápido e Babi olhou o relógio, ansiosa. Tiago revirou os olhos.

— Já, já, ele tá aí, Tata.

— O que foi? — quis saber Nicole.

— Murilo teve um imprevisto no trabalho e adiou a volta em dois dias. Minha irmã parece que vai surtar.

Nick riu. Era bonito ver a relação deles.

— Eu quero, um dia, ter alguém que se preocupe comigo e cuide de mim como você e seu marido fazem um com o outro — confessou.

— Ele deveria ter chegado meia hora atrás — reclamou a outra.

— Os voos podem atrasar! — comentou o irmão.

— Sim. Eu sei, mas já está anoitecendo.

— Eles estão em Denver, não é?

Babi olhou para ela com curiosidade.

— Sim. Como sabe?

— Ramon me ligou de lá.

Tiago ergueu as sobrancelhas, e Babi sorriu para ela.

— Então está rolando mesmo, hein?

— Não sei bem. Ficamos juntos, e é só isso.

— Acredite, Nick, do pouco que conheço do Ramon, se ele ligou no meio de um trabalho, é porque está realmente interessado.

— Sério?

— Sim.

— Me diz uma coisa, Babi, o que eles fazem exatamente?

Tiago olhou para a irmã em um aviso mudo, para que ela não deslizasse na explicação.

— Eles trabalham em um complexo de escritórios internacionais. São como administradores auditores. Por isso viajam tanto. Precisam visitar as filiais espalhadas pelo mundo.

A mente de Nick era inteligente o suficiente para ligar as coisas. Escritórios internacionais em Boston. Homens grandes, fortes e sarados para trabalhar em escritórios? Claro que não.

— A sede é aqui em Boston mesmo?

— Sim. No centro da cidade.

Puta merda. Não podia ser! Seria coincidência demais.

— Por acaso, não é aquele complexo de escritórios perto da avenida principal, é?

— Aquele mesmo.

Caraca, eles eram agentes? Que loucura! Nick ficou pálida. O que faria agora? Por sorte, Tiago estava atento ao seu jogo, e Babi olhava pela janela, então não perceberam que ela estava tremendo. A bailarina limpou a garganta e arriscou perguntar:

— Que tipo de imprevistos eles tiveram?

— Não sei te dizer. Ramon não comentou?

— Não. Quando falei com ele, há dois dias, disse apenas que estava em Denver.

— Mas agora estão em Washington.

Nick empalideceu ainda mais, se é que era possível. Ela sabia qual era o imprevisto. Estava na cara que tinha sido por causa da invasão do FBI e do DEA. Se eles realmente eram agentes, estavam intimamente ligados a esses dois órgãos.

— Eu... preciso ir. — A jovem se levantou de repente.

— Aconteceu alguma coisa, Nick?

— Não. Apenas me lembrei de que preciso dar uma mão para Diana com meu pai e a casa.

Babi acompanhou a moça até a porta. O carro de Ramon estacionava na frente bem na hora, e Murilo saltou do banco de passageiro, sorrindo para Babi, que o envolveu em um abraço apertado.

Ramon sentiu o coração na boca quando viu Nick, linda, ao lado de Babi. Ela sorriu, tímida, para ele, e o homem sentiu seu sangue ferver. Não tinha intenção de ficar, mas desligou o carro e desceu para cumprimentá-la.

O rapaz a beijou na boca de leve e Babi convidou ambos para ficarem para o jantar. Ele respondeu pelos dois.

— É uma boa ideia.

O agente entrelaçou os dedos nos dela e a puxou de volta para o interior da casa. Babi foi direto para a cozinha e Murilo a seguiu. Ramon permaneceu na sala com Nick.

— Surpresa boa te ver aqui. Estava pensando se devia ou não bater lá na sua casa.

— Sério?

— Sim.

Ele desceu sua boca faminta pela dela, trazendo-a para perto e beijando-a com vontade. Da cozinha, Murilo deu uma espiada e Babi o repreendeu.

— Deixa os dois à vontade.

— Ele tá super na dela, mas não quer admitir.

— Por que diz isso?

— Porque ele fica negando o que tá sentindo. Eu vi. Ele mal conseguia dormir, virando de um lado para o outro porque ela não atendia ao telefone.

— Jura?

— Sim, mas não quer ouvir a voz do coração. Disse que gosta de variar, que não é homem de uma mulher só, essas baboseiras.

— Nada parecido com você.

Ele riu e a abraçou por trás, beijando seu pescoço.

— Não. Eu sabia o que eu queria e fui atrás. Dei sorte.

— Eu que dei.

Tiago entrou e resmungou.

— Será que tem algum lugar dessa casa que não tem alguém se pegando?

Murilo interrompeu o beijo e gritou:

— O jantar está pronto.

Ramon soltou Nick a contragosto e colocou uma mecha do cabelo dela atrás da orelha.

— Vem, vamos comer alguma coisa e dar o fora daqui.

— O que quer dizer?

— Que quero você só pra mim.

Nicole queria dizer não. Estava quase certa de que aquele homem era um agente, pelo amor de Deus! Ela deveria se manter bem longe dele, mas toda sua convicção caiu por terra quando ele enlaçou sua cintura e beijou seus cabelos com carinho.

Eles jantaram e falaram superficialmente sobre a chatice do trabalho burocrático do escritório. Aquela conversa falsa só serviu para convencer Nick de que eles eram mesmo agentes secretos. Assim que terminaram, Ramon a puxou para fora. Meia hora depois, estavam no apartamento dele, se agarrando e querendo tomar tudo um do outro. O rapaz estava perdido nas sensações que ela causava nele.

— Ah, Nick, minha fada linda. Senti sua falta...

— Eu... senti... a sua... também.

Ela queria se concentrar no que ele estava dizendo, mas a carícia íntima que Ramon estava fazendo nela tirava toda a sua capacidade de pensar com clareza.

— Muito?

— Muito.

Nick mal podia respirar com ele a beijando pelo corpo todo, com seus dedos enfiados em seus lugares mais secretos. Ramon adorava vê-la como estava agora, afogueada e quente por ele, para ele. Eles se amaram, uma, duas e outra vez. Ele a tomou em várias posições novas. Com força, com delicadeza, com paixão, com carinho, com saudade. Parecia que ele não tinha o suficiente dela. Foram dormir muito tarde, exaustos, emaranhados e felizes. Ramon a puxou para si. Queria dormir sentindo o corpo dela bem junto ao seu.

Sentindo a respiração suave e a pele quente dela.

CAPÍTULO 17

Eram cinco da manhã quando Nick acordou, ouvindo a voz de Ramon na sala de estar. Ele estava ao telefone com alguém. Sem fazer barulho, a garota se levantou e caminhou para o banheiro, mas o teor da conversa que chegou através da porta entreaberta a fez parar e escutar atentamente.

— Sam já tem as imagens ampliadas? Peça para ele me enviar. Todas as academias de balé de Washington entregaram os registros dos alunos e professores. Mesmo que seja alguma maldita profissional liberal, Dylan, ela estudou muitos anos para ter movimentos tão perfeitos.

O coração de Nick disparou e começou a retumbar loucamente na garganta. Jesus, ela não apenas tinha a plena certeza agora de que estava saindo com um agente especial, como estava sendo caçada pela equipe dele. Como foi entrar nessa roubada?

Deus a ajudasse que eles nunca soubessem sua verdadeira identidade. Ele terminou a ligação e ela voltou para a cama depressa, fingindo que ainda dormia.

Ele entrou no quarto muito silenciosamente, parando ao lado dela e passando os dedos pelo seu rosto, num carinho que aqueceu todo o corpo de Nick. Em seguida, entrou no banheiro e ela ouviu o barulho do chuveiro.

Precisava parar de sair com ele. Seria muito perigoso continuar encontrando-o, agora que sabia o que ele realmente fazia e diante do que ela tinha feito. Um policial e uma ladra, que final poderia ter uma história dessas?

Quando Ramon saiu do banheiro, viu Nick quase pronta para ir embora.

— Tem que trabalhar?

— Sim. Entro às sete no colégio.

— Te vejo hoje à noite?

— Não.

A afirmativa dela foi tão enfática que ele se surpreendeu. Nick tentou suavizar a voz.

— Tenho que substituir uma funcionária que está doente no restaurante. Hoje e amanhã. Depois, pego meu turno até o fim de semana.

— Bastante ocupada, hein?

Ela deu de ombros, querendo parecer desinteressada, mas seu nervosismo traiu sua intenção.

— Está tendo algum problema, Nick?

Ela negou rapidamente.

— Por que trabalhar tantas horas seguidas, sem folga?

Ele se aproximou, mas ela se desvencilhou discretamente, caminhando para o outro lado do quarto.

— Preciso de dinheiro, Ramon.

— No que seu irmão trabalha?

— Ele não trabalha.

O rosto dele endureceu e ela achou que deveria ter mentido.

— Ele não trabalha? Você o sustenta?

— É que... ele... tem alguns problemas... e...

— Que tipo de problemas?

— Ele é dependente.

— Um viciado.

— Sim.

— Viciado em quê?

— Cocaína.

— E ele te agride?

— Já me perguntou isso, e eu disse que não.

— Pois eu acho que sim.

Ele passou as mãos pelos cabelos.

— Vejo como você tem medo dele. Isso só pode estar relacionado à violência.

— Sua imaginação é fértil, Ramon.

— E você mente muito mal.

— Pode me levar embora?

Ramon estava irritado. Queria que ela admitisse o que ele já sabia.

— Me diz a verdade.

— Não há verdade a ser dita. Preciso ir, ou vou me atrasar.

O agente pegou as chaves do carro e se virou para ela.

— Se eu souber que ele põe as mãos em você, juro que quebro o pescoço dele.

A garota fechou os olhos numa tentativa de conter sua raiva. O cara mal podia tolerar que ela se declarasse para ele, mas agora queria matar seu irmão.

— Isso não é da sua conta. Você não é nada meu.

Foi como um tapa na cara de Ramon. Como assim não era nada dela? Estavam ficando, ele tinha o direito de zelar por ela, não tinha? Eles eram... como... ah, sabe-se lá... eram como colegas que transavam. Merda, eram... bem, ele não tinha um nome para o que eles eram. Ficantes? Foda-se, não precisava de um nome, independente disso, ele não iria admitir que o irmão a maltratasse.

— Não importa se sou ou não alguma coisa sua. Não vou deixar que ele te agrida.

— Ele não me agride e eu realmente preciso ir. Se não pode me levar, não tem problema, eu pego um ônibus.

— Eu posso te levar, Nick.

O clima tinha azedado entre eles. Seguiram todo o trajeto de carro em silêncio. Ele a deixou na porta do colégio e seguiu para a Base. O dia ia ser longo, tenso, e Dylan já estava a todo vapor.

Jason jogou os relatórios na mesa.

— Mais de seiscentos registros revisados. Nada, nem ninguém, suspeito em todo o Distrito. A ladra gostosa e habilidosa é uma incógnita — Jason deu seu parecer.

— E se ela não for de Washington?

— É o que tudo indica, e, seja como for, a bailarina está muito bem coberta. Sem digitais, sem fios de cabelo para DNA, nada de nada que nos dê uma pista de quem possa ser.

Sam passou a mão pelo rosto, demostrando cansaço. Poucas horas de sono e muitas em frente dos monitores, era isso que ele transparecia.

— Ela deve ter aproximadamente um e setenta de altura e não mais que cinquenta e cinco quilos, além de um corpo bem flexível. Mas essas são medidas muito comuns para quem dança por lazer ou profissionalmente. A fresta na máscara indica a cor azul-clara dos olhos e pele branca. Nada além.

Dylan entrou na sala, seguido por Lorena.

— A CIA vai divulgar internamente a nova estrutura de segurança digital. Se o facilitador for um deles, terá acesso ao procedimento, isso é fato. Mas ele não poderá saber sobre a nova trava mecânica que será implantada. Apenas poucos agentes confiáveis saberão sobre isso. Se ela conseguir passar pelo esquema, será pega pela trava de segurança não elétrica, que será instalada secretamente.

— Esse cara tem que ser peixe grande, Dylan. O cara tem acesso ao FBI, ao DEA e à CIA. Puta merda. É alguém da alta — Sam constatou.

— Sem dúvida, e ele está arquitetando para colocar Julián na rota norte-americana de novo — Dylan concordou.

— Isso implica na busca de alguém para fazer o trabalho que a Babi fazia pra ele — Jason completou.

— Ou a própria — Dylan sugeriu.

Murilo sentiu o sangue sumir do rosto. Ele se levantou com uma expressão de morte.

— O que você tá sabendo sobre isso, Dylan?

— Nada ainda, Marconi, mas é só juntar as peças. Julián tem pressa. Três meses depois e ele já está na ativa. Se o facilitador é o mesmo que já tinha negócios com ele, e tenho quase certeza de que é, então as mensagens codificadas serão uma exigência.

— Há possibilidade de usarem outro meio? — quis saber logo o brasileiro.

— Sim. Sempre há. Temos que ficar atentos. Babi e Tiago estão seguros. Não há registros de saída deles, e as novas identidades estão fora dos registros.

Podem fuçar o quanto quiserem, não vão encontrar nada.

Murilo consentiu, mais aliviado, e a reunião terminou logo depois. Os agentes ainda trabalharam em cima da informação até bem tarde. Ramon olhou o relógio. Dez horas. Mais uma hora e Nick estaria saindo do seu trabalho no restaurante.

— Vou nessa.

Ramon arrumou suas coisas, pegou o casaco e saiu. Pouco depois, estacionou em frente ao restaurante e esperou dar o horário dela. Devia estar louco mesmo para ficar o tempo todo na cola da garota. Estava fascinado por ela.

Ele afastou esse pensamento. Não queria pensar no que estava acontecendo com os sentimentos dele, só queria estar com ela porque sentia que ainda não tinha tido tempo suficiente para usufruir de tudo que queria ter com a garota.

Do carro, ele viu as luzes se apagarem e uma funcionária fechar a porta. Desceu do veículo e foi até ela.

— Boa noite. Desculpe, mas estou esperando pela Nicole. Ela já foi?

— Ela não trabalha hoje. Começa na quinta.

— Ela não tinha que substituir alguém que estava doente?

— Não aqui.

Ramon ficou desconcertado.

— Tudo bem. Obrigado.

Filha da puta, ela tinha mentido para ele! Mas, por quê? Com certeza não queria vê-lo. Caralho, dez vezes merda. Ele tirou o celular e discou. Ela demorou, mas atendeu.

— Oi.

— Oi.

— Tudo bem?

— Sim. Onde está?

— Saindo do trabalho.

Ele fechou os olhos, derrotado. Estava puto agora. Tentou manter a voz calma.

— Fique aí. Estou nos arredores, te pego e te levo pra casa.

— É... melhor não. Eu já estou dentro do ônibus, na verdade.

— Sei.

Houve uma pausa sepulcral entre os dois.

— Boa noite, Nicole.

— Boa noite.

CAPÍTULO 18

Nick desligou o celular, ciente de que alguma coisa estava errada. Ele nunca a chamara de Nicole. Merda. O que será que tinha acontecido? Pouco tempo depois, a campainha tocou. Ela checou o relógio e eram mais de onze horas. Diane estava dormindo e o pai também. Há dias Rafe não aparecia. Talvez o bastardo drogado tivesse perdido a chave.

Ela desceu as escadas e abriu a porta. Os olhos se arregalaram, a boca abriu e fechou sem que ela pudesse encontrar alguma coisa para falar.

— Chegou rápido, hein... — A voz dele continha uma acusação gélida.

— Ramon...

— Não vai me convidar para entrar?

— Desculpa, mas eu não posso.

— Rafe está aí?

— Não... mas, se ele chegar e você estiver aqui...

Ele a puxou para um beijo, surpreendendo-a. As bocas grudaram com necessidade e ela se agarrou a ele, a língua do homem, impiedosa dentro da boca dela, exigindo uma resposta.

Ramon estava possesso, a raiva transparecendo na maneira rude com que ele a beijava. As mãos dele seguravam a cintura dela com força para que ela sentisse o quanto ele a desejava.

— Maldição, Nick.

— Ramon...

A respiração dela estava ofegante. As mãos dele entraram pelo cabelo dela, mantendo-a parada, próxima do rosto dele. Era visível que o homem estava tentando se controlar.

— Vem comigo.

— Não posso.

— Me deixa entrar?

— Não posso.

Ele se afastou, colocou as mãos nos quadris e respirou fundo.

— Não quer mais sair comigo?

— Não é isso. Claro que eu quero.

— Então por que mentir?

— Mentir?

— Você não foi trabalhar hoje. Não tinha ninguém para ser substituído lá.

A garota ficou sem jeito. Como ela não tinha pensado nisso? Ele tinha ido buscá-la e ela não estava lá.

— Desculpe. Eu... não sei o que dizer...

— Pode começar me explicando essa pequena mentira.

— Rafe não quer mais que eu te veja.

— Ele não pode mandar assim na sua vida, Nick. Chega disso. Eu vou me entender com ele.

— Não. Por Deus, Ramon... deixe as coisas como estão.

— Me responda uma coisa: você gosta de estar comigo? Você quer continuar me vendo?

— Sim. Claro que sim.

— Então eu vou resolver essa situação e nem tente me impedir.

Ramon se virou e foi embora. Ela ficou na porta, vendo-o se afastar. *Deus, estava com um problema grande!* Por mais que não admitisse, ele estava a fim dela. Não estaria ali, tarde da noite, no frio e exigindo explicações, se não estivesse.

Nick sentia muito por tudo aquilo. Queria demais estar livre de qualquer situação para seguir em frente com ele, mas ainda não dava. Tinha Rafe, Vincent, o tal do Leon e a polícia tentando saber sua verdadeira identidade. Estar com um agente agora era a última coisa que ela devia fazer. Não podia deixar que ele falasse com Rafe porque isso seria uma catástrofe.

Fechou a porta e subiu as escadas, se sentindo desanimada. Quando tudo terminasse, se ele ainda estivesse por perto, então talvez, somente talvez, ela poderia se entregar a ele sem reservas.

Ramon chegou em casa, serviu-se de um copo de uísque duplo e virou tudo de uma só vez. Nunca em sua vida correra atrás de alguém como hoje. Nunca uma mulher iria mentir para ele e fazê-lo esperar por mais de uma hora por ela. Nunca tinha ido atrás de alguém que o tivesse enganado e, depois de tudo, a única coisa que conseguia pensar era em beijá-la e segurá-la em seus braços.

Nick tinha tomado uma proporção maior do que ele pretendia dentro da sua vida, e o agente ainda estava tentando lidar com isso. Não sabia direito como agir, mas não conseguia tomar a decisão de parar de vê-la. Ainda não.

— Irmão dos infernos. Vai se ver comigo. Ou ele sai do meu caminho ou eu passo por cima dele.

No dia seguinte, depois do almoço, Vincent ligou.

— Nick, me encontre no Le Monde hoje às nove. Mandarei um táxi te pegar.

— Tudo bem.

A garota estava apreensiva, porém, quanto mais cedo terminasse, mais cedo estaria livre.

Ela ocupou o tempo estudando o mapeamento da CIA. A segurança havia sido trocada, mas Leon já estava por dentro do novo sistema de segurança e tinha enviado as imagens para ela.

Ao cair da noite, seu telefone tocou. Era Ramon, mas ela não atendeu. Não podia lidar com ele agora. Por detrás das cortinas da sala, observou Murilo chegar em casa. Babi sempre vinha recebê-lo na porta. Ela sorriu para a paixão evidente do casal.

O táxi chegou bem nessa hora e ela saiu apressada porta afora. No restaurante, Vincent já a aguardava.

Ele sorriu para ela com simpatia.

— Nick. Está linda hoje.

— Obrigada, Vincent.

— Tenho seu dinheiro comigo. Não arrisquei fazer depósito na sua conta. Todo esse alvoroço da imprensa fez com que muitos olhos se voltassem pra mim.

Ele passou o envelope para ela, que o guardou sem conferir. Vincent fazia negócio justo, embora fosse um homem fora da lei.

— Como vai ficar o terceiro lugar?

— Na madrugada de sábado para domingo.

— Não é muito cedo? Estão esperando por nós... por mim.

— Sim, mas Leon tem certa influência sobre algumas pessoas lá dentro. Já está tudo esquematizado para que os homens dele estejam de plantão nesse dia.

— Tudo bem.

— Vai dar tudo certo, garota.

Ele afagou a mão dela e a moça sorriu, ciente de que ele realmente tinha afeto paternal por ela. O homem comentou sobre os passos de balé e acabou por fazê-la sorrir ainda mais. Era a bailarina do crime, segundo as manchetes, e aquilo seria o mais próximo que ela chegaria de ser uma celebridade.

Por mais que ele fosse um criminoso de alta periculosidade, ela se sentia tranquila na presença dele. O homem pagou o jantar e, quando estavam para sair, se ofereceu para levá-la para casa.

— Não é necessário, Vincent. Posso pegar um táxi.

— Não é incômodo algum, Nick.

Ele a conduziu para fora do restaurante apoiando a mão nas costas dela. Vincent a deixou na porta de casa e, sem cerimônias, foi embora. Ela entrou e se deparou com Rafe, de braços cruzados e olhar desconfiado no meio da sala. Ela murmurou um palavrão.

— Jesus, era tudo que eu precisava agora — falou baixinho, para si mesma.

— Cada dia um carro diferente aqui na frente...

— Era o Vincent.

— Mentirosa.

— Era sim.

Ele caminhou até ela, e a garota se afastou.

— Estou cansado das suas mentiras, Nick. Pra caralho! E muito cansado de você se esquivar de mim e sair com outros caras.

— Se colocar as mãos em mim, o Vincent te pega, Rafe. Sabe que sim.

— Antes de ele me pegar, eu digo à polícia quem é a bailarina do crime, ou pensa que não associei seu pequeno treinamento ao que aconteceu nos últimos dias?

— Não brinque com isso, Rafe.

— Não estou brincando. Tenho meus contatos. Ou acha que sumo pra ficar à toa pela rua?

Ele veio para perto dela e a garota desviou do caminho. O irmão a pegou pelo braço e Nick resistiu ao contato. Rafe tirou a bolsa dela e a abriu, pegando o dinheiro e balançando-o no ar.

— Cheia da grana, hein?

— Esse dinheiro é para pagar a hipoteca da casa. Vamos ser despejados, Rafe!

— Vem pegar.

— É meu, seu nojento! Eu trabalhei para ganhá-lo!

— Você roubou o FBI e o DEA para conseguir. Será que eles vão deixar você ficar com algo que era deles?

— Não roubei dinheiro de lá, seu idiota.

A ofensa sempre o deixava possesso. Ele enfiou o dinheiro no bolso e ela foi para cima dele, batendo com toda a força que tinha.

— Estou cansada... cansada da sua hipocrisia, de me roubar para sustentar seus vícios. Devolve meu dinheiro agora! AGORA!

O homem segurou os braços dela e a prendeu contra a parede, enfiando a cabeça no pescoço dela, beijando-o enquanto ela se debatia e gritava.

Rafe segurou o rosto dela e a beijou. Ela mordeu a boca dele, e o tapa que levou foi instantâneo. Nick sentiu seu braço dobrar enquanto ele chupava seu pescoço e a prendia com seu corpo excitado.

— Me larga, cretino! Você é um cretino, Rafe!

Com uma mão, ele segurava os dois pulsos dela e, com a outra, passeava pelos seios, a barriga e o rosto da irmã, enquanto a boca ia e vinha por ela toda.

Nick esperneava e gritava. Diana acordou e veio correndo até a sala. Ela parou, horrorizada, quando viu o filho em cima da enteada, que tentava em vão se soltar.

A mulher o pegou pela camisa, tentando tirá-lo de cima da jovem. Diana gritava e chorava pelo filho. Rafe se desequilibrou e foi obrigado a largar a garota.

— Que é isso, Rafe? Isso é abuso! É isso que quer pra você? Uma denúncia de abuso? Terminar seus dias na cadeia?

— Então eu sou o vilão, não é? Eu não presto?

Nick congelou. Ele ia dedurá-la para Diana. O rapaz olhava para as duas mulheres com ódio.

— Ela é uma bandida, mãe. Uma delinquente, uma vadia, e você nem sabe. Já observou quantos carros diferentes têm parado aqui na porta?

— O que está dizendo?

— Olha isso... — Ele tirou todo o dinheiro do bolso. — Onde acha que ela conseguiu tanto dinheiro?

A mulher achou que era muito dinheiro mesmo e questionou a enteada.

— Nick?

— Não é nada disso, Diane. Ele está tentando me deixar mal com você, não percebe?

— De onde vem esse dinheiro?

— Peguei emprestado com um amigo do trabalho para pagar as prestações atrasadas da hipoteca.

— Ai, Deus, Nick, como vai conseguir pagar isso?

— Ela está mentindo. Saiu com um traficante e voltou cheia da grana. Ela é uma prostituta mãe, uma vadia!

Diana estava visivelmente confusa. Nick se alterou com o irmão.

— Cala a boca, Rafe!

— Me manda calar a boca mais uma vez e eu te arrebento na porrada, Nick.

— Parem vocês dois. Parem.

Nick pegou o dinheiro da mão do irmão e o entregou para Diana.

— Pegue, pague as prestações atrasadas amanhã.

Ela se virou e subiu as escadas. Rafe olhou para a mãe e não disse mais nada, seguindo para o próprio quarto. A madrasta guardou o dinheiro em lugar seguro, onde o filho não poderia encontrar. Decidiu que precisavam do dinheiro. Se Nick tinha feito algo errado, tinha sido pela necessidade da ocasião.

Diana conhecia a enteada melhor que ao próprio filho. Ela jamais se venderia ou faria algo ilícito em benefício próprio. Não sabia como ela tinha conseguido tanto dinheiro, mas não tinha sido através da prostituição, disso tinha certeza.

623.652	24422.562	0953.73
	232.345	6343.09
425.764	424.222	8311.04
511.445	3513.567	9631.77
732.243	288.456	9830.00
	499.221	8693.52
947.234	1349.234	6131.87
981.321	343.567	2198.83
335.234	342.246	1198.72
	31.532	
111.439	662.232	8923.90
266.423	14445.785	3600.85
882.118	354.234	6286.81
909.123	636.111	0753.41
	78.673	7548.58
777.234	8339.111	8770.43
412.341	67.632	9873.37
545.324	98.232	8653.07
741.234	2333.452	4498.66
	12.543	8703.37
554.345	55.896	1048.08
874.326	3341.332	
452.113	6441.323	6821.21
	52227.112	0953.73
974.423	33.562	6343.09
893.465	271.286	8311.04
862.123	77.218	9631.77
974.456	3.682	9830.00
988.335	87.322	8693.52
582.936	332.321	6131.87
	59.113	2198.83
252.298	79.322	1198.72
	332.321	8923.90
223.564	99.223	3600.85

CAPÍTULO 19

Ramon estava com Sam na sala de tecnologia, tentando ampliar as imagens e desfragmentá-las para encontrar detalhes que poderiam levá-los à misteriosa bailarina.

Ainda tinham que mapear minuciosamente cada sistema de segurança da Base para que, no caso de uma possível invasão, todos os ângulos estivessem cobertos pelas câmeras wi-fi de Sam. Eles saberiam de tudo no minuto em que alguém colocasse os pés ali dentro, e teriam preciosos minutos a favor deles para pegar o invasor.

— Estou com fome. Ligue para algum lugar e peça algo pra comermos — sugeriu o colega.

— Não. Vou no Le Monde buscar. Não vou comer qualquer porcaria.

Ramon se levantou e saiu para buscar o jantar, estacionando bem próximo da entrada e indo direto para o atendimento. Fez o pedido e ficou aguardando, olhando o restaurante.

O mexicano congelou quando a viu. Ela estava sorrindo para o homem à sua frente. O sujeito tirou um envelope e o estendeu para ela, que o guardou na bolsa sem abrir. Eles conversavam com intimidade. O bastardo colocou a mão sobre a dela e, pior, ela não tirou. Estavam jantando e Nick parecia bem à vontade com o homem.

Disfarçadamente, Ramon observou o acompanhante dela. Por volta dos cinquenta anos e, embora a vestimenta fosse cara, não era de todo elegante. O homem pagou a conta e eles se levantaram. O figurão colocou a mão nas costas de Nick e o agente virou o rosto para não ser visto.

A moça passou com o desconhecido e os dois entraram em um carro luxuoso com motorista. Ramon respirou fundo. Seu coração martelava, seus músculos estavam tensos e o suor do nervosismo escorreu por suas costas.

— São cinquenta e três dólares e setenta centavos, senhor — chamou uma voz atrás dele. Era a atendente do restaurante. Por um segundo, ele havia esquecido de onde estava.

O agente pagou a refeição meio que mecanicamente. Estava atordoado. *Quem era o cara? O que ela estava fazendo ali, àquela hora?*

Sua vontade era de entrar no carro e segui-los, mas não faria isso. Ela não era sua namorada, e estava claro que as coisas tinham mudado. Primeiro, a mentira sobre o trabalho do restaurante, depois, um jantar com um figurão de mais de cinquenta anos.

Não precisava ser um gênio para saber que isso cheirava a algo em que ele não queria acreditar, mas não tinha outra explicação. Rafe era a boa desculpa que ela usava para despistar os caras. Estava claro para ele.

Ramon voltou para a Base e trabalhou incansavelmente até de madrugada. Sua mente estava cheia. Naquela noite, ele ficou em um dos quartos do complexo e tentou dormir, mas foi em vão.

As imagens de Nick nua prestando favores sexuais para o homem que tinha idade para ser pai dela ficavam dançando em sua cabeça.

Sua mente trabalhava freneticamente tentando inventar desculpas para não ter que encarar o que tinha visto. Poderia ser alguma coisa relacionada ao trabalho. O irmão era vagabundo, o pai, inválido, e a madrasta não tinha nenhuma renda.

Mas, por fim, ele se rendeu à realidade.

— Merda, Ramon, pare de inventar desculpas...

Mal dormiu naquela noite e estava de péssimo humor durante toda a manhã. Ele discutiu com Fritz e com Dylan, bateu portas e não quis se juntar ao grupo para almoçar. Murilo sabia que o humor de Ramon estava relacionado a algo envolvendo Nick. Ele tinha visto a garota sair de táxi e voltar bem tarde em um carro de luxo na noite anterior.

Tiago estava sempre preocupado com a moça e parecia vigiá-la como se soubesse que algo poderia lhe acontecer. Murilo tinha questionado o cunhado algumas vezes, mas ele sempre dizia que não era nada, apenas preocupação de amigo.

O brasileiro se sentou próximo a Ramon.

— Quer colocar a merda toda pra fora campeão? — perguntou baixinho.

— Não.

— Seja o que for, está te afetando, mexicano. Falar, às vezes, ajuda...

— Tô de boa.

— Tem certeza?

— Me deixa em paz, Marconi.

— Tudo bem.

A tarde foi pesada. Dylan estava irritado. Ramon, carrancudo. Fritz gritou ordens para o departamento de informação. Jason e Sam ficaram concentrados nos computadores, e Murilo fez triagem do que tinha em mãos para encontrar as falhas.

Já passava das nove quando Dylan os dispensou. Ramon foi para casa, contrariado. Tomou um banho e ouviu seu celular tocar. *Maldição, era Nick!* Ele ainda pensou se deveria ou não atendê-la, mas a carne era fraca e ele cedeu.

— Oi.

— Oi, Ramon. Tudo bem?

— Sim.

— Você sumiu.

— Você também.

— Está ocupado?

— Não.

— Parece bravo.

— Estou um pouco.

— Desculpe, quer que eu ligue outra hora?

— Quero te ver.

— Hoje?

— Agora. Estou indo te buscar.

Ele não lhe deu chance de dizer não. Pouco tempo depois, ele estava em frente à casa dela. A garota saiu depressa e entrou no carro. Ele arrancou sem dizer nada.

— Está tudo bem?

— Sim. O que fez ontem?

— Eu? Bem, fui jantar com um amigo.

— Um amigo?

— Sim. Alguém que eu não via há muito tempo.

Ramon se sentiu aliviado. Pelo menos, essa era uma informação verdadeira.

— Onde foram jantar?

— No Le Monde.

— Sei. Quantos anos tem esse amigo?

— Ah, ele não é tão jovem... acho que mais de cinquenta.

Deus, era bom ouvir respostas que condiziam com a realidade. Toda a irritação dele evaporou e Ramon olhou para ela. Quando falou, sua voz era um pouco mais que um sussurro.

— Por um momento, fiquei pensando que não ia gostar se esse amigo fosse jovem.

Ela sorriu para ele. Essa era uma declaração sutil de que ele estava com ciúmes? Um calor aqueceu sua pele com a possibilidade.

— Não tem por que se preocupar.

— Não estou preocupado.

Caramba, o homem era turrão. Puta merda, se não estava preocupado, por que não iria gostar se Vincent fosse jovem? Por que os homens eram estúpidos assim? Tinham tanto medo de se expor, de assumirem seus sentimentos!

Ela afastou esses pensamentos. Tinha ligado porque estava com saudades. Queria vê-lo, sentir seu abraço, seu beijo. Dormir abraçadinha. Precisava disso.

O apartamento de Ramon estava aquecido e aconchegante. Ele jogou as chaves do carro em cima da mesa e perguntou, educado:

— Quer beber alguma coisa?

— Não, obrigada.

Ele veio até ela e a abraçou, inspirou seu cabelo, envolveu seu pescoço e a beijou. Ele puxou o lábio inferior de Nick com os dentes num gesto delicado, mas quente. A garota gemeu e sussurrou, manhosa:

— Senti saudades.

Ramon também sentiu falta dela, mas não disse nada. Voltou a beijá-la. A boca dela se abriu para receber a língua dele e o homem deixou sua respiração beber do hálito dela antes de tomá-la num beijo sexy e devastador. Lento, molhado e incrivelmente possessivo.

Ele tirou os cabelos dela do caminho para beijar-lhe a nuca, e seu olhar se estreitou para a marca vermelho-arroxeada que estava ali.

O ar fugiu dos seus pulmões e, devagar, ele se endireitou, olhou-a, tirou as mãos do pescoço dela e se afastou. Ramon precisou de todo o seu autocontrole para não chutar a bunda de Nick para fora do apartamento. *Pequena mentirosa de uma figa!*

Ele colocou as mãos no quadril e respirou fundo. Ela se aproximou e abraçou-o por trás, deitando a cabeça nas costas largas e musculosas.

— O que foi? Parece tenso hoje.

Tenso? Não. Definitivamente ele estava uma fera. Ela terminou a noite na cama do amigo cinquentão, do contrário, não estaria marcada com um chupão no pescoço. *Então sua fada era uma espertalhona ordinária de vida fácil? Como se deixara enganar dessa forma?* O ódio cegou Ramon. Se ela se vendia para velhotes ricos era porque devia ser uma vadia de pouca índole, então seria tratada como uma.

— Quanto é?

— Como?

— Quanto custa sua noite?

Nick arregalou os olhos para ele. Não estava entendendo nada.

— Que pergunta é essa, Ramon?

— Uma pergunta muito simples, Nick. Quero saber quanto quer para passar a noite comigo?

— Está me oferecendo dinheiro pra ficar com você?

— Costuma fazer sempre de graça?

— Não sou uma prostituta.

— Não?

A garota piscou várias vezes para conter as lágrimas que subiram em seus olhos. Sua voz estava por um fio.

— Não. De onde tirou essa ideia?

— Talvez porque vi você receber um envelope do "amigo" velho com quem jantou ontem. Vi você sair com ele do restaurante, entrar em um carro luxuoso com motorista e constatei agora que tem um chupão no pescoço que não fui eu que fiz.

Ela colocou a mão no pescoço, no local exato onde estava com a mancha vermelha. *Rafe! Ele a tinha marcado com seu pequeno show no final da noite.* Tinha se esquecido disso, e agora Ramon jamais iria acreditar nela.

A voz do agente estava fria, calma e controlada.

— Não precisa ser nenhum gênio para saber o que tinha no envelope e como sua noite terminou, Nick.

— Ramon, não é o que pensa.

— Não?

— Não. Eu juro... no restaurante... era mesmo apenas um amigo...

— Um amigo que chupou seu pescoço. Nível elevado de amizade, hein?

Ela queria chorar, sair correndo e arrebentar a cara do Rafe. Sua noite estava arruinada, e sua pequena e frágil relação com Ramon tinha ido para o ralo porque não podia dizer que o irmão abusava dela e que Vincent era um traficante que contratou seus serviços para invadir os mais fodidos órgãos do governo americano.

Uma teia complicada de assuntos que ele jamais poderia entender, ou sequer saber. Ramon tirou a carteira do bolso, abriu e jogou duzentos dólares em cima da mesa, indicando que ela os pegasse.

— Isso é para o táxi de volta e pelo seu tempo de ter vindo até aqui. Espero que seja o suficiente por hoje.

Ela olhou para ele, e uma bola de choro subiu por sua garganta. A garota se virou e saiu sem tocar no dinheiro.

Ramon respirou fundo. *Que grande merda! Talvez ele tivesse ido longe demais.*

— Nick?

O homem saiu correndo, mas ela já tinha ido embora. Desceu pelas escadas. Ele fechou a porta, mortificado. Porra, ela saía para jantar com um velho e aparecia com um chupão no pescoço! Ele estava no direito de pensar o que quisesse. Se isso não significava que ela era uma garota de programa, então ele não sabia uma merda o que pensar.

CAPÍTULO 20

Na rua, Nick limpava as lágrimas e engolia os soluços. Ele tinha razão, afinal. Se fosse ela, pensaria a mesma coisa. A garota estava no limite! Era muita coisa acontecendo de uma só vez. Agora, Ramon pensava nela como uma prostituta, e Diana a via como uma bandida. De fato, ela era uma criminosa procurada pelo FBI e pelo DEA. Não tinha nada em que se apoiar. Procurara Ramon para se sentir querida e desejada e, no final das contas, terminou na rua, chorando.

Assim que tudo estivesse terminado, ela sumiria no mundo por um tempo. Longe de Rafe, de Ramon, de todos os problemas. A casa estaria paga e o pai teria algum conforto. Ela poderia ficar fora sem se preocupar. Precisava desse tempo para reorganizar sua vida.

Não dava mais para ficar naquela casa com Rafe a atacando a cada minuto do dia, vendo Ramon entrar e sair da casa dos vizinhos, sabendo que todos eles iriam achar que ela se vendia.

Seu celular tocou. Era Ramon, e ela desligou. Afinal de contas, tinha sido melhor assim. Com certeza, ele era um agente, e ela, uma ladra. Dois mundos opostos que nunca poderiam dar certo.

Ramon ligou uma, duas, três vezes. Ela não deveria ter dinheiro para voltar para casa, pois estava sem bolsa. Iria demorar horas caminhando até chegar, isso sem contar o perigo de estar de madrugada na rua.

— Merda, Ramon. Você foi longe demais.

Ele pegou as chaves do carro e saiu à procura da garota. O homem falava o tempo todo sozinho, se recriminando pelo ocorrido.

— Se alguma coisa acontecer a ela, você será o único culpado.

As ruas estavam quase vazias. Pela hora e pelo frio, não havia ninguém circulando mesmo. Inferno, ou ela era muito rápida, ou tinha se escondido em algum lugar.

O agente rodou e rodou até que desistiu. O celular caía na caixa postal, o que significava que ela o tinha desligado. Melhor assim. Amanhã pediria para Tiago se certificar de que ela havia chegado bem. Assunto encerrado. Ele tinha milhares de mulheres sempre dispostas a estar com ele, e não precisava dela para nada. Nada.

Nick foi cortando caminho pelos atalhos que lhe eram muito familiares. Depois de quase três horas de caminhada pela madrugada gelada de Boston, ela chegou em casa. Estava esgotada. Se jogou na cama e chorou, chorou e chorou.

Pela manhã, no colégio, enquanto terminava de limpar as mesas do refeitório, Tiago se aproximou dela.

— Está tudo bem?

— Sim.

— Você parece abatida.

— Estou bem.

— Então por que Ramon me pediu pra verificar se você estava aqui?

— Ele fez isso?

— Sim, e parecia muito preocupado.

Ela respirou fundo e seus olhos já estavam úmidos. A garota deu de ombros e olhou ao redor. Ninguém estava prestando atenção nela. Tiago segurou sua mão com carinho.

— Escuta, Nick. Vou precisar ir à cidade hoje. Vem comigo, vamos conversar um pouco. Mudar de ares.

Ela assentiu. Ele voltou para a aula, e ela, para seu trabalho.

À tarde, os dois foram ao shopping, e Tiago se inscreveu na escola de tiro ao alvo.

— Quer aprender a atirar?

— Sim.

— Por quê?

— Defesa pessoal.

Ela ficou surpresa. Ele não tinha cara de ser um rapaz violento. Nick descobriu que o garoto era uma excelente companhia. Em momento algum forçou que ela lhe contasse o que tinha acontecido. E, ainda por cima, era engraçado. Ela ria com ele e gostava bastante disso.

No final da tarde, eles se sentaram em uma praça para comer cachorro quente.

— Obrigada, viu?!

Tiago ergueu as sobrancelhas.

— Pelo quê?

— Por me dar uma tarde boa e fazer com que eu me esquecesse de algumas coisas ruins.

O rapaz ficou em silêncio. Ela queria falar com ele, precisava de um colo, de um ombro amigo.

— Minha vida é complicada, sabe.

Ele olhou para ela e esperou que continuasse.

— Tem meu pai doente, meu irmão louco. A hipoteca da casa atrasada em muitos meses, geladeira vazia, contas pendentes... Enfim, muita coisa pra lidar.

— Estão para ser despejados?

— Não mais. Arrumei um dinheiro extra que salvou nossos traseiros da sarjeta.

— Seu irmão não ajuda?

— Em nada. Pelo contrário, ele pega do meu salário para sustentar o maldito vício.

Tiago colocou a mão sobre a perna dela, tentando mostrar solidariedade.

— Ele ainda tem sido agressivo com você?

Ela sabia que devia manter isso para si, mas precisava desabafar com alguém. O fardo era pesado demais para carregar sozinha.

— Sim.

— Meu Deus, Nick! Você tem que denunciar.

— Ele ameaça matar meu pai. Ele já tentou uma vez e quase conseguiu. Não posso arriscar.

— Que canalha! Ameaça matar o próprio pai doente?

— Não somos irmãos de sangue. Quando eu tinha quatro anos, meu pai se casou com a mãe dele. Ele tinha oito.

Houve um silêncio que pesou sobre ambos diante da revelação.

— Entendo... Poderia dar queixa e solicitar proteção policial. Sei que existem programas com essa finalidade...

Ela riu. A última coisa que a bailarina do crime poderia fazer era solicitar ajuda policial.

— É complicado...

— Você sabe que tipos como ele, drogado e violento, podem passar da conta...

— Eu sei...

Talvez tenha sido a expressão mortificada dela, ou talvez ele fosse muito esperto mesmo, mas o garoto entendeu que Rafe estava no caminho de ir além de dar umas boas pancadas nela.

— Nick... ele... ele não...?

— Tentou algumas vezes, mas dei sorte... sempre alguma coisa me salvou.

— Porra, Nick! Isso não! Você tem que sair de lá, arrumar outro lugar pra ficar.

— Não tenho pra onde ir. Não posso pagar a hipoteca da casa e um aluguel pra mim ao mesmo tempo.

— Tem que falar com a sua madrasta, contar o que está acontecendo.

A voz da garota foi um sussurro infeliz.

— Ela sabe.

— Sabe e não faz nada? — O espanto na voz dele atingiu Nicole como um soco.

— Ela não quer o filho na cadeia. Eu posso entender o sentimento dela... — falou baixinho, tentando justificar.

— O sentimento dela uma ova! Deus do céu, ela sabe que ele está te molestando e não quer que você o denuncie? Que tipo de mulher é essa?

Tiago estava muito puto com a situação. *Aquela era uma garota com problemas graves, e não tinha a quem recorrer!*

Ele se levantou e andou de um lado para o outro.

— Ramon! Nick, Ramon pode te ajudar! Fale com ele.

— Não... não... Por favor, eu só te contei porque precisava colocar isso pra fora, precisava dividir com alguém, mas não quero... Por Deus, Marcos, me prometa que não vai contar pra ele, pra ninguém.

— Ele tem contatos. Pode parar o Rafe. Pode te dar alguma segurança.

— Não.

— Por que não?

— Porque ele está bravo comigo, ele acha que eu faço programa.

— O quê?

Ela afastou os cabelos da nuca e ele viu a marca cravada bem atrás da orelha.

— Rafe fez isso bem no dia que saí para rever um amigo de longa data. Ramon estava no restaurante e me viu jantando e indo embora com essa pessoa. No dia seguinte, estávamos juntos e dá para imaginar o que ele pensou sobre essa marca.

— Você explicou a ele?

— Eu tentei... quer dizer... mais ou menos.

— Ele tirou conclusões do que viu porque não sabe sobre Rafe. Tem que dizer a verdade, Nick.

Ela deu de ombros. Da história inteira, seu amigo só sabia a metade. Ele não fazia ideia do que ela tinha feito e que estar ligada a um agente federal não era a melhor opção no momento.

— Talvez um dia eu conte.

— Merda, Nick. Talvez um dia?

O telefone de Tiago tocou e ele atendeu um pouco ríspido.

— Sim. Eu já fiz. Estou perto do Copley Place. Tudo bem.

— O que foi?

— Murilo está por perto e vai nos dar uma carona pra casa.

Ela assentiu e ficou pensativa. Não deveria ter falado tanta coisa para ele. Nick se levantou e pegou nas mãos dele.

— Marcos, eu vou pensar na possibilidade de pedir proteção policial, mas, por enquanto, por favor, mantenha nossa conversa apenas entre a gente. Promete?

Ele respirou profundamente, indignado.

— Sim. Só porque confiou em mim, acima de todas as coisas.

E então, criou coragem e falou:

— Sabe, Nick, eu já estive em uma situação muito, muito complicada na qual eu não via saída. Sofri violência sem ter nenhum recurso que me ajudasse. Eu sei o que é se sentir sozinho, sem ter pra onde correr.

— O que aconteceu?

— Outro dia falamos sobre isso, mas o que quero dizer é que sempre tem uma luz no fim do túnel.

— Vou me lembrar disso.

Ele a puxou para um abraço e ela se aconchegou a ele. Era um ótimo garoto. Nem parecia ter apenas dezoito anos.

Uma buzina soou e eles se afastaram. Quando Nick se virou, se deparou com Ramon no banco do carona olhando a cena, carrancudo.

— Eu não sabia que ele estava junto.

— Nem eu, mas não importa. Vem, vamos embora.

— Não... errrr... eu ainda tenho algumas coisas pra fazer...

— Não tem nada pra fazer, Nick. Ramon pode estar bravo com você, mas não vai te morder.

— Eu... não sei se é uma boa ideia.

— Vem logo.

Ele a puxou pela mão e juntos entraram na parte de trás do carro. Ela murmurou um "oi" que somente Murilo respondeu. O agente brasileiro olhou para Ramon, contrariado, e o mexicano olhou para fora sem se incomodar com a reprimenda silenciosa do colega.

A tensão no carro ficou insuportável. Murilo tentou quebrá-la perguntando a Tiago sobre a inscrição na escola de tiro. O garoto não estava no clima para falar e foi monossilábico em sua resposta, então o agente desistiu.

Quando chegaram, Nick murmurou um agradecimento e saiu do carro. Tiago ficou observando a garota se afastar e viu quando Rafe abriu a porta. Ele disse alguma coisa que a assustou e ela deu um passo para trás. *Merda, ele ia arrebentá-la por ter passado a tarde fora e chegado com três caras.*

623.652	24422.562	0953.73
425.764	232.345	6343.09
511.445	424.222	8311.04
732.243	3513.567	9631.77
947.234	288.456	9830.00
981.321	499.221	8693.52
335.234	1349.234	6131.87
111.439	343.567	2198.83
266.423	342.246	1198.72
882.118	31.532	8923.90
909.123	662.232	3600.85
777.234	14445.785	6286.81
412.341	354.234	0753.41
545.324	636.111	7548.58
741.234	78.673	8770.43
554.345	8339.111	9873.37
874.326	67.632	8653.07
452.113	98.232	4498.66
974.423	2333.452	8703.37
893.465	12.543	1048.08
862.123	55.896	6821.21
974.456	3341.332	0953.73
988.335	6441.323	6343.09
582.936	52227.112	8311.04
223.564	33.562	9631.77
	271.286	9830.00
	77.218	8693.52
	3.682	6131.87
	87.322	2198.83
	332.321	1198.72
	59.113	8923.90
	79.322	3600.85
	332.321	
	99.223	

Tiago saltou do carro e foi em direção à garota. Murilo olhou espantado e Ramon também.

— O que está acontecendo? — perguntou o mexicano, surpreso.

— Não faço ideia — respondeu o outro.

Os homens desceram e viram Nick falar baixinho com Tiago, enquanto Rafe encarava o garoto sem nenhum resquício de medo. De onde estavam, os agentes não conseguiram ouvir a conversa, mas podiam perceber que alguma coisa estava errada.

Rafe abriu a porta e estava muito furioso.

— À luz do dia com três caras, Nick? Perdeu o juízo, foi?

— Para com isso, Rafe. São meus vizinhos e me deram uma carona.

— Pra dentro, agora.

A força da raiva na voz dele a fez saber o que a esperava, e ela deu um passo pra trás. A garota pensava em como ia sair daquela situação quando sentiu seu amigo atrás de si.

— Algum problema, Nick?

— Não — apressou-se em responder a jovem, sentindo o pânico crescer.

Ela se virou para ele.

— Por favor, vá embora, e tire Ramon e Murilo daqui — pediu baixinho.

— Não.

— Tem um guarda-costas agora, mana? — provocou Rafe.

Tiago deu um passo à frente de Nick e olhou nos olhos de Rafe.

— Não, ela tem alguém com quem pode contar, seu babaca, e, se colocar as mãos nela de novo, vou me certificar de que a polícia esteja aqui mais rápido do que você possa imaginar.

Rafe ergueu as sobrancelhas para a ameaça do garoto. Depois olhou para Nick, fuzilando-a com seus olhos dilatados pela droga, que nunca deixava de usar.

— O que disse a ele?

O rapaz a pegou pelo pulso, puxando-a para dentro, e Tiago fechou a mão sobre o punho dele.

— Solte-a agora, Rafe. Não vai querer brigar comigo...

O homem riu com sarcasmo e empurrou a mão do garoto com grosseria. Tão rápido quando Nick pôde piscar, o vizinho socou seu irmão, que caiu para trás, desconcertado.

Tiago foi para cima do homem, agarrando-o pelo colarinho e jogando-o no chão com uma força incrível que nem mesmo ele sabia que tinha.

Rafe se levantou rápido e revidou, raivoso. Os dois se pegaram em uma luta de socos, pontapés e chutes para todos os lados.

Nick gritava para eles pararem. Ramon e Murilo atravessaram o quintal correndo. O mexicano segurou Rafe, enquanto o brasileiro tentava segurar o cunhado, que estava totalmente fora de si.

Murilo desconhecia a força de Tiago, e, por mais que fosse maior que ele, teve dificuldades para segurá-lo.

— Ei, garoto, se acalme. Por Deus, o que aconteceu?

Rafe e Tiago se encaravam e o irmão de Nick cuspiu uma ameaça para o garoto.

— Chegue perto dela de novo e você vai ver do que eu sou capaz, moleque.

— Vou estar te esperando, seu maníaco covarde.

Ramon olhou de um para outro e depois para Nick, que estava muito assustada. Devagar, o mexicano soltou Rafe, mas Murilo ainda mantinha Tiago preso pelos braços. O irmão de Nick olhou para ela e lhe deu uma ordem severa.

— Pra dentro, agora!

A garota empalideceu. *Estava em maus lençóis! Nunca deveria ter dito nada ao vizinho.* Rafe estava cuspindo fogo pelas ventas. Ela não tinha para onde escapar, a não ser obedecê-lo e tentar acalmá-lo, e então se aproximou dele e tocou seu rosto.

— Você está machucado. Vem, vou cuidar de você.

Os olhos de Rafe suavizaram com o carinho que ouviu na voz da irmã. Nick achou que era esse o caminho. Ele tinha que se sentir cuidado, só assim ficaria manso.

Tiago olhou para ela, incrédulo. Ele não entendeu que seu pequeno surto só havia complicado a vida dela. Entre quatro paredes, era Nick quem tinha que conviver com o irmão agressivo. Era ela quem apanhava e que sofria os maus tratos. A intenção dele fora boa, mas infelizmente não a salvaria do convívio com a violência de Rafe.

Ramon estreitou os olhos quando Rafe enlaçou a cintura da irmã e beijou seus cabelos suavemente. *Que porra é essa? Eles pareciam mais um casal do que irmãos...*

Murilo soltou Tiago, mas se manteve por perto. Nick entrou em casa levando o irmão e fechou a porta na cara deles. Tiago ficou encarando a porta fechada. *Merda, ele tinha colocado a garota em apuros. Sabia que sim!*

O garoto desceu o jardim e atravessou a rua para entrar na sua casa. Ramon e Murilo vieram logo atrás. O cunhado estava bravo com ele, e Babi levou um susto quando viu o irmão com a boca sangrando, as roupas sujas e o cabelo desgrenhado.

— Jesus Cristo, Ti, o que aconteceu?

— Nada.

Murilo cruzou os braços.

— Pode ir falando que porra foi aquela que aconteceu ali fora — falou, ríspido.

— Não te devo satisfação, Murilo!

— Não me tire do sério, garoto. O que está acontecendo?

Ramon se manteve calado, mas muito ciente de que Tiago sabia de alguma coisa séria sobre a vida da Nick, do contrário, não teria atacado o irmão da garota daquela forma.

— Já disse que não é nada. Que merda, não tem mais nada pra fazer do que cuidar da minha vida?

O garoto subiu as escadas correndo e Murilo foi atrás. Babi ficou olhando, pasma, para o topo da escada, e Ramon tentava encontrar uma conexão entre a reação de Tiago e as poucas conversas que tivera com Nick sobre o irmão dela.

— O que aconteceu, Ramon?

— Tiago e Rafe se pegaram agora há pouco.

— Se pegaram? Tipo, brigaram mesmo? — Babi não podia acreditar.

— Sim, e posso te dizer que Rafe está com ferimentos muito mais sérios. O garoto estava possesso.

— Deus do céu, mas por quê?

— É a pergunta de um milhão de dólares, Babi.

O mexicano achou que era hora de tirar seu time de campo. Ligaria para Murilo mais tarde para saber dos detalhes. Então, chamou um táxi porque não ia esperar que o colega resolvesse os problemas com o cunhado para levá-lo embora.

Tiago bateu a porta do quarto, fechando-a com força, mas, no mesmo instante, ela se abriu. Murilo não iria dar a ele uma maldita pausa para esfriar a cabeça.

— Ele gosta dela, não é?

O garoto olhou para ele, assustado.

— Como sabe?

— Desconfiei. Vi os dois juntos outro dia no supermercado. A maneira que ele a tocava não era como um irmão. Era como um homem. Um homem apaixonado.

— Eles não são irmãos de sangue.

— Imaginei isso também.

Os dois ficaram um momento em silêncio, e o garoto se debruçou na janela para organizar os pensamentos.

— Eu a coloquei em maus lençóis. Droga!

— Põe a merda pra fora, Tiago. Estou ouvindo.

— Não posso. Prometi a ela.

— Eu não faria nada, escute bem, nada que a colocasse em perigo.

— Não vou quebrar minha promessa.

— Tudo bem, mas saiba que um homem pode voltar atrás se isso significa salvar a vida de alguém.

Tiago ponderou a respeito. Murilo era um homem sério. Um homem da lei, comprometido com a integridade e a segurança da população. Nick estava apavorada pela situação difícil que vivia e intimidada com a violência do irmão. Na verdade, sua resistência em denunciá-lo era mais por medo do que por falta de alternativas.

Murilo já estava saindo, quando o cunhado tomou sua decisão.

— Ele bate nela — revelou, por fim.

— Como é? — Murilo voltou-se para o rapaz, e entrou de novo no quarto.

— Isso mesmo que eu disse, ele bate nela. Bate pra valer, Murilo. Da última vez, ela mal podia respirar. O corpo dela estava tão machucado que ela não conseguia andar.

— Porra!

— E isso não é tudo. Ele a molesta. A madrasta sabe, mas não deixa que ela denuncie.

— Caralho, Tiago. Isso é sério, cara, muito sério.

— Eu sei. O bastardo ainda a ameaça, dizendo que, se ela prestar queixa, vai matar o pai dela. Ela me contou que ele já tentou uma vez.

Murilo passou a mão pelo rosto, preocupado.

— Desde quando sabe disso?

— Há um tempo. Eu vi a ambulância sair outro dia e achei que o pai dela pudesse ter passado mal. Bati lá para saber se ela precisava de alguma ajuda e ela estava toda machucada. Ele tinha batido tanto nela... E eu não pude fazer nada! Ela não deixou que eu a ajudasse porque tem um medo fodido dele!

— Tiago, você tinha que ter me dito isso.

— Ela não me deixou falar.

— Não existe isso. O ponto de vista da Nick sobre o assunto é o de uma garota assustada que tem medo de perder o pai para a violência do irmão. Ela nunca vai denunciar.

— E o que vamos fazer?

— Vamos tentar pegá-lo em flagrante e formalizar uma denúncia por testemunha.

O garoto concordou. Murilo passou os dedos pelo cabelo.

— Ramon não sabe disso, não é?

— Não. Ele só enxerga o seu maldito ego masculino.

O agente achou aquele comentário esquisito.

— O que quer dizer?

— Pergunte a ele.

Murilo fez que sim e decidiu deixá-lo sozinho. Ele tinha muito o que remoer.

CAPÍTULO 22

Nick sentou Rafe na cadeira da cozinha e abriu a caixa de primeiros socorros. Seus dedos tremiam, mas ela tentava disfarçar.

A garota pegou algodão e o embebedou em mercúrio cromo, pressionando-o cuidadosamente no rosto do rapaz. Ele fez uma careta e olhou para ela.

Deus, ele estava encantado com o fato de ela estar cuidando dele! Rafe estava mentalmente doente. A maneira como a olhava e parecia feliz, mesmo com a cara toda machucada, mostrava claramente que o caso dele era patológico. O rapaz tinha perdido sua mente para as drogas e o álcool.

— Você nunca cuidou de mim antes.

— Você nunca brigou por mim antes.

Ele sorriu. *Jesus, ele era digno de pena!*

— Eu faria qualquer coisa por você, Nick.

— Obrigada, Rafe, mas não quero que se machuque por minha causa.

— Aquele moleque bastardo, ele gosta de você.

— Somos amigos, nada além disso.

Ela ficou em silêncio enquanto limpava os ferimentos dele. A mão do rapaz pousou em sua cintura e ela ficou tensa, mas ele pareceu não reparar.

— Rafe, eu quero te propor uma coisa.

O rapaz ficou em silêncio, apenas avaliando a moça.

— Eu tenho esse assunto do Vincent pendente. Ainda não terminou. Quando terminar, nossa vida financeira vai estar melhor e eu vou estar livre para viver a minha vida do meu jeito. Eu... pensei... que... eu quero que você se trate.

Ele ficou tenso, e os dedos apertaram Nick, que, mais do que depressa, continuou:

— Eu vou estar do seu lado. Ficarei o tempo todo te ajudando. Gostaria que você fosse para uma clínica de dependentes e se livrasse das drogas.

— Você quer se livrar de mim, isso sim.

O rosnado dele indicou que ela estava na corda bamba e que ele podia explodir a qualquer momento.

— Não. Quero que sejamos uma família de verdade. Eu... posso até considerar... err... de repente... a gente...

Os olhos dele se iluminaram. Ela se sentiu mais confiante e passou as mãos pelos cabelos dele.

— Se você se tratar, se ficar limpo, não vai mais ser agressivo comigo. Vou gostar de estar ao seu lado, se souber que não vai mais me bater.

Ele fechou os olhos para sentir os dedos dela deslizarem sobre os seus cabelos. Nick estava muito penalizada pela situação crítica do irmão. O homem tinha chegado ao fundo do poço.

— Ficaria comigo pra sempre?

— Pra sempre, mas tem que prometer que não vai mais me bater.

— Eu prometo. Eu prometo, Nick.

Ela sorriu e terminou os curativos, tendo o cuidado de não tocá-lo além do necessário. Assim que terminou, ele foi tomar banho e Diana apareceu na sequência. Ela tinha ouvido parte da conversa atrás da porta, mas não achou prudente interromper.

— O que foi isso, Nick? — quis saber ela.

— Ele brigou com o vizinho porque está com ciúmes de mim.

— E você faz promessas que não vai cumprir para que ele se iluda ainda mais e fique cada dia pior?

— O que queria que eu fizesse? Que o afrontasse e acabasse com as costelas quebradas e o corpo todo roxo? Porque era exatamente isso que ia acontecer.

Diana fechou os olhos e respirou fundo.

— Estou tentando uma clínica pública pra ele. Talvez consigamos interná-lo.

— Seria a melhor coisa no momento. Ele está muito doente com o uso frequente dessas porcarias — a enteada concordou.

— Quem é Vincent, Nick? — A mulher mudou de assunto de repente, e a simples menção do nome do mafioso fez seu sangue gelar.

A garota evitou olhar diretamente para a madrasta, fingindo-se ocupada guardando o kit de primeiros socorros.

— Não queira saber, Diana. É melhor assim — falou, por fim.

A mulher compreendeu que não era coisa boa, mas não tinha muito o que fazer sobre isso. Por pouco não tinham sido despejados. Quem era ela para julgar qualquer coisa?

Ramon estava impaciente. Murilo dissera que conversaria com ele pessoalmente, e isso implicava esperar até o dia seguinte para saber do que se tratava.

Tiago não atendera ao celular e ele não queria ligar para Nick. Não depois do que tinha feito a ela. Sem dúvida ela devia estar muito magoada com ele.

O mexicano se lembrou do momento em que a viu abraçada ao cunhado de Murilo e sentiu um comichão dentro de si, um que ele nunca antes tinha sentido. Queria arrancá-la dos braços dele. Queria dizer ao fedelho que tirasse as mãos do que era dele e exigir que ela confiasse somente nele com seus problemas. Queria ser o confidente dela, o único.

Deus, nunca tinha sentido ciúmes de nenhuma garota. Nunca! Elas podiam desfilar seminuas e de braços dados com o porra do Brad Pitt que ele nem ligava, mas, agora, por tudo que era mais sagrado, estava morrendo de ciúmes de Nick e Tiago, e isso o fazia se sentir um pouco ridículo.

Ele inspirou fundo. Não aguentaria não falar com ela, por isso pegou o celular e discou, antes que se arrependesse.

— Ramon? — A moça atendeu no primeiro toque.

— Oi. Nick... você está bem, não está? — Uma onda de alívio o invadiu assim que ouviu a doce voz da sua fada.

— Sim.

— Seu irmão... ele... ficou muito bravo com você?

— Não. Está tudo sob controle.

— Que bom — ele disfarçou, fingindo que era a pergunta mais casual do mundo.

— Bem, era só isso mesmo.

A voz dela pareceu emocionada quando disse:

— Obrigada por se preocupar.

— Imagina — disse ele, e se arrependeu imediatamente. Não conseguira pensar em nada melhor e aquilo simplesmente saiu automaticamente. *Imagina?* Porra, ele é que não estava nem conseguindo sossegar, só de imaginar o que podia ter acontecido a ela.

Ramon fechou os olhos e desligou o telefone. *Merda! Queria estar com ela, e que se danasse se ela tinha saído com alguém.* A reação dela quando a acusara de fazer programa foi de total indignação. *Podia confiar que tinha se enganado a respeito disso, não podia?*

Afinal, eles nem eram namorados e ela não lhe devia fidelidade. Ramon pensou que talvez, desde o início, ele devesse ter esclarecido alguns pontos com ela, principalmente sobre o lance de ter outras pessoas enquanto estivessem juntos.

Mas isso incluía ele também. Pensando bem, era isso que queria? Não estar disponível para outras mulheres? Porra, ele estava disponível agora, podia sair e pegar qualquer uma que quisesse, mas estava ali, aflito e pensando na única pessoa que queria de fato ter em seus braços.

O agente discou novamente. A voz esperançosa dela o fez ter certeza do que iria dizer.

— Sim?

— Fada... eu quero te ver.

— Ramon...

— Tô passando aí daqui a pouco.

O homem desligou, sem dar a ela a chance de dizer não.

Nick subiu para o quarto correndo e tomou um banho rápido. Quando o carro de Ramon chegou, ela estava pronta, e rezando para que Rafe estivesse em seu quarto e não a visse sair.

Desceu as escadas nas pontas dos pés e abriu a porta da frente com cuidado, entrando silenciosamente no carro de Ramon. Ele manobrou o veículo, indo de volta ao apartamento dele.

Enquanto dirigia, ele a olhou de esguelha.

— Você está bem? — perguntou, mas sem virar o rosto para ela.

— Sim.

— Queria saber o que foi aquela situação com Tiago.

Ela deu de ombros. Já esperava que ele fosse questionar isso.

— Rafe ficou com ciúmes e reagiu mal quando me viu com ele.

— Me fala a verdade, Nick. Por favor.

Ela achou que, se ele estava perguntando, era porque Tiago havia cumprido a promessa de não dizer nada. Então, ela podia contar meias verdades.

— Sabe, Ramon... eu e o Rafe, não somos irmãos de sangue.

— Maldição!

Ele entendeu tudo. *Merda, o cara era apaixonado pela irmã!*

— Ele gosta de você e não quer vê-la com ninguém — concluiu sozinho.

— É isso.

— Mas foram criados juntos, não foram? Como ele desenvolveu esse sentimento? Era para serem como irmãos!

— Era, mas não é. Ele não me vê assim. Está doente.

— Você me disse que ele é dependente químico.

— Sim, é.

— Ele já te agrediu por causa das drogas?

Ela respirou fundo. Seria melhor falar a verdade.

— Sim.

— Merda, Nick!

— Aconteceu duas vezes apenas. Ele estava muito drogado.

— Então ele precisa se tratar antes de qualquer coisa. Você precisa interná-lo.

— Minha madrasta está tentando um hospital público.

— Vou conseguir essa internação pra você.

— O quê?

— Isso mesmo que você ouviu. Tenho uns contatos. Em, no máximo, quinze dias ele estará em uma clínica.

— Sério?

— Sério.

Eles entraram no estacionamento do prédio. Ramon desligou o motor e se virou para ela.

— Se tivesse confiado em mim, se tivesse me dito, eu já teria resolvido esse problema pra você.

— Desculpa. Tive medo de você não compreender.

— Não faça mais isso, Nick. Me procure para qualquer coisa. Entendeu?

Ela fez que sim. A garota estava um pouco sem jeito com ele. Da última vez que estivera ali, tinha sido constrangedor. Ramon se aproximou e enlaçou sua cintura.

— Quero esclarecer alguns pontos dessa nossa... convivência — disse, abrindo a porta de casa e convidando-a a entrar.

Ramon se sentiu um verdadeiro idiota. Por que a palavra "relacionamento" não podia ser dita em alto e bom som?

— Pontos?

— Isso. Primeiro, quero que me explique sobre o figurão do restaurante.

— Eu juro que ele é apenas meu amigo. Não faço programa, Ramon — respondeu ela, já se aborrecendo com o assunto.

— E o chupão no seu pescoço?

— Foi o Rafe. Ele pensou que podia me beijar, estava muito drogado.

— Ele avançou o sinal com você? Diz a verdade pra mim, Nicole.

Com medo de que ele perdesse a cabeça mais uma vez, Nick mentiu.

— Não... não! Ele pensa que gosta de mim. Está perdido por causa das drogas e quis me beijar, mas eu virei o rosto... Não aconteceu nada de mais, eu juro.

— Tudo bem. Isso vai se resolver depois que ele for se tratar.

Eles se olharam e Ramon finalmente falou o que estava preso em sua garganta:

— Olha, não quero que você esteja com mais ninguém além de mim, Nick.

— Eu não estive. Você não acredita, mas eu não estive.

— Daqui por diante, enquanto estiver na minha cama... comigo... apenas eu. Ninguém mais. Tudo bem?

— Isso serve para você também?

Ele respirou fundo. Caramba, era um caminho diferente que estava tomando.

— Sim. Para nós dois.

Ela sorriu e concordou.

— Estamos caminhando juntos daqui pra frente. Isso é novo pra mim também. Vamos resolver o problema que você tem com o seu irmão, e eu preciso saber... Tem mais alguma coisa que você queira me contar? Não quero mais segredos entre nós.

Nick engoliu em seco. Havia um milhão de coisas, mas nenhuma poderia ser dita. *Deus do céu, o que ela estava fazendo? Estreitando laços com um agente! Ah, pelo amor de Deus, ela devia ter perdido a razão mesmo!*

— Não — sussurrou ela, sem conseguir convencer nem a si mesma.

623.652	4422.562	0953.73
	232.345	6343.09
425.764	424.222	8311.04
511.445	3513.567	9631.77
732.243	288.456	9830.00
	499.221	8693.52
947.234	1349.234	6131.87
981.321	343.567	2198.83
335.234	342.246	1198.72
	31.532	8923.90
111.439	662.232	3600.85
266.423	14445.785	6286.81
882.118	354.234	0753.41
909.123	636.111	7548.58
	78.673	8770.43
777.234	8339.111	9873.37
412.341	67.632	8653.07
545.324	98.232	4498.66
741.234	2333.452	8703.37
	12.543	1048.08
554.345	55.896	6821.21
874.326	3341.332	0953.73
452.113	6441.323	6343.09
	2227.112	8311.04
974.423	33.562	9631.77
893.465	271.286	9830.00
862.123	77.218	8693.52
974.456	3.682	6131.87
	87.322	2198.83
988.335	332.321	1198.72
582.936	59.113	8923.90
	79.322	3600.85
252.308	332.321	
223.564	99.223	

CAPÍTULO 23

Ramon baixou a cabeça e beijou a boca macia de Nick, gemendo com o contato pele com pele. Céus, ele estava gostando muito dela mesmo! Depois de tantas mulheres que haviam passado por sua vida, estava abrindo a porra do seu coração para a mais complicada que ele já tinha conhecido. Mas não conseguia ficar longe dela!

A garota se agarrou a ele, deixando-o saber o quanto tinha sentido sua falta. As mãos acariciavam o rosto dele, adorando sentir a barba de um dia que o deixava ainda mais lindo e sexy.

— Me desculpa pela última vez. Perdi a cabeça — ele murmurou no ouvido dela, sua voz quente e apaixonada.

— Está tudo bem.

— Quero você só pra mim, Nick.

— Eu sou apenas sua. Eu juro.

— Só minha.

— Só sua, Ramon.

Voltaram a se beijar e todas as desavenças foram esquecidas.

O que importava no que ele trabalhava, se estava bem ali, levando-a à loucura? Aquela boca tão masculina fazia com que ela sentisse arrepios deliciosos pelo corpo. E as mãos, então? Simplesmente tudo dentro dela se acendia com o passear desenfreado das mãos dele.

E não era só isso! Os gemidos de Ramon a levavam ao céu. O fato era que aquele homem lindo a queria. Queria de verdade. Estava com ciúme dela e tinha pedido, ainda que por entrelinhas, um relacionamento exclusivo. O que mais Nick poderia desejar?

Ele a colocou deitada de bruços e ajustou seu corpo para que ficasse de quatro. Em seguida, estimulou o clitóris enquanto posicionava seu membro para tomá-la profundamente. Ramon entrou com tudo, até encostar a base do pau no traseiro dela.

Bombeou forte, firme e constantemente, até ouvir os gemidos dela ficarem incoerentes. Sabia que sua garota estava perto de gozar, por isso acelerou os movimentos, para alcançar seu prazer junto com ela. Os dedos de Ramon seguraram a cintura de Nick, e ele enfiou forte dentro dela uma última vez, com firmeza. Gozaram juntos.

O coração de Ramon estava acelerado e ele ficou estendido em cima do corpo de Nick até que tivesse forças para se mover. Sussurrando palavras de carinho, o agente esticou os braços e entrelaçou os dedos nos dela. Tão pouco tempo e o homem estava perdido em seus encantos. Que se foda, era muito bom estar dentro dela e ouvi-la gritar seu nome. Era muito bom fazer com que ela ficasse desnorteada pelo prazer que ele lhe proporcionava.

Ramon ainda beijou o rosto, o pescoço e os cabelos dela. Aquela era sua fada linda, sensual, deliciosa e alguém que estava se tornando rapidamente bastante importante para ele.

Dormiram de conchinha, os braços dele protetoramente em torno daquele corpo lindamente feminino, a perna musculosa em cima da dela e a respiração quente na sua orelha. Foi a melhor noite de sono que ela já teve.

Quando acordou de manhã, o café estava posto na mesa e Ramon falava ao telefone. Tinha uma toalha em volta da cintura e o corpo úmido. Ele pediu um minuto para alguém do outro lado da linha. Nick se aproximou, ergueu os pés e o beijou. Ramon acariciou seu rosto, fez sinal para que ela se servisse e foi para a cozinha. A garota se sentou e encheu sua xícara de café com leite. Tentou fingir que não estava prestando atenção à conversa dele, mas ficou muito atenta ao que estava sendo dito.

— Dylan disse que Sam volta hoje de Washington e que já acertou o mecanismo da trava de segurança. Isso... é só esperar... Não... algo fora da rede elétrica. Quando a luz for desligada, ela vai travar e apenas uma combinação de códigos poderá abri-la. Ele pode te explicar melhor. Tudo bem... Nick está comigo, vou levá-la para casa. Quer que eu te pegue?

Murilo disse alguma coisa que fez Ramon rir alto.

— Cala a boca, campeão.

Quando retornou para a sala, o agente se sentou ao lado dela e a beijou novamente. Sorriram um para o outro e ele manteve os olhos fixos nos dela.

— Bom dia.

— Bom dia. Trabalho logo cedo?

— Meu chefe é um neurótico dos infernos.

— Que chefe não é?

Ele riu e concordou com ela. Tomaram café juntos e Ramon a levou para casa logo em seguida. Ao chegar, Nick se arrumou rapidamente e foi para o colégio, mas, no meio do caminho, encontrou Tiago, que estava esperando por ela.

— Como você está? — quis saber logo o rapaz.

— Bem, e você?

— Melhor do que eu merecia. Nick, desculpa... Perdi a cabeça e te coloquei em apuros, não foi?

— Deu tudo certo. Consegui dobrar o Rafe e até que foi bom. Conversei com Ramon, e ele vai conseguir uma internação para o meu irmão.

— Jura?

— Sim.

— Ah, graças a Deus. Eu estava tão preocupado!

— Relaxa. Entre mortos e feridos, salvaram-se todos.

Nick sorriu e Tiago achou que a moça estava bem.

— O que uma noite de amor não resolve, hein? — provocou o amigo.

Ela deu um leve empurrão no ombro dele, brincando.

— Poxa... acho que estou gostando muito mesmo dele — confessou.

— Isso é bom, porque ele tá na sua.

— Como sabe?

— Nick, o cara não consegue tirar os olhos de você. E vira um inferno no celular ligando pra mim ou pro Murilo querendo ter notícias suas quando não te encontra.

Nick sorriu, apaixonada. Finalmente as coisas pareciam estar entrando nos eixos.

À noite, Nick abriu seu e-mail e o mapeamento da sala do cofre da CIA estava lá. A tal trava que ela ouviu Ramon falar ao telefone não tinha sido adicionada ao sistema de segurança. *Eles estavam desconfiados de que havia um traidor.*

Conforme Leon havia dito, a Base era um órgão governamental fora dos registros, e isso queria dizer que eles agiam ocultamente para o governo. Era um recurso paralelo aos agentes credenciados, como os federais do FBI, por exemplo.

A trava fora colocada para pegar a ladra, ou seja, ela, mas também para pegar o facilitador. Eles deviam ter uma lista restrita de pessoas que sabiam sobre a nova ferramenta, e os demais que estavam fora seriam averiguados por eliminação. Leon, pelo jeito, não estava entre os mais confiáveis, ou saberia da trava e teria tomado providências a respeito.

Como ela iria dizer a ele, sem revelar seu envolvimento com Ramon, que havia uma nova trava de segurança secreta?

O fato era que não podia entrar lá sabendo que seria pega por um sistema oculto. Pensou um pouco e resolveu dar um telefonema.

— Oi, menina.

— Vincent, temos um problema.

— Que tipo de problema?

— Há uma trava de segurança que foi adicionada ocultamente e sob sigilo na porta de saída da sala do cofre da CIA. Quando a luz for desligada, o sistema travará a porta principal e exigirá uma senha para sair.

— Como sabe disso com tantos detalhes, Nick?

— Eu apenas sei, Vincent.

— Não me convenceu.

— É... bom, tenho um conhecido dentro do FBI que ouviu alguma coisa a respeito e comentou comigo. Mas, por favor, não me pressione pra dizer quem é. Há boatos sobre esse roubo por todo o país, você sabe, virou uma notícia nacional.

— Sei... um contato importante, hein?

— Pode pedir para averiguar essa informação antes de executarmos a tarefa?

— Vou falar com Leon, mas vai ter que me dizer quem é o seu contato.

Nick limpou a garganta.

— É apenas um amigo que trabalha no FBI. Ele ouviu alguns rumores e comentou comigo.

— Amigo? Entendi. Vigie seus passos, Nick. Não quero ter problemas com você.

Ele não disse mais nada, apenas desligou. É claro que o velho não comprou a explicação, mas não importava. Ainda que soubesse a verdade, ela estava entregando as informações para ele, não estava? Isso deveria ser o suficiente para o homem saber de que lado ela estava.

No dia seguinte, bem cedo, Vincent retornou para ela.

— Estava certa, menina. Leon descobriu que há uma armadilha para a bailarina e está estudando um meio de obter a chave secreta. Você deve receber o código para destravar a porta em alguns dias.

Um arrepio desceu por toda a sua espinha. Aquilo estava ficando muito perigoso.

— Nick?

— Sim?

— Cuidado com quem anda e com o que fala. Gosto de você. Não queria que nos desentendêssemos.

— Eu te passei a informação, Vincent. Acha que eu faria isso se não estivesse muito esclarecida sobre nosso acordo?

— Apenas lembre-se de quem eu sou, menina — falou o homem, e desligou, deixando a ameaça no ar.

623.652	4422.562	0953.73
425.764	232.345	6343.09
511.445	424.222	8311.04
732.243	3513.567	9631.77
947.234	288.456	9830.00
981.321	499.221	8693.52
335.234	1349.234	6131.87
111.439	343.567	2198.83
266.423	342.246	1198.72
882.118	31.532	8923.90
909.123	662.232	3600.85
777.234	14445.785	6286.81
412.341	354.234	0753.41
545.324	636.111	7548.58
741.234	78.673	8770.43
554.345	8339.111	9873.37
874.326	67.632	8653.07
452.113	98.232	4498.66
974.423	2333.452	8703.37
893.465	12.543	1048.08
862.123	55.896	6821.21
974.456	3341.332	0953.73
988.335	6441.323	6343.09
582.936	52227.112	8311.04
223.564	33.562	9631.77
	271.286	9830.00
	77.218	8693.52
	3.682	6131.87
	87.322	2198.83
	332.321	1198.72
	59.113	8923.90
	79.322	3600.85
	332.321	
	99.223	

CAPÍTULO 24

Ramon ligou para ela à noite.

— Tenho a internação do Rafe acertada. Quando posso mandar buscá-lo?

— Eu preciso ver com a Diana.

— Me avise, ok?

— Tudo bem.

Eles trocaram algumas palavras carinhosas e ela desligou. A jovem desceu as escadas e encontrou o irmão lanchando com a mãe na cozinha. Merda, não esperava que ele estivesse em casa. Desde a discussão com Tiago, ele entrava e saía sem esbarrar com ela.

O rapaz pareceu adivinhar que havia alguma coisa, porque olhou para ela, desconfiado.

— Algum problema, Nick?

— Não. Vim comer com vocês.

Ele suavizou a expressão.

Nicole preparou seu lanche e se sentou ao lado dele, que sorriu amplamente para ela. A mãe se levantou bruscamente e saiu da cozinha, desgostosa com aquela encenação toda. Rafe não deu a mínima.

Nick se esforçou para manter uma conversa. Quando terminaram de comer, ele a convidou para ver TV.

— Hoje não, estou cansada — tentou se esquivar.

— Não invente desculpas, Nick.

Ele a puxou pela mão e os dois se sentaram no sofá. O rapaz passou o braço pelos ombros dela e Nick enrijeceu. Puta merda, só esperava que ele não quisesse beijá-la.

O rapaz mal prestava atenção à programação. Mexia no cabelo dela e acariciava seu pescoço, e, no momento em que virou para beijá-la, ela o impediu, colocando a mão sobre o peito dele.

— Ainda não, Rafe.

— Por que não?

— Porque preciso me acostumar com a situação.

— Por favor, Nick...

Ele estava tão próximo que ela podia sentir a respiração dele em seu rosto. O celular dela tocou, salvando-a do abraço indesejado, e Rafe se afastou. Era Leon.

— Nick, enviei o código da trava secreta. Memorize e apague todos os dados depois.

— Tudo bem.

— Quero saber como chegou a essa informação. Um amigo qualquer não saberia de algo assim.

A moça se levantou, e Rafe ficou observando.

— Foi o que eu disse ao Vincent. Tenho um contato lá dentro, mas não posso dizer quem é.

— Quero o nome dele, a posição exata desse cara dentro do departamento e quero saber por que a porra do meu nome estava fora da lista de pessoas confiáveis. Isso nunca aconteceu antes. Não posso estar entre os suspeitos. É um risco que não vou correr.

— Eu... err... nos falamos pessoalmente, Leon.

— Não vai conseguir se safar de me dizer.

Ela desligou e suspirou. *Caramba, estava encrencada!*

— Problemas com Vincent?

— Sim.

— Quando isso vai terminar, Nick?

— Tenho mais duas tarefas, e então meu acordo com ele se encerra.

A garota aproveitou a deixa para subir para o quarto. Rafe não a importunou mais. Ela anotou o código da porta no celular e apagou a mensagem.

Na manhã seguinte, falou com Diana sobre a internação de Rafe.

— Não acredito que ele conseguiu!

— Sim. Tem que ser neste fim de semana. Vou dar um pouco do remédio de dormir do papai pra ele e, assim que estiver adormecido, a ambulância vem buscá-lo.

Diana tinha os olhos marejados e Nick a abraçou.

— Vai ser melhor pra ele.

— Eu sei. Só espero que ele fique bem.

— Ele vai se tratar, vai se livrar do vício. Poderá ter uma vida normal depois disso.

— Eu sei, eu sei.

O fim de semana foi tumultuado. Rafe foi levado à clínica enquanto dormia e Nick usou a situação para dizer a Ramon que não poderia sair porque Diana precisava de apoio.

Ele foi compreensivo, embora tivesse reclamado por não vê-la. A garota teve o cuidado de trocar o horário no restaurante alegando a mesma razão, pois, se ele buscasse a informação lá novamente, elas seriam condizentes.

O agente apareceu na casa dela à tarde e, pela primeira vez, Nick o convidou para entrar, apresentando-o à Diana e ao pai.

Era um alívio não ter Rafe por perto e saber que ele não iria aparecer de uma hora para outra.

Diana adorou Ramon, e eles conversaram bastante. O agente e Nick ainda namoraram um pouquinho no sofá como um casal de adolescentes com algumas restrições impostas pelos pais. A sensação era boa, mas, quando deu nove da noite, ela pediu para que ele fosse embora.

— Tá na hora de você ir embora, Ramon.

— É cedo ainda.

Ele a puxou para o seu colo e a beijou com paixão. Nick teve que se esforçar para não se render a ele. Bastante relutante, Ramon finalmente foi embora, e a garota subiu rápido para pegar sua mochila. Depois de se arrumar, Nick repassou os movimentos e repetiu diversas vezes o código que iria precisar. No horário marcado, ela caminhou algumas quadras e entrou no carro que a esperava, longe dos olhos dos vizinhos.

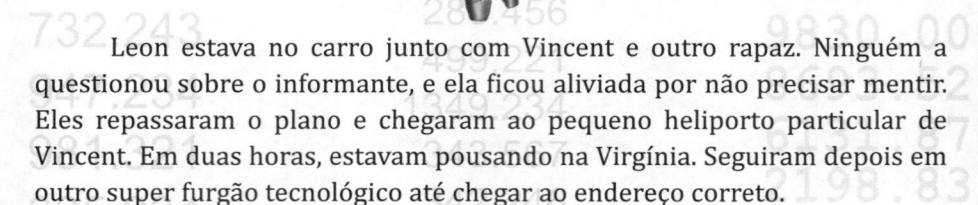

Leon estava no carro junto com Vincent e outro rapaz. Ninguém a questionou sobre o informante, e ela ficou aliviada por não precisar mentir. Eles repassaram o plano e chegaram ao pequeno heliporto particular de Vincent. Em duas horas, estavam pousando na Virgínia. Seguiram depois em outro super furgão tecnológico até chegar ao endereço correto.

O procedimento foi igual ao do FBI e do DEA, mas ela podia ouvir o movimento das câmeras virando e fotografando-a por todos os ângulos. Quando chegou ao cofre e as luzes se apagaram pela segunda vez, um alarme soou por todo o recinto. Ela foi rápida em tirar a papelada, e se jogou no chão quando uma sucessão de novos lasers modificou o mapeamento e cobriu o ambiente, indo e vindo em uma velocidade além do que ela estava apta a passar.

Tentando não se desesperar com o barulho alarmante do sistema de segurança, ela analisou a situação rapidamente. Os lasers da parte de cima eram mais velozes do que os de baixo, então ela ponderou as possibilidades. O alarme já estava disparado, mas desconsiderar os feixes e simplesmente passar por eles poderia ativar outras armadilhas. Não podia arriscar criar ainda mais dificuldades. Se ela se impulsionasse, cortaria metade dos raios e poderia manobrar seu corpo pelos lasers mais baixos que não estavam se movimentando com tanta velocidade.

Ela não sabia o que desencadearia quando tocasse alguns dos lasers, provavelmente alguma arma automática seria acionada e atiraria nela, mas não tinha outra alternativa, pois precisava chegar ao outro lado da sala. Ela ouviu uma movimentação próxima. A garota tomou distância, correu e saltou. A bailarina voou por entre os raios e parou no meio das luzes. Em seguida, deslizou para o chão num movimento leve e gracioso e teve o cuidado de evitar tocar as luzes, erguendo o corpo e pulando os fios de laser com precisão.

— Parada! Mãos pra cima!

Ela olhou para trás e viu quatro homens com as armas apontadas para ela. Era morrer ou envelhecer na cadeia. Ela escolheu rapidamente a primeira opção, portanto, arriscou.

Nick usou seu comunicador para pedir que as luzes se apagassem.

— Agora, Leon.

O corte veio na hora certa. A escuridão foi sua aliada, e ela correu para a saída. Ao bater a mão na trave, a luz do monitor digital apareceu para que o código fosse digitado. Ela ouvia os homens gritarem na penumbra. Suas mãos tremiam enquanto ela pressionava os botões numéricos.

— Desliguem os lasers. Ela está encurralada. A trava foi acionada e ela não vai conseguir sair. Em alguns segundos, as luzes voltarão e a teremos nas mãos. — Ouviu alguém gritar atrás dela.

A porta se abriu e a bailarina sorriu.

— Não desta vez.

Nick saiu correndo, mas, para sua surpresa, o carro não estava ali. Leon falou no seu comunicador.

— Tivemos um imprevisto. Corre para a direita, Nick, e não pare por nada. O prédio está cercado. Estamos indo pegar você.

Ela olhou para trás e viu alguns homens no seu encalço. Pensou no pai, na madrasta e em Ramon. Por tudo que ainda queria viver ao lado deles, ela correu.

A máscara a impedia de respirar e ela a tirou. Pulou pelos jardins, pegando atalhos pelas ruas, quando ouviu um barulho de carro.

— Estamos bem atrás de você, Nick — falou Leon no ponto eletrônico.

O carro emparelhou, a porta de correr foi aberta e ela estendeu a mão em direção a um braço forte que a suspendeu do chão. Nick encolheu os pés enquanto era puxada para dentro do furgão. Os tiros ecoaram pela noite, acertando a lataria do carro.

Ela puxou o ar para tentar recuperar o fôlego. *Foi por pouco! Merda, por muito pouco.* Leon lhe estendeu uma garrafa de água, que ela bebeu toda em um só gole. Tirando os documentos da roupa, ela entregou a ele. Mesmo sendo um homem destemido e que estava sempre com expressão ilegível, naquele momento, Leon parecia um pouco assustado.

O homem conferiu a documentação.

— Bom trabalho, menina. O que aconteceu lá dentro?

— Mudaram o mapeamento dos lasers e havia quatro caras armados esperando por mim.

— Cacete, eles estavam mais preparados do que imaginei.

— Eles acharam que a trava me deteria, por isso não avançaram.

— Muito bom ter sabido dessa pequena armadilha antes. Melhor agora, que meu nome estava fora da lista de confiança, e, mesmo assim, você saiu de lá. Isso significa que o restrito e singelo grupo dos mais confiáveis está, a partir de hoje, sob suspeita.

Ele sorriu, satisfeito, e estendeu o dinheiro para ela.

— Seu pagamento.

Ela pegou o envelope e o guardou na mochila.

— Leon, o que garante que eles não têm mais cópias dessa documentação?

— Nada garante, mas o que importa, na verdade, é averiguar o que eles sabem exatamente sobre Julián, porque através dessas informações podemos traçar um perfil de contra-ataque, que antecipa qualquer ação inesperada em cima do cartel.

— Entendi. Bom, preciso voltar ainda hoje para Boston.

— Todos nós precisamos. O helicóptero está pronto para nos levar de volta.

CAPÍTULO 25

Já em casa, Nick sentia-se estressada e muito, muito tensa. Só mais um lugar e estaria livre do acordo, mas era o pior lugar. Era onde Ramon trabalhava.

— Deus, não deixe ele me pegar. Não ele.

Demorou, mas a jovem adormeceu, e acordou no domingo quase na hora do almoço. Diana sorriu ao vê-la. Ela entregou o dinheiro à madrasta.

— Pegue. Pague as prestações atrasadas e adiante algumas, se puder.

— Nick, não sei de onde está vindo esse dinheiro, mas não quero que se arrisque, que se venda ou coisa assim.

A voz da madrasta estava por um fio.

— Tenho um acordo com uma pessoa. Estou fazendo alguns trabalhos, mas não me prostituo, Diana. Nunca faria isso, por nada. Não é um dinheiro limpo, mas o importante é que meu pai não vai acabar os dias dele no meio da rua.

Diana abraçou a enteada e pegou o dinheiro.

— Tome cuidado. Por favor.

— Tomarei.

A garota sentou-se na sala e ligou a televisão. O noticiário falava da invasão à sede da CIA. Para sua imensa surpresa, uma moça fora presa como a "Bailarina do Crime". Nick aumentou o som da TV. Leon tinha razão. As autoridades forjaram uma apreensão para mostrar que a segurança do país não estava vulnerável. A reportagem mostrava a imagem dela saltando pelos lasers e, logo depois, os federais levando uma moça algemada, toda vestida de preto e com sapatilhas de balé, como se eles a tivessem pegado.

Malditos mentirosos! A população achando que tudo estava bem, mas não passava de um grande teatro do governo.

A campainha soou e ela foi atender. Era Tiago.

— Oi. Entra.

Ele entrou e olhou a TV. Ela sentiu necessidade de dizer algo. Sabia que Murilo e Ramon deviam estar na Virgínia, avaliando a invasão, do contrário, o mexicano já teria ligado para ela.

— Até que enfim ela foi pega.

— Pois é.

— O que acha disso?

Nick não sabia o porquê de ter perguntado isso, talvez para analisar a reação dele.

— Eu acho que ela é incrível.

Eles riram.

— Murilo teve que ir trabalhar hoje, e Babi quer ir ao shopping. Pensamos que talvez você quisesse nos acompanhar.

Claro que eles estavam trabalhando. Ela sabia bem no quê.

— Eu adoraria.

Eram quatro da manhã quando Ramon acordou com o telefonema de Dylan.

— Na Base, em meia hora.

Ele não discutiu. Essas ordens só vinham mediante situações extremas.

— Porra, o que será que foi agora?

Em pouco mais de meia hora, os cinco agentes, Dylan e Lorena estavam na sala de reuniões com os monitores ligados.

— Ela passou pela trava suporte? Não acredito! — Murilo estava boquiaberto.

Sam estava indignado. Olhava a imagem, incrédulo.

— Olha isso! Ela digitou o código! Droga, Dylan, o traidor é alguém que faz parte da lista confiável — disse Sam, com raiva na voz.

— Impossível, Sam.

— Inferno! Isso não é impossível. A porra da bailarina digitou o código e somente eu, você e mais cinco homens do alto escalão conheciam a combinação.

Jason estava intrigado, assim como todos os outros.

— Não era sequer para ela saber da trava. Ela foi implantada secretamente.

— Observem as imagens. Ela para e pensa no que vai fazer quando tem seu mapeamento alterado. A moça é rápida nas decisões. E ela usou um comunicador para pedir o desligamento da luz. Ela sabia que a trava seria acionada apenas quando a energia fosse cortada. Filha da puta! Ela sabia, Dylan, ela sabia como proceder. Estava bem instruída.

As imagens do pulo fantástico de Nick sobre os feixes de lasers foram vistas e revistas. Todos os ângulos da garota estavam estampados nos monitores. Rosto encoberto. Olhos azuis. Nada de novo.

Dylan falava ao telefone. Assim que desligou, fez o comunicado:

— Estão nos enviando as imagens da rua. Ela correu até ser pega pelo furgão.

— E por que os bastardos não atiraram? Teriam parado a ladra — falou Ramon, dando um tapa na mesa.

— Não a queremos morta. Ela tem informações preciosas para o desenrolar dessa missão. Ela nos levará ao facilitador porque conhece o rosto dele. E isso nos leva aos traidores inseridos dentro das nossas equipes. Eu a quero viva e capaz de falar.

— Pois, se eu colocar minhas mãos nela, quebro suas duas malditas pernas, e ela não vai dançar balé nunca mais — ameaçou Ramon, cruzando os braços, em resposta a Dylan.

Com toda a tensão, os caras tiveram que rir dele. Ramon odiava ter o sono interrompido. Se ele colocasse as mãos na bailarina naquele instante, ela estaria muito ferrada.

A equipe seguiu trabalhando na investigação até que, na hora do almoço, Dylan anunciou que ele e Sam voariam para a Virgínia para averiguar as coisas de perto. Os demais ficariam na Base. Murilo puxou o celular do bolso.

— Neném, onde você está? Tiago está com você?

Ele riu, e Ramon ficou atento à conversa. Teve vontade de ligar para Nick durante toda a manhã, mas se conteve. O trabalho dele sempre foi sua prioridade, não iria deixar de ser só porque estava dormindo com alguém de quem gostava mais do que das outras.

Através da conversa do colega, Ramon soube que Nick estava com Babi e Tiago. *Será que... Bem, eles pareciam muito amigos... O garoto comprou uma briga por ela, isso podia significar que ele nutria algum sentimento. Será que se abraçariam? Pegariam na mão um do outro? Inferno, será que ela preferia estar com ele?*

Quando desligou, Murilo se levantou.

— Vou dar uma pausa para almoçar — declarou o amigo.

— Eu vou com você.

Jason e Fritz também optaram por ir. No refeitório, o mexicano não conteve sua curiosidade.

— Nick está com Babi?

— Sim.

— Onde elas estão?

— No shopping.

— Tiago está junto?

— Sim.

Murilo encarou o amigo e parecia se divertir quando viu a carranca no rosto de Ramon.

— Está com ciúmes do Tiago?

Jason e Fritz se interessaram pelo assunto.

— O que está pegando?

— Ramon está saindo com a minha vizinha.

— A loirinha gostosa que estava no churrasco?

— Isso.

Ramon olhou para Fritz fuzilando-o com o olhar. *Loirinha gostosa? Quem disse que ele podia chamar sua fada dessa forma?*

Jason quis saber o desfecho da história.

— E aí?

— Ela é amiga do Tiago, os dois são bastante próximos, até. — Murilo sorriu antes de continuar. — Eu não sei, mas posso apostar que o mexicano aí está com ciúme do meu cunhado.

Ramon se irritou, mas não fazia sentido negar, sua contrariedade estava estampada na sua cara.

— Inferno. Eu fiquei um pouco enciumado, sim, e daí? O maldito moleque parece estar sempre por perto.

Os caras caíram na risada porque era um comportamento muito inusitado em se tratando de Ramon. Ver o mexicano com ciúme era algo realmente inédito para eles.

— Tiago não tem interesse nela. Não este tipo de interesse. Ele apenas se afeiçoou a ela por todos os problemas que a garota tem com o irmão — tranquilizou-o Murilo.

— Problemas que eu já resolvi. O bastardo foi internado. Ela está livre dele.

— Cara, Ramon tão dedicado assim e apaixonado por alguém é algo que eu não pensei que viveria pra ver — comentou Fritz.

Apaixonado? Estava apaixonado por Nick? Caralho, sim. Ele estava se apaixonando por ela. Queria vê-la todos os dias, pensava nela o tempo todo, em seu sorriso de fada, em seu temperamento carinhoso. Tudo nela o encantava.

O homem respirou fundo.

— Gosto muito dela, mais do que já gostei de qualquer outra — admitiu. — Pronto. Era isso que queriam ouvir? Ouviram. Agora vão cuidar da porra da vida de vocês.

Mas obviamente os companheiros tiraram sarro da cara do amigo até o final do almoço.

623.652	[4422.562]	0953.73
425.764	232.345	6343.09
511.445	424.222	8311.04
732.243	3513.567	9631.77
947.234	288.456	9830.00
981.321	499.221	8693.52
335.234	1349.234	6131.87
111.439	343.567	2198.83
266.423	342.246	1198.72
882.118	31.532	8923.90
909.123	662.232	3600.85
777.234	14445.785	6286.81
412.341	354.234	0753.41
545.324	636.111	7548.58
741.234	78.673	8770.43
554.345	8339.111	9873.37
874.326	67.632	8653.07
452.113	98.232	4498.66
974.423	2333.452	8703.37
893.465	12.543	1048.08
862.123	55.896	6821.21
974.456	3341.332	0953.73
988.335	6441.323	6343.09
582.936	52227.112	8311.04
352.398	33.562	9631.77
223.564	271.286	9830.00
	77.218	8693.52
	3.682	6131.87
	87.322	2198.83
	332.321	1198.72
	59.113	8923.90
	79.322	3600.85
	332.321	
	99.223	

CAPÍTULO 26

Já era noite quando Ramon ligou para Nick.

— Oi...

— Oi.

— Como foi seu dia?

— Bom. Fui com a Babi e o Tiago ao shopping.

— Eu sei. Senti sua falta.

— Estou com saudades de você — confessou a garota.

Ele fechou os olhos e sorriu. Era bom ouvir que ela sentia sua falta. Estava ficando muito sentimental, mas era a melhor sensação que podia se lembrar de ter tido nos últimos meses.

— Queria muito te ver, mas tive um imprevisto no trabalho. Hoje não vai dar.

— Eu entendo. Vou ficar aqui, pensando em você.

— E eu, em você...

O casal trocou palavras gentis, bobeirinhas apaixonadas e desligou. Nick beijou seu celular como se assim pudesse enviar o beijo a Ramon. Ela reparou que Diana estava por perto, e a mulher riu.

— Está gostando mesmo dele, hein?

— Estou apaixonada por ele, Diana. Ele é um sonho... um sonho bom.

A madrasta abraçou a garota.

— Quero muito a sua felicidade. Sabe disso, não é?

— Sei sim.

Já era bem tarde quando Fritz conseguiu ampliar com qualidade as imagens da rua que os agentes da CIA enviaram. Apenas um vulto com os cabelos voando. A desgraçada era tão sortuda que tirou a máscara depois da última câmera frontal. Pegaram apenas um lance dela pulando pelos jardins, de costas.

— É loira. Grande progresso! Há, no mínimo, dois milhões de loiras em toda a América — Fritz resmungou.

Nenhuma imagem do rosto, nem mesmo de lado. Apenas as costas. Havia uma incógnita que envolvia a bailarina, e os agentes não conseguiam chegar a uma conclusão sobre isso.

Duas semanas se passaram até Vincent ligar novamente. Ramon estava deitado no colo dela, na sala da sua casa, e a garota ficou um pouco agitada.

Ela se levantou e foi para a cozinha.

— Oi.

— Mudança de planos, Nick. A Base está com uma segurança muito reforçada e com grupos se revezando na cobertura do local.

— Vincent, não posso falar agora. Posso te retornar mais tarde?

— Tudo bem, mas ligue-me ainda hoje. É urgente.

— Ok.

Quando voltou para a sala, Ramon estava com os braços cruzados na soleira da porta.

— Algo errado?

Ela não tinha uma explicação rápida para ele. *Deus, péssima hora para o chefão das drogas ligar para ela.*

— Tá tudo bem.

— Quem era?

— Meu amigo. Aquele do restaurante.

Ramon sentiu o sangue ferver. Puta merda, não sabia o que pensar, mas estava com ciúme do velho.

— O que ele queria?

— Me ver.

— Que merda é essa, Nick? Por que ele quer te ver? Você disse que eram apenas amigos. Tinha deixado esse assunto de lado, mas, sinceramente, não sou idiota.

Ela suspirou, nervosa. *Melhor meias verdades do que mentiras inteiras.*

— Ramon, ele me ajuda financeiramente. Ele me dá o dinheiro para pagar a hipoteca da casa.

O homem ficou olhando para ela com uma expressão azeda.

— E o que ele exige em troca?

— Nada.

Ele riu alto.

— Agora você está subestimando minha inteligência. Diga a verdade, Nicole!

Ele a chamar "Nicole" fazia seu coração afundar.

— Ele é um agiota, Ramon. Vai me cobrar juros sobre juros.

— Puta merda, Nick! Você nunca mais vai sair dessa dívida.

— Não tive escolha, Ramon. Íamos ser despejados.

— De quanto é a dívida?

— Por favor, isso é assunto meu.

— Me fala o valor.

Ela jogou um valor qualquer apenas para finalizar o assunto.

— A dívida está em vinte mil dólares.

— Céus...

Ramon estava preocupado. Ela não tinha ideia do que era lidar com um agiota, tinha? Nunca iria saldar essa dívida, e chegaria o dia em que o velho exigiria algo que estaria além das possibilidades dela.

— Quem é ele, Nick? Quero nome e localização. Tenho uns contatos, vou resolver esse assunto.

— Você tem muitos contatos para alguém que trabalha em um escritório de auditoria — alfinetou ela.

Ramon não se deixou abalar pelo comentário.

— Nome e endereço, Nick.

— Não. Ramon, por favor, não.

— Não quero ter que tomar providências sem seu consentimento. Fala logo.

— Não.

— Me dá seu celular que eu vou falar com ele.

— Para com isso. Eu resolvo os meus problemas.

— Estou com você agora e seus problemas também são meus. Vamos, me dá o telefone.

— Não.

Havia alguma coisa errada, ele podia sentir. Faro de agente era certeiro. Havia algum segredo na vida de Nick do qual ela estava sempre se esquivando.

O homem chegou perto dela.

— Eu te dei a oportunidade de me contar todos os seus problemas e estendi a mão para ajudá-la. Se ainda tem mais alguma coisa que eu deva saber, me diz agora — ela falou, sua voz dura e fria.

— Ramon...

— Não vai haver uma segunda oportunidade, Nick.

Ele esperou, mas, diante do silêncio dela, o rapaz desistiu. Ele pegou as chaves do carro, a carteira e saiu batendo a porta atrás de si.

A jovem ficou arrasada. Como podia explicar que a pessoa que toda a equipe de trabalho dele estava atrás era ela? Que era uma ladra de alto padrão? Ele nunca a perdoaria. Nunca! E, ainda por cima, Vincent pediria a cabeça dela numa bandeja.

Deus do céu, como sairia dessa enrascada?

Desanimada, ela retornou a ligação de Vincent.

— Nick?

— Sim, Vincent. Podemos conversar agora.

— Como eu disse... mudança de planos. Não haverá meios de invadir a Base, porém, a parte do dossiê que eles mantêm lá tem algo muito valioso para Julián.

— E o que é?

— Uma documentação completa sobre a decodificadora e o irmão dela. O contato no Brasil achou uma pista da garota. Há possibilidade de eles estarem em solo norte-americano com novas identidades.

— E onde eu entro nisso?

— Temos que infiltrá-la na Base, e só conseguiremos isso se você for pega.

Nick empalideceu.

— Mas, Vincent... eu... se eu for presa, nunca mais saio da prisão.

— Não, Nick. Como sabe, eles divulgaram que a bailarina foi presa. Não querem que a imprensa descubra quão mentirosos eles são. Assim, eles a manterão para tentar descobrir quem está comandando você. Lá dentro, você dá seus lindos saltos e pega as informações.

— Não. Pelo amor de Deus, Vincent, eles vão me encarcerar, vão me torturar atrás da verdade.

— Não há outro meio. Temos informações de que, quando pegaram a decodificadora, a mantiveram lá para averiguação. Devem ter registros importantes sobre isso. Fique tranquila, ele não são terroristas, Nick. São agentes especiais, não pegam tão pesado. Temos a combinação certa do que você vai dizer a eles, e Leon tem os contatos necessários para tirá-la de lá ou de qualquer outra prisão que eles possam te enviar. Você não dorme nem um dia encarcerada e terá sua ficha limpa, sem nenhum registro policial para manchá-la. Tem a minha palavra.

— Deus, isso é loucura.

— Precisamos saber o paradeiro dessa garota, Nick. O trabalho dela é essencial para reatarmos a negociação sobre a rota americana. Pelo que consta, ela acabou se envolvendo com um dos agentes da unidade brasileira. Não se tem notícias dele também, o homem não está mais na sede dos federais nem no núcleo da ABIN. Mas o Brasil é grande, podem estar em qualquer lugar, e precisamos encontrá-los.

— Pra quando isso?

— Eu te aviso.

Ele desligou e ela deixou seu corpo cair no sofá. *Ramon, meu Deus, ele iria odiá-la pelo resto da vida. Merda, merda, merda! Sua vida iria desabar...*

623.652	24422.562	0953.73
425.764	232.345	6343.09
511.445	424.222	8311.04
732.243	3513.567	9631.77
947.234	288.456	9830.00
981.321	499.221	8693.52
335.234	1349.234	6131.87
111.439	343.567	2198.83
266.423	342.246	1198.72
882.118	31.532	8923.90
909.123	662.232	3600.85
777.234	14445.785	6286.81
412.341	354.234	0753.41
545.324	636.111	7548.58
741.234	78.673	8770.43
554.345	8339.111	9873.37
874.326	67.632	8653.07
452.113	98.232	4498.66
974.423	2333.452	8703.37
893.465	12.543	1048.08
862.123	55.896	6821.21
974.456	3341.332	0953.73
988.335	6441.323	6343.09
582.936	52227.112	8311.04
	33.562	9631.77
	271.286	9830.00
	77.218	8693.52
	3.682	6131.87
	87.322	2198.83
	332.321	1198.72
	59.113	8923.90
	79.322	3600.85
223.564	332.321	
	99.223	

CAPÍTULO 27

De repente, uma luz se acendeu na mente de Nick, clareando as coisas como a luz do sol em uma manhã de verão. Ela se levantou de supetão. *Espera um pouco, um agente, uma moça e um garoto... brasileiros?* Nick gelou. *Que maldita coincidência era essa em sua vida?* Não bastava seu caminho ter esbarrado com um agente especial do governo que estava trabalhando exatamente no crime no qual ela estava envolvida, ainda havia seus amigos que, ou estava delirando, ou eram exatamente as pessoas que Vincent estava procurando.

Jesus Cristo, Babi era a decodificadora? Puta merda. Que destino traidor era esse? O garoto Marcos havia dito que passara por situações nas quais ele não via saída, que sofrera violência. Com certeza ele se referia aos tempos como refém. O nome dele devia ser Tiago, e o dela, Bárbara, e não Bianca. Vincent estava mais perto do que imaginava, e não sabia.

Ela jamais os entregaria. Tinha que dar um jeito de sair dessa situação.

A garota subiu para o quarto. A roupa preta e as sapatilhas estavam em cima da cama e as demarcações com a fita crepe cruzavam todo o espaço do quarto. Foi muito inocente em acreditar que poderia lidar com essa situação sem maiores complicações. Quando aceitou o trabalho, não fazia ideia de que iria se apaixonar por Ramon.

A semana que se seguiu foi uma espera tensa para Nick. Ela se esforçou para esconder, mas seu nervosismo estava aparente. Ramon tentou tirar algo dela, mas não obteve sucesso. O melhor que conseguia era terminar com ela nua na cama dele e somente naquele momento era que a garota estava absolutamente ali, com o corpo e a mente focados nele.

No domingo à tarde, o telefone dela tocou. Era Vincent. Ramon estava na cozinha fazendo café.

Ela foi ao banheiro e ligou a torneira para abafar o som.

— Oi, Vincent.

— Preciso te ver para combinarmos os detalhes. Será essa semana.

— Pode ser amanhã à noite?

— Perfeito. Mando um carro te pegar.

— Tudo bem.

Ela deu a descarga para disfarçar e, quando abriu a porta, Ramon estava de braços cruzados, encarando-a, carrancudo.

— Por que entrou no banheiro para atender ao telefone?

— Eu não fiz isso.

— Fez.

— Eu estava indo ao banheiro quando o telefone tocou, é diferente.

Ramon a encarou, um pouco desconfiado.

— Sabe, você parece um policial, agente ou coisa do tipo, porque tem um olhar desconfiado e tudo te parece suspeito.

Deu certo falar da identidade camuflada dele. O rapaz relaxou e beijou a testa dela.

— Desculpa. Eu sou encanado mesmo.

— Tudo bem.

— E quem era no telefone?

— Diana. Ela me pediu para passar na farmácia e levar o remédio do meu pai, que está no fim.

— Eu tenho uma coisa pra você.

— O que é?

Ele a puxou pela mão e a levou para o quarto, onde abriu a primeira gaveta da cômoda e tirou um envelope, estendendo-o a ela.

— Quero que pague sua dívida com aquele velho.

A moça abriu o envelope e tirou de dentro um cheque no valor de vinte mil dólares. Seus olhos se arregalaram e ela sentiu seu coração afundar no peito.

— De jeito nenhum. Não posso aceitar.

— Eu tenho o dinheiro, e você tem a dívida. Quero que a liquide. Lidar com agiotas é muito perigoso, Nick.

— Não posso aceitar. É uma quantia muito alta.

— Não quero você envolvida com esse tipo de gente.

— Desculpe, Ramon... mas não. Não posso.

— Tome como um empréstimo, então, se isso te faz sentir melhor. Pelo menos, eu não vou te cobrar juros sobre juros.

Deus, ela queria chorar. Queria sumir dali. Como seria quando ele descobrisse a verdade? Ele tirou o cheque da mão dela e colocou dentro da sua bolsa.

— Não aceito um não. Já que não quer me dizer o nome e o endereço do desgraçado, pelo menos se livre dele o mais rápido possível.

Nick não dormiu naquela noite. Precisava arquitetar algo que amenizasse o impacto de sua traição na vida de Ramon. Ela imaginou todas as reações possíveis quando ela fosse pega de propósito.

E ainda teria que arrumar meios de conseguir a papelada que Leon queria. Uma missão quase impossível. Seu encontro com Vincent e Leon na segunda à noite foi tenso.

Vincent começou a explicar.

— O plano é o seguinte, Nick: você vai entrar usando sua roupa e as sapatilhas mais famosas da América. O grupo está preparado pra você, e eles vão te pegar. A Base é muito grande, comandada por Dylan Meyer. Ele é o chefão. É nele que terá que concentrar seus esforços. O homem é gabaritado, tem influência em todas as agências de segurança e inteligência dos Estados Unidos, e ainda trabalha em missões fora do país. Ele comandou a operação sobre a decodificadora. Trouxe a moça do Brasil para a Base, a tirou do campo de visão de Julián e infiltrou sua equipe de agentes especiais dentro da casa e do trabalho dela. Quando o colombiano conseguiu colocar as mãos nela, Dylan Meyer e sua equipe a resgataram no mesmo dia, e ainda libertaram todos os outros reféns, incluindo o irmão da moça.

— Uau! Eu já estava apreensiva, mas agora estou completamente apavorada.

— Presta atenção, Nick. Ele fez tudo isso sem que Julián e seus informantes desconfiassem do que estava acontecendo. Ele tem as manhas para lidar com situações de risco. O fato é que Dylan está engajado na eliminação da rota, o que nos leva a crer que ele tem uma documentação muito sigilosa sobre o cartel, a decodificadora e uma esquematização do que o governo pretende fazer quanto a isso.

— Se ele é assim tão bom no que faz, como esperam que eu possa ter acesso a essa papelada tão facilmente? — Havia descrença na voz da garota.

— Neste caso, você vai agir para desviar a atenção. Temos alguém lá dentro que vai te ajudar a pegar as informações.

— E por que não fazem isso sem que eu entre lá?

— Porque o cofre fica na sala particular do homem, onde apenas os agentes especiais e a assistente pessoal dele têm acesso.

— Querem que eu entre nesta sala?

— Com certeza ele vai te levar até essa sala porque é lá que está todo o equipamento de última geração que ele usa para manter a segurança do local. E onde secretamente são avaliadas e estudadas as missões. Nem mesmo os subchefes dos departamentos têm permissão para entrar no local. Entretanto, a decodificadora foi levada para lá, assim como você possivelmente será.

— E se ele não me levarem?

— Então há essa pessoa dentro da Base que vai facilitar sua movimentação pela área, por isso você terá que ser rápida o bastante para passar pelo sistema de entrada, que, por uma sorte fodida, foi instalado pelo mesmo especialista que lida com equipamentos de outros departamentos. Leon teve acesso ao registro de instalação.

— E qual seria?

Vincent desenrolou um rolo com enormes figuras de equipamentos de segurança de última geração e mostrou item a item, explicando como cada um deles funcionava e quais as possibilidades de destravá-los.

Leon entregou uma apostila para ela com as funções do que eles imaginavam que podia haver na sala misteriosa de Dylan, e Vincent continuou a falar.

— Se você for levada até lá, terá apenas que reconhecer o sistema que é usado para repassar para nosso informante. Se precisar dançar pela Base, terá que driblar as câmeras, burlar os homens de plantão e abrir a trava de acesso da tal sala misteriosa.

— Vincent, pelo amor de Deus, eu não vou conseguir fazer isso.

— Claro que vai. Você terá ajuda, Nick.

— Quem será meu ajudante? Um dos agentes?

Eles riram.

— Claro que não. Os agentes especiais de Dylan são do mais alto escalão. Cada um tem uma especialidade, e ganham uma pequena fortuna para serem leais aos princípios da lei desse país. Fique tranquila que nosso informante avisará quem é ele.

— Tá. Quanto tempo eu vou ficar presa nessa Base?

— Até que seja pega, interrogada, levada à exaustão com perguntas sobre quem é o seu chefe, para quem trabalha e blá, blá, blá... Algo entre quatro e sete dias, talvez um pouco mais.

— Sete dias? — Nick não pôde esconder o espanto em sua voz.

— Leon não poderá aparecer, claro, mas haverá uma ordem para que a libertem e, em questão de horas, seu registro simplesmente desaparecerá dos computadores federais, e isso inclui todos os órgãos ligados ao governo.

Vincent colocou as mãos sobre o braço dela e falou seriamente.

— Sairá de lá tão limpa quanto entrou.

Ela assentiu. O que mais poderia dizer? Tinha um acordo, era cumpri-lo ou pagar com a vida.

— Agora vamos para as informações que você dará a eles: para quem você trabalha? Julián Martinez. Quem está pessoalmente por trás de você? Dan Lopes. Quem é o facilitador? Martin Smith — Leon tomou a palavra.

A garota engasgou. Puta merda, ela conhecia essa pessoa. Era o chefe geral da segurança da Casa Branca.

— Vai acusar Martin Smith?

— Eu não. Você vai.

— Jesus Cristo, Leon. Vou ter minha garganta cortada.

— Não. Vai apenas levantar suspeitas. Ele está na lista dos confiáveis que sabiam do código de segurança da CIA. Estamos falando aqui de uma ação altamente sigilosa. Dylan é o melhor dos melhores. Ele não vai fazer alarde sobre a situação. Até que averigue um cara como Martin, eu já terei conseguido seu alvará de soltura da Base e você já terá sumido do mapa.

— Depois dessa, vou precisar ir para o Afeganistão e nunca mais voltar — ela brincou, mas havia um nervosismo pungente em cada palavra dita.

— O importante é conseguir o máximo possível de informações enquanto for mantida lá. Você só poderá responder por crime se houver uma acusação concreta, e seus registros serão apagados, portanto, não vai haver maneira de te encarcerarem. Oficialmente, vão deixar que os federais cuidem de você, porque Dylan não lida com peixes pequenos. Ele lida com os grandes, e isso significa que eles querem Julián Martinez, não você. Quando eles te colocarem nas mãos dos federais, você estará praticamente entre os meus, e, daí, será mole mole. Estará livre e com as contas pagas.

— Quando?

— Sexta-feira à noite. As demais invasões foram feitas nos fins de semana, assim, eles esperam que a bailarina siga o protocolo e dê o ar da graça conforme foi feito anteriormente.

Tudo que Nick conseguia pensar depois que a reunião acabou era que hoje era segunda-feira, e seu sonho de amor com Ramon acabaria em quatro dias.

CAPÍTULO 28

Na quinta-feira à noite, a moça conversou com a madrasta sobre seu possível desaparecimento por sete dias.

— Diana, eu vou ficar fora a semana toda a partir de amanhã à noite. Se por acaso eu não voltar, te peço que, por favor, nunca deixe de cuidar do meu pai.

Sua voz embargou e Diane arregalou os olhos.

— Deus, Nick. No que você está metida? O que vai acontecer?

— Não é pra acontecer nada de mais. Tenho que prestar um último favor para aquela pessoa que tem me dado dinheiro para a hipoteca, mas pode acontecer algum imprevisto...

— Isso está parecendo uma despedida.

— Não... Ao menos, eu espero que não.

As duas se abraçaram e Nick tentou parecer otimista.

No final da tarde de sexta-feira, Nick tomou uma decisão. Ligou para Tiago e pediu que ele viesse até sua casa. O garoto não levou mais de dez minutos para chegar.

— O que foi?

— Vem comigo.

Ele a seguiu escada acima e ela abriu a porta do quarto para que ele entrasse. O garoto olhou para todo o emaranhado de fitas crepes no chão e sorriu.

— O que é isso?

— É um mapeamento, Tiago.

O garoto olhou para ela, assustado. A moça estava encostada na porta.

— Do que me chamou?

— Te chamei de Tiago.

Eles se encararam e Nick passou a chave na porta, tomando o cuidado de tirá-la da fechadura.

— Eu sei sobre você e sua irmã.

— Não sei do que está falando. — O rapaz tentou disfarçar, mas sua voz tremeu.

— Você sabe. O lance sobre Julián Martinez.

O garoto ficou em silêncio. Seu rosto estava tenso e empalidecido.

— Como sabe dessas coisas?

— Confia em mim?

— Não estou muito certo se devo confiar agora...

Nick se sentou na cama e fez sinal para que ele a acompanhasse. O rapaz o fez, embora estivesse cauteloso.

— O que foi, Nick?

— Uma longa história... Olha, Tiago, eu trabalho para o facilitador de Julián Martinez...

Antes que ela pudesse continuar, ele se levantou depressa e tentou abrir a porta.

— Abra a porta, Nick.

— Por favor, me deixa explicar.

— Abra essa porta ou eu vou arrombá-la! — ele gritou.

— Não. Ouça o que eu tenho pra falar, por favor.

O rapaz pegou o celular. Ela correu e, num gesto muito rápido, tirou o aparelho dele.

— Eu te imploro. Preciso da sua ajuda. Só me deixa explicar.

O garoto se afastou dela, buscando uma saída alternativa.

— Não vou te fazer mal, e não disse a ninguém que sei quem você e sua irmã são. Eu juro. Eu juro pela vida frágil do meu pai que eu mantive minha boca fechada.

— Tem dez minutos pra me explicar, antes que eu reaja contra você.

— Tudo bem.

Nick respirou fundo.

— Eu precisei de dinheiro, você sabe, para o lance da hipoteca da casa, e procurei um homem que eu conhecia e que já tinha me ajudado uma vez. Ele me pagou para fazer um serviço pra ele. Olha isso.

Ela mostrou o chão do quarto. Depois, pegou sua roupa preta e suas sapatilhas e ergueu para ele.

— Porra, Nick! Você é a...

— ... a bailarina que invadiu o FBI, o DEA e a CIA.

— CA. RA. LHO.

— Eu tenho uma dívida com esse homem, e não sabia nada sobre o traficante colombiano. Ele me explicou que queria que eu tirasse dos cofres algumas coisas sobre esse tal Julián. Mas, agora, minha última tarefa é a Base Secreta Subterrânea, a dos agentes especiais.

— Ah, Deus. Não...

— Entende agora?

— Sempre soube sobre Ramon e Murilo?

— Desde a minha primeira invasão. Eu associei o local de trabalho à descrição que me deram da Base.

— Jesus Cristo, Nick, Ramon... ele vai surtar.

— Eu sei. Preciso de um favor.

Ela pegou o envelope que continha o cheque de Ramon e estendeu a ele. Tiago ergueu as sobrancelhas quando checou o valor.

— Devolva esse cheque pra ele.

— Por que você não o faz?

— Porque vou invadir a Base hoje à noite.

— Cristo...

— Presta atenção, Tiago. Julián Martinez quer os dossiês sobre a decodificadora. Alguém no Brasil tem uma pista de que vocês estão em solo americano com identidade novas. Leon conversou com uma pessoa chamada Laura e também falou algo sobre tirar informações de uma "bicha louca". Não sei quem é, mas...

— É o amigo da minha irmã.

— Avise ao Murilo sobre isso.

Ele concordou e se aproximou.

— Onde foi se meter, Nick? — Não havia mais raiva na voz dele, apenas... pena?

— Hoje eu vou entrar na Base com o propósito de ser pega. Tudo está planejado para que eu seja desmascarada lá. Faz parte do plano.

— Mas por quê?

— Porque eu preciso passar um tempo dentro do local para estudar o sistema de segurança do complexo. Eles têm um informante infiltrado na equipe, mas ele não faz parte dos agentes especiais e não tem acesso à sala de tecnologia de Dylan Meyer. Minha função é ter todos os olhos voltados pra mim para que essa pessoa encontre espaço para fuçar nos arquivos ou me ajudar a me movimentar lá dentro, para que eu ache os dossiês.

— Isso é inacreditável.

— Tiago, você tem que contar tudo isso ao Murilo por volta das dez horas da noite de hoje.

— Por que está fazendo isso?

— Porque é o certo a fazer. Se não for, eu morro. Uma vez lá, vou ser presa. — A garota deu de ombros. — Ramon vai me odiar de qualquer forma, mas pelo menos ele vai saber que, nas minhas poucas opções, eu tentei de alguma forma ajudá-los nas pistas contra o colombiano.

— Quem é o facilitador?

Ela respirou fundo. Estava apostando que Murilo iria ajudá-la a sair dessa enrascada porque Ramon não teria cabeça para isso. Talvez ele pudesse usar as informações dela a seu favor durante sua estadia lá, e amenizar o impacto dessa loucura em que ela se meteu.

— É um homem que comanda a elite do FBI, chamado Leon. Mas presta atenção, eles têm informantes dentro da Base. Se souberem que entreguei o facilitador, eu morro. Precisa fazer com que Murilo use essa informação sem que meu nome apareça.

— Meu Deus, Nick...

Tiago andava de um lado para o outro do quarto.

— Tenho ordens para acusar Martin Smith como o homem de Julián e para dizer que Dan Lopes é quem me comanda. Mas são informações falsas. Guarde esse nome: Leon.

— Tudo bem. Às dez?

— Isso. É o tempo que vou levar para entrar, ser pega e... meu mundo desabar.

O garoto a abraçou. Ela tinha lágrimas nos olhos.

— Só quero que saiba que... eu não teria feito tudo isso se tivesse outra opção. E eu usei o dinheiro apenas para pagar a hipoteca da casa.

— Eu sei. Deus, Nick, queria tanto poder te ajudar...

— Conte tudo ao seu cunhado. Não se esqueça de nada.

— O que acha que ele pode fazer com as informações?

— Ele pode chegar aos traidores e impedir esse tal de Julián de se reestabelecer na rota americana. Pelo menos por um tempo. Isso dará mais segurança a você e a Babi.

— E quanto a você?

— O que é que tem eu?

— Como vai ficar? Vai ser presa, vai para a cadeia depois de invadir os maiores órgãos de segurança do governo.

— Eu vou pagar por algo que eu fiz.

Os dois sabiam que era verdade o que a moça dizia, embora, no fundo, esperassem que houvesse outra solução para ela.

623.652 24422.562 0953.73
425.764 232.345 6343.09
511.445 424.222 8311.04
732.243 3513.567 9631.77
947.234 288.456 9830.00
981.321 499.221 8693.52
335.234 1349.234 6131.87
111.439 343.567 2198.83
266.423 342.246 1198.72
882.118 31.532 8923.90
909.123 662.232 3600.85
777.234 14445.785 6286.81
412.341 354.234 0753.41
545.324 636.111 7548.58
741.234 78.673 8770.43
554.345 8339.111 9873.37
874.326 67.632 8653.07
452.113 98.232 4498.66
974.423 2333.452 8703.37
893.465 12.543 1048.08
862.123 55.896 6821.21
974.456 3341.332 0953.73
988.335 6441.323 6343.09
582.936 62227.112 8311.04
223.564 33.562 9631.77
  271.286 9830.00
  77.218 8693.52
  3.682 6131.87
  87.322 2198.83
  332.321 1198.72
  59.113 8923.90
  79.322 3600.85
  332.321
  99.223

CAPÍTULO 29

Tiago não conseguiu jantar naquela noite. Estava com os nervos à flor da pele e, para piorar, Ramon ligou para ele.

— Viu a Nick hoje? Estou tentando falar com ela há horas e ela não atende.

— Não a vi, Ramon — mentiu ele, desligando rapidamente para não dar mais explicações.

Às nove, ele observou um carro parar na frente da casa da vizinha e partir em seguida, com ela dentro. Meia hora depois, ele andava de um lado para o outro, inquieto. Babi e Murilo o observavam.

— Tiago, o que está acontecendo? — começou o agente.

— Preciso de meia hora. Só meia hora e eu te falo.

Babi ficou preocupada.

— Meu Deus, Ti, você está pálido! — assustou-se ela. Mas, mesmo assim, o garoto manteve-se calado.

— Tá tudo bem, Tata.

Nove e quarenta e cinco. Nick estava dentro do furgão, no estacionamento subterrâneo. Uma simulação de assalto seria iniciada para que o segurança do elevador se distraísse.

Ela tinha em mãos o código necessário para chegar muitos andares abaixo do nível da terra. Dentro do elevador, ela fechou os olhos e sussurrou baixinho:

— Me perdoa, Ramon.

A talentosa bailarina colocou sua máscara e as portas se abriram.

Dez horas. Murilo e Babi se acomodaram no sofá, a pedido de Tiago, que se sentou na mesa de centro, de frente para eles, e começou a contar tudo. Conforme foi falando, a irmã foi empalidecendo e Murilo sentiu sua respiração se alterar.

O agente se levantou, nervoso, colocou as mãos na cintura e caminhou de um lado para o outro, tentando organizar as informações. Cada palavra, cada mínimo detalhe, valia ouro. E, acima de tudo, cada minuto contava a partir de agora.

Nick se encostou à parede e olhou para as câmeras no teto. Ao primeiro passo dentro da imensa sala de recepção do complexo, os lasers se entrelaçaram, vindos de todas as partes.

Seria apenas uma exibição, porque não sairia ilesa dessa invasão. Mas, já que estava ali, daria o melhor de si.

Na ponta dos pés, com leveza e precisão, ela passou por um e outro raio, deslizou por alguns feixes e se esticou, numa dança perfeita de pulos, saltos e rodopios. Ela poderia ter feito todo o processo sem esbarrar em nenhum dos longos fios vermelhos, mas o alarme tinha que soar, ela tinha que ser pega. Como alguém que caminha para a morte, ela pisou no feixe de luz. E então, ela parou e esperou.

Murilo estava incrédulo e muito preocupado com a reação de Ramon. Mal o cunhado terminou de falar, chegou a mensagem de Dylan.

"Na Base. Agora. Nós a pegamos."

— A bosta está feita.

Tiago se levantou e estendeu o cheque que Nick havia deixado com ele.

— Ela pediu para que isso fosse devolvido a Ramon.

Murilo guardou o cheque, deu um beijo em Babi e pegou as chaves do carro. Nunca ele correu tanto para chegar ao prédio e falar com Dylan antes de todos os outros.

Babi ligou para o amigo no Brasil. Tinha que avisar Will sobre o risco que estava correndo, se é que estava tudo bem com ele àquela altura do campeonato.

No meio do caminho, Murilo telefonou, e o comandante atendeu no primeiro toque.

— Dylan, tenho uma informação primordial sobre a bailarina. Não faça nada antes de conversarmos.

— Como assim, Marconi?

— Confie em mim. O que tenho pra te dizer muda tudo. TUDO, Dylan.

— Ok. Esteja aqui o quanto antes.

— Estou a caminho.

Assim que o alarme explodiu pelo recinto, homens armados apareceram e cercaram Nick.

— Parada! Mãos pra cima! — gritou uma voz masculina.

As luzes se acenderam e ela ergueu as mãos na altura da cabeça, de costas para a entrada.

— Não se mova. Afaste as pernas — exigiu uma outra, mais grave.

Ela obedeceu. Um dos homens se aproximou, a pegou pelos pulsos, abaixou suas mãos e a algemou pelas costas.

A ordem era que esperassem Dylan para identificá-la. Que não tocassem nela, somente a imobilizassem.

O coração de Nick estava na garganta. Tudo que queria era que Ramon não estivesse ali quando sua máscara fosse retirada.

Tudo aconteceu rápido demais. Muitas vozes irromperam pelo ambiente, e ela soube que o chefe havia chegado quando as ordens começaram a ser distribuídas e as respostas não passavam de "sim, senhor" e "não, senhor".

O salão ficou em silêncio quando o homem se aproximou dela. Ele olhou dentro dos seus olhos e, antes de tirar sua máscara, falou alto, sem nunca perder o contato visual com ela:

— Apenas os agentes especiais aqui. Os demais, saiam.

Ela estremeceu. Ramon era um agente especial e já devia estar ali.

— Sam, quero todos os ângulos — exigiu o homem.

— Tudo certo.

— Marconi?

Nick não entendeu de imediato por que ele apenas citou o nome do agente sem ordenar nada. A resposta de Murilo foi breve.

— Preparado.

Ele a virou e ela baixou a cabeça. Não queria olhar. Não queria ver o seu sonho se destroçar. O homem puxou a touca e a tensão foi insuportável. Diversos flashes de câmeras a fotografaram de todas as formas.

Ramon deu dois passos à frente. Sua expressão era de assombro total.

— O que é isso?

Ela ergueu os olhos brevemente. Murilo estava bem próximo de Ramon, e então Nick entendeu. O chefe queria que o brasileiro estivesse preparado para parar o mexicano, caso ele se descontrolasse.

— Que porra é essa, Dylan?

Ramon olhou para ela. O homem estava lívido, as veias do pescoço, saltadas da tensão contida. O rosto, endurecido pela confusão, raiva e incredulidade.

— Você? Nick, você? Porra...

O agente avançou sobre ela, e Murilo pulou na frente dele, com ambas as mãos em seu peito para impedi-lo.

— Calma, campeão, calma. Muita calma agora.

O mexicano tentou se desvencilhar e Jason se aproximou para ajudar Murilo a segurar o colega.

— Caralho, Murilo. É ela? Ela? Não... cara... ela não...

— Ramon, apenas tenta se controlar e confia no Dylan. Confia no comandante.

— Porra, Nick... não. Você não... merda... merda.

Todos os agentes estavam desconcertados, surpresos e, na verdade, com pena do amigo. Ramon era o cara mais genioso da equipe, mas era também o mais alegre e prestativo. Festeiro e mulherengo assumido, custou a se deixar envolver. O último mês ao lado de Nick o modificara totalmente. O homem estava calmo, dócil, feliz e assumidamente apaixonado pela primeira vez, e agora era como se ele tivesse levado um tiro bem no meio do peito. Seu rosto estava transtornado pela descrença e pela tentativa de não desmoronar na frente de todo mundo.

Nick teve que segurar as lágrimas para não soluçar na frente daquela gente toda. Ela via a dor nos olhos de Ramon. A dor da traição. Ele não chorou, mas sua feição estava desfigurada pela mistura das emoções. Ódio, surpresa, incredulidade, decepção. Dois homens tiveram dificuldade de segurá-lo, tamanha tinha sido sua reação. Murilo tentava acalmá-lo, mas estava nítido que Ramon sequer o ouvia.

Lorena entrou na sala, e Dylan falou alguma coisa para ela. A moça chegou perto de Nick.

— Me acompanhe, por favor — falou suavemente.

Nicole a seguiu sem questionar. Tudo que precisava agora era estar fora do alcance de visão de Ramon.

— Todos na minha sala — Dylan falou secamente.

Os agentes seguiram o chefe, mas Ramon não se moveu. Estava tentando se recuperar do impacto. De repente, tomou a direção contrária, tentando alcançar Lorena, mas a voz enérgica do comandante o interceptou antes que saísse.

— Agente Fernandez. Você não tem permissão para falar com ela no momento.

Ramon parou. Ouviu o chefe, mas não conseguia raciocinar direito. Estava tentando lidar com suas emoções, sentindo o peito queimar em fúria. Quando recebeu a mensagem de Dylan dizendo que a bailarina tinha sido pega, estava tentando desesperadamente falar com Nick. Ela mal tinha falado com ele na última semana. Estava distante e preocupada. Ele tentou respeitar seu espaço e lhe dar tempo para que confiasse seu problema a ele, mas não atender seu chamado durante todo o dia o deixara realmente preocupado.

Nunca, nunca passou por sua cabeça que a encontraria algemada dentro do seu ambiente de trabalho. *Então era esse o grande segredo!* Caramba, ele sabia que ela escondia algo sério, mas não podia imaginar a extensão do problema. Sua fada, sua fada linda e inocente, era a ladra mais procurada dos

Estados Unidos da América.

CAPÍTULO 30

A voz de Dylan soou mais alta e mais dura quando repetiu a ordem:

— Eu disse todos na minha sala, Ramon.

Ele se virou e seguiu atrás do grupo.

Com as portas fechadas, Dylan olhou ao redor e se dirigiu ao mestre da tecnologia.

— Vistorie a sala, Sam. Grampos, câmeras ou escutas não programadas.

Sam olhou para ele, espantado.

— Aqui? Por quê?

Dylan fez sinal de silêncio e girou o dedo, indicando que ele fizesse o trabalho sem questionar.

O agente rapidamente ligou o rastreador manual que sempre carregava consigo. Sam averiguou os equipamentos espalhados pela sala enquanto os demais aguardavam, apreensivos. A mente de Ramon não estava ali. Estava no rosto lindo, no sorriso tímido, no toque suave das mãos de Nick.

Vez ou outra, Murilo via o amigo inspirar profundamente, como se sua tensão estivesse prestes a explodir e ir pelos ares a qualquer momento.

— Limpo — anunciou Sam.

Dylan concordou com a cabeça e foi direto ao ponto.

— Murilo tem informações que direcionam toda a nossa linha de trabalho e nos dão um ponto de partida.

O comandante deu a palavra ao agente brasileiro, que repassou a conversa com Tiago, deixando de lado as partes que só interessavam ao mexicano. Quando terminou, os colegas estavam muito agitados com as novidades.

— Um informante aqui dentro? — Fritz estava incrédulo.

— Mas quem pode ser? — Jason questionou.

— Pode ser qualquer um, exceto vocês e Lorena, é claro — Dylan respondeu.

Jason levantou, repassando mentalmente rosto por rosto dos mais de vinte homens e mulheres que trabalhavam nos três departamentos que funcionavam ali. Todos ligados às missões secretas e aos departamentos do FBI, DEA e CIA.

— Impossível imaginar quem possa ser — Jason concluiu.

— Vamos trabalhar a questão com afinco. A bailarina não é mais nosso ponto aqui. Vamos usá-la para pegar o traidor, uma vez que ela já provou estar disposta a colaborar — Dylan resumiu.

— E quanto ao facilitador? — Foi a vez de Murilo perguntar.

Dylan tomou a palavra.

— O nome que ela nos forneceu é Leon, mas não existe ninguém de médio ou alto escalão com esse nome. É claro que é um codinome. O importante é que ela pode identificá-lo, porque lidava diretamente com ele. Fritz, quero a ficha digital de todos os chefes de departamento do FBI, DEA e CIA. Vamos seguir os procedimentos que os homens que a colocaram aqui dentro esperam da Base. Temos que fazer o maldito informante acreditar que não sabemos da verdade. Vamos dar espaço para ele dar o primeiro passo.

Ramon se levantou, puto da vida.

— O que está fazendo, comandante? Não percebe que é um jogo de mentiras? A porra daquela garota é uma criminosa, uma delinquente que está manipulando as informações por um objetivo que não é nos ajudar. Isso deve ser parte de algum plano maquiavélico.

Dylan esperava que ele reagisse assim; o agente estava no limite. O chefe tratava-o normalmente porque sabia que Ramon não suportaria que nenhum deles tivesse pena dele, mas não poderia nem pensar em perdê-lo de vista. Seria natural se ele explodisse, mas o homem não iria, estava segurando todas as emoções que queimavam dentro dele, e isso o tornava ainda mais perigoso.

— Ramon, você está com seu julgamento comprometido.

— Uma merda que eu estou! Ela é uma bandida e tem que ser tratada como tal. Quem garante que ela falou a verdade? Vocês são um bando de idiotas ou o quê?

Murilo tentou acalmar o amigo.

— Ramon, nem tudo está perdido sobre ela. Nick mostrou toda a sequência do mapeamento da CIA para o Tiago. Ela deu detalhes sobre ele e

Babi, citou nomes e coisas que aconteceram no Brasil. Falou até da maldita da Laura. Ela conhece a verdadeira identidade deles e não os entregou.

— Isso não é parâmetro. Estamos dando crédito à palavra de uma mentirosa. Quem garante que, daqui a dois dias, Julián não põe um tiro na cara do Tiago e sequestra a Babi porque já conhece o paradeiro deles? Você garante, Murilo? Você põe sua mão no fogo por essa marginal desqualificada?

Dylan interveio na conversa.

— Ninguém aqui faria isso, Ramon. A garota será interrogada, investigada e passará por toda a averiguação que dispomos. Somente depois vou decidir o que será feito com ela. O que precisamos agora é manter a cabeça no lugar e trabalhar com a vantagem que ela nos deu.

— Não há o que pensar, comandante. Ela tem que apodrecer na cadeia. É isso que pessoas como ela merecem. Eu quero essa mulher presa!

Ramon estava gritando. Dylan apoiou as mãos na mesa e foi firme ao falar.

— Você está sendo muito pessoal aqui, agente. Concentre-se na importância dessa tarefa. Se me causar problemas, Ramon, eu te tiro dessa missão.

— Tente me deixar fora dessa maldita operação, e você vai precisar de um seguro de vida, Dylan — retrucou o mexicano.

Sam arregalou os olhos para a ameaça. Ramon definitivamente estava fora de si. Jason colocou uma mão no ombro do colega e o repreendeu.

— Não, cara. Não deixe essa merda toda te destruir. Aja com a cabeça agora, campeão. Deixe o coração de fora.

Ramon retirou a mão do amigo com brusquidão, empurrando-o para longe.

— Guarde a porra dos seus conselhos pra você, Jason.

Murilo olhou para Dylan, que avaliava Ramon em silêncio. O brasileiro não sabia o que o comandante iria fazer sobre tudo isso, mas estava ficando muito claro para todos que o rapaz não teria condições de trabalhar no caso. Ele estava possesso e agressivo. Sua fúria o cegava para o que eles tinham em mãos. O homem queria a cabeça de Nick na bandeja e não conseguia enxergar o passo muito importante que ela havia dado quando se arriscara ao revelar todo o plano de um grande traficante norte-americano.

Se não trabalhassem com cautela e tivessem um plano de ação muito eficaz, Nick seria um corpo inerte em pouco mais de uma semana.

Dentro do cômodo em que Nick foi colocada havia uma cama e um banheiro. Ela permanecia algemada, e tudo que podia ver em sua mente era o rosto torturado de Ramon.

Nick se sentou na beirada da cama. Suas pernas tremiam e sua boca estava seca. Lorena perguntou se ela precisava de algo.

— Posso beber um pouco de água?

A moça consentiu e deu a água na boca dela. *Merda, por que deixá-la algemada se ficaria trancada dentro desse quarto?* Mas, pensando bem, pelo tamanho do problema que ela representava, estava sendo tratada com bastante civilidade. Talvez fosse por causa das informações que ela deu a Murilo. Pensar por este ângulo deu a ela um fio de esperança.

Depois de um silêncio incômodo, Dylan respondeu à ameaça de Ramon.

— Me ameace novamente e eu chuto seu traseiro de dentro dessa Base com um afastamento por tempo indeterminado.

O agente recuou. Mesmo com raiva, ele sabia que com Dylan Meyer não se brincava, e nunca deveria subestimar seu poder de decisão, porque ele fazia a coisa acontecer.

Lorena entrou no recinto e o comandante deu as coordenadas.

— Vamos seguir com o protocolo. Levem-na para a sala de interrogatório. Lorena fará tal qual foi com Babi. Como ela já deu sua colaboração, diferente da decodificadora, não haverá sala gelada nem bonequinha sem roupa dessa vez.

Os caras riram com a lembrança, exceto Ramon. Imaginar Nick de roupa íntima, exposta aos olhos dos colegas, o fez ficar possesso. *Droga, ela era uma maldita ladra, e não mais sua fada dos sonhos. Que ficasse nua, se preciso fosse. Ele não tinha mais nada a ver com ela.*

— Passe com ela por entre os caras de plantão nos departamentos. Quero que saibam que a famosa bailarina está sendo interrogada — completou Dylan.

— Tudo bem.

Lorena saiu para cumprir a ordem, e os agentes se dirigiram para a parte de trás do espelho falso, para acompanhar o interrogatório.

Minutos depois, Nick entrou na sala, ainda algemada. Ramon sentiu seu coração ser perfurado. Ela estava assustada, os olhos azuis amedrontados. Ele ficou atrás dos outros, ainda com dificuldade de entender que sua fada tímida e inocente era a bailarina criminosa e eficiente que tinha passado para trás os maiores agentes do mundo.

Lorena começou o interrogatório.

— Nicole?

— Sim?

— Pode falar seu sobrenome?

— Palmer. Nicole Palmer.

— É conhecida como Nick, não é? Posso chamá-la de Nick?

— Como preferir.

Sua voz era suave e um pouco trêmula, e, ao contrário de Babi, ela era delicada nas respostas.

— Para quem trabalha de fato, Nick?

— Julián Martinez.

— Quem era seu contato?

— Dan Lopes.

— E o facilitador entre você e os órgãos públicos que invadiu?

— Martin Smith.

Ela não titubeou, não engasgou, tampouco pensou sobre o que iria falar. Os homens ali dentro eram agentes treinados e, ainda que não soubessem da verdade, perceberiam que as respostas haviam sido combinadas.

— Martin Smith? Está acusando o homem responsável pela segurança máxima da Casa Branca de ser um dos envolvidos no esquema do narcotráfico entre a Colômbia e os Estados Unidos?

— Sim. É o que estou fazendo.

Fritz sorriu diante da cena.

— Ela é muito doce para uma pequena mercenária. Nem fodendo ela tem ligação direta com Julián.

Todos concordaram, exceto Ramon, que ficou em silêncio.

Lorena pegou duas fotos e as estendeu para ela.

— Pode me apontar com sua mão direita qual dos dois é Julián Martinez.

Nick olhou para ela, assustada. *Puta merda, nunca tinha visto o homem na vida.* Ela engasgou e limpou a garganta numa reação clássica de quem não sabe o que dizer.

— Não sei.

— Mas disse que trabalha para ele.

— É que... eu nunca estive com ele pessoalmente.

— Tudo bem.

Lorena ergueu duas outras fotos.

— Então, você pode me apontar qual dos dois é Dan Lopes?

Merda, Leon não a preparou para isso. Não importava, Murilo sabia a verdade. Ela devia estar sendo testada. Era certo que o comandante Dylan estava averiguando a veracidade das suas informações.

— Eu não sei te dizer.

— Nick, pode me dizer como conseguiu o mapeamento das áreas internas do FBI, DEA e CIA?

— Recebi fotos por e-mail.

— Quem te enviou?

— Martin Smith.

— Poderia supor que foi ele, então, que te avisou sobre a trava secreta?

— Sim.

Dylan a observava. Delicada e assustada. Não tinha noção de quem eram as pessoas que dizia ser seus contatos. Era óbvio que esta garota, embora muito habilidosa na arte de invadir e saquear, não era uma criminosa nata. Mas ela tinha um cronograma a seguir e estava representando, porque também não sabia quem era o informante.

— Leve-a para minha sala. Mas antes, deixe que as informações que ela deu circulem pelos departamentos — o comandante falou com Lorena pelo comunicador.

— Tudo bem.

623.652	24422.562	0953.73
	232.345	6343.09
425.764	424.222	8311.04
511.445	3513.567	9631.77
732.243	288.456	9830.00
	499.221	8693.52
947.234	1349.234	6131.87
981.321	343.567	2198.83
335.234	342.246	1198.72
111.439	31.532	8923.90
266.423	662.232	3600.85
882.118	14445.785	6286.81
909.123	354.234	0753.41
777.234	636.111	7548.58
412.341	78.673	8770.43
545.324	8339.111	9873.37
741.234	67.632	8653.07
554.345	98.232	4498.66
874.326	2333.452	8703.37
452.113	12.543	1048.08
974.423	55.896	6821.21
893.465	3341.332	0953.73
862.123	6441.323	6343.09
974.456	62227.112	8311.04
988.335	33.562	9631.77
582.936	271.286	9830.00
	77.218	8693.52
	3.682	6131.87
	87.322	2198.83
	332.321	1198.72
	59.113	8923.90
	79.322	3600.85

223.564	332.321	8923.90
	99.223	3600.85

CAPÍTULO 31

Os agentes esperavam pela talentosa bailarina. Ramon não podia estar mais tenso. Aquela noite parecia ter cinquenta horas. Murilo conversava com Dylan quando a garota entrou, logo atrás de Lorena.

A roupa preta colada ao corpo evidenciava cada curva dela, e Ramon se agitou com a visão. As sapatilhas pretas lembravam-no quem ela era de verdade. Seus olhos se encontraram por alguns segundos. Ela desviou o olhar, envergonhada.

Dylan fez sinal para que ela se sentasse ao lado dele e de Murilo. Lorena abriu as algemas da garota, libertando-a, e Nick esfregou os pulsos doloridos.

— Senhorita Palmer. Eu sou o comandante dessa equipe e de todo o complexo que você invadiu. Esse é o único lugar aqui dentro da Base que tenho garantia de que não há traidores, portanto, vamos conversar sobre as informações que você deu ao Tiago. Olhe para a tela.

A bailarina ergueu os olhos para a imensa tela bem à sua frente.

— Eu vou passar as imagens e, quando o homem que você diz se chamar Leon aparecer, você deve me avisar. Entendeu?

— Sim, senhor.

Um a um, vários rostos muito importantes dos órgãos de segurança foram passando lentamente. Depois de um tempo, a imagem do rapaz que comandava o furgão com Leon apareceu e ela apontou.

— Espere.

O comandante congelou a imagem.

— Ele é quem monitora o equipamento do furgão.

Sam se levantou.

— Esse cara?

— Sim.

— Tem certeza?

— Absoluta.

— Filho da puta.

O homem devia ser alguém importante porque estavam todos bem surpresos. Ramon não olhava a imagem, ele olhava para ela. *Deus, como conseguiria conviver com isso? Mal podia acreditar que ela era uma bandida!*

Seu corpo reagia a ela com tanta naturalidade que ele mal estava se contendo em ficar sentado ali. Queria segurá-la em seus braços, beijar a boca macia, tirá-la dali e fingir que tudo aquilo era uma mentira, um pesadelo dos infernos.

Dylan continuou com as imagens. Já estavam quase no fim quando a foto de Leon apareceu.

— É ele.

Houve um silêncio estarrecedor. Todos os olhares se cruzaram. O comandante deu um murro furioso na mesa, e ela se assustou.

— Claro! Como não desconfiei? Tom Sander, o diretor superintendente do FBI. Acesso a todos os arquivos e sempre trabalhando em conjunto com os outros departamentos de investigação e segurança.

— Poder de decisão para liberar a rota — acrescentou Fritz.

Ramon falou pela primeira vez, olhando diretamente para ela.

— E para limpar as fichas de marginais.

Nick empalideceu. Ouvi-lo chamá-la de marginal, em alto e bom som, doía. Mas era isso que ela era de verdade? Ela roubou sim, porque não podia deixar o pai inválido na sarjeta. Era tão difícil para ele entender suas razões?

Ela não roubou para ter uma vida fácil e de luxo. Isso podia justificar, não?

O comandante passou para o próximo ponto.

— O interesse do seu chefe era que você pudesse entrar nessa sala para abrir o cofre e pegar os dossiês?

— Sim, senhor.

— E como pretendia fazer isso?

— Como disse, alguém aqui dentro facilitaria minha movimentação.

— Você está aqui. Que tipo de informação você daria ao seu informante?

Ela olhou atentamente toda a sala e, depois de alguns minutos, falou, ainda observando o ambiente.

— Eu diria que vocês protegem a sala com aproximadamente dez micro câmeras espiãs, três alarmes a laser, com mapeamento móvel. Uma trava elétrica interna e outra externa, com armazenamento de energia para aproximadamente uma hora, em caso de apagão, e um sonorizador externo provavelmente ligado ao seu celular.

Quando olhou para eles, se deparou com os rostos surpresos. Murilo teve que rir. *Puta merda, ela era genial!*

Dylan estava visivelmente impressionado.

— Se não fosse uma ladra, eu diria que poderia ser uma agente — comentou Sam, divertindo-se.

— Suponho que não conseguiria abrir o cofre... — Dylan continuou interrogando-a.

— Não sem a combinação.

— E como eles pretendiam abri-lo, então?

— Isso eu não sei, comandante. Provavelmente, Leon faria os arranjos necessários com os contatos dele. Os cofres do FBI, DEA e CIA eram elétricos e ficaram vulneráveis à falta de energia, por isso foi fácil colher as informações.

— Roubar.

A voz de Ramon continha raiva.

— Você roubou as informações. Não tente amenizar seus atos suavizando as palavras.

Deus, ela podia ver o ódio nos olhos dele, senti-lo no tom da sua voz. Se ela pudesse ao menos se desculpar e fazê-lo entender...

Nick não respondeu à provocação. Dylan se levantou. Passava das quatro da manhã. Estavam todos esgotados. Precisavam de um pouco de sono, mas, antes, ele tinha que saber.

— Senhorita Palmer, Tom, ou Leon, como o conhece, te avisou da trava. Será que não se lembraria de alguma conversa que ele pudesse ter citado alguém que possivelmente passou a informação a ele? Veja bem, Leon não estava na lista dos confiáveis, portanto, ele não saberia tão facilmente de um procedimento altamente secreto dentro do departamento.

— Eu o avisei da trava.

Todos os homens estavam atentos agora e Dylan gesticulou com o indicador para que ela concluísse.

— É... que eu ouvi uma conversa do Ramon quando estive na casa dele...

Ramon deu um murro na mesa e se levantou, furioso.

— Filha da puta. Traidora dos infernos!

Dylan fez sinal para que ele se acalmasse. Nick ficou bastante assustada.

— Como eu disse, avisei ao Leon, e ele me falou que, em alguns dias, conseguiria a combinação da trava, mas não sei como ele chegou a essa informação.

O comandante concordou e finalizou a conversa.

— Lorena vai te acompanhar até o lugar onde vai passar a noite.

Os agentes também se levantaram. Ela olhou para Ramon, mas ele a encarava friamente. Nick estendeu as mãos para que Lorena colocasse as algemas. Antes de sair, porém, ela fez uma última tentativa.

— Comandante Meyer?

— Sim?

— Eu poderia ter uma palavra em particular com Ramon?

O mexicano arregalou os olhos, surpreso, e os agentes olharam para ele. Dylan acenou afirmativamente, mas, quando abriu a boca para fazer alguma recomendação, foi interrompido por um Ramon fora de si, que apontou um dedo acusador para ela.

— Pra pessoas do seu tipo, eu sou o agente Fernandez. Não se atreva a me dirigir uma única maldita palavra. Não quero minha imagem vinculada à sua, em hipótese alguma! Eu sou um homem da lei e não vou deixar que algumas horas de cama, com alguém que eu não imaginava ser uma marginal, manche a carreira que batalhei pra construir.

Nick sentiu dificuldades para respirar. Queria apenas se desculpar, tentar explicar. Duas lágrimas pesadas rolaram por seu rosto.

— Sim, senhor. Me desculpe.

A garota se virou e seguiu Lorena, que tinha uma expressão de pena no rosto. Era evidente para todos ali que Nicole estava nessa enrascada contra seus princípios.

É claro que eles trabalhavam a favor do bem, da lei, e ela teria que pagar pelo erro. Sabia disso. Em nenhum momento pediu nada para si. A garota poderia ter negociado sua liberdade ou proteção em troca das informações, mas as deu de boa vontade.

Ramon era o único que não conseguia enxergar isso.

O dia já estava quase amanhecendo quando Murilo chegou em casa. Babi o aguardava acordada, junto com Tiago.

— Como foi? Como ela está?

— Foi tenso, mas as coisas vão se resolver. Dylan é um homem justo. Ela reconheceu o facilitador e outro homem que trabalha com ele.

Babi abraçou Murilo, que tinha a aparência cansada e preocupada.

— E Ramon?

— Está por um fio, neném.

Tiago ergueu as sobrancelhas.

— Por que diz isso?

— Ele não está bem, reagiu até contra o chefe.

— Ele vai odiá-la — Babi falou.

— Eu não sei, mas acho que é uma situação irreversível.

O garoto bufou, indignado.

— Isso porque ele é um idiota egoísta — Tiago irritou-se.

— Ti, ele está ferido e magoado — Babi interveio.

— Tata, veja a situação dela! Um pai inválido, um irmão agressivo que a arrebentava na porrada e ainda a molestava sexualmente, além de roubar parte do salário dela para sustentar o vício. Com dívidas e a ameaça de despejo. Isso pode não justificar nada para as autoridades, mas, para nós, que a conhecemos, explica o desespero dela por dinheiro rápido. E deveria ser assim pra ele também.

Murilo tinha que concordar com Tiago, mas fez uma observação.

— Acontece que Ramon não sabe de nada disso. Ela escondeu esses fatos dele. A única coisa que ele tinha ciência era de que Rafe era dependente e nutria uma paixão insana pela irmã.

— Posso ir vê-la amanhã?

O agente olhou para ele, pensativo.

— Não sei se Dylan vai permitir. Ele quer seguir o curso natural das coisas até o informante se apresentar a ela. O comandante está possesso por saber que tem um traidor dentro do complexo.

— Peça a ele, Murilo, por favor. Apenas alguns minutos. Eu entro sem ser visto e tomo cuidado ao sair.

— Ti, sei que tem grande afeição por ela, eu também tenho, principalmente sabendo que ela protegeu nossas identidades. Mas é melhor ficar de fora — Babi pediu.

Tiago não deu ouvidos à irmã.

— Por favor, Murilo.

— Vou tentar falar com Dylan. Talvez no período da noite. Agora eu preciso de um banho e algumas horas de sono. O dia amanhã vai ser pesado.

CAPÍTULO 32

Nick foi acomodada em um quarto para prisioneiros. Havia uma bandeja com comida, mas ela não comeu nada. Apenas chorou por um longo tempo. Lorena deixou-lhe um moletom, uma camiseta, meias e tênis.

O banho foi bem-vindo e relaxou seu corpo cansado. As algemas haviam machucado seu pulso e ela se encolheu na cama, adormecendo logo em seguida. Sonhou com Ramon, com seu sorriso torto, seu abraço apertado, seu corpo quente emaranhado ao dela, e então ele não era mais seu namorado lindo e carinhoso, era Rafe, e estava passando a mão por ela com expressão de cobiça.

— Não. Rafe, não...

E, de repente, ele começou a bater nela, bater muito, e ela gritou para ele parar, e então pediu, implorou, mas ele continuou a bater e então não era mais Rafe quem batia nela, era Ramon. Ele a surrava porque estava com muito ódio, e ela gritava com toda a sua força.

— Ei, Nicole... Acorda, Nick...

A garota deu um pulo na cama e viu alguns rostos dentro do quarto. Lorena, um dos agentes que estava na sala do comandante, Ramon e até a senhora da cozinha.

— Desculpem. Eu acho que... estava sonhando.

— Tendo um pesadelo, eu acredito.

Ramon olhava para ela, pensativo. A senhora da cozinha trouxe-lhe água.

— Você estava gritando um nome. Rafe. Quem é? — perguntou Lorena.

— Meu irmão.

— Ok. Já passa das dez, é provável que o comandante queira falar com você em breve, então, esteja pronta.

— Tudo bem.

A senhora da cozinha pegou a bandeja.

— Você não comeu nada — falou a mulher.

— Estou sem fome. Obrigada.

— Vou te trazer um café, não pode ficar de estômago vazio.

Todos saíram do quarto e ela tentou dar um jeito na aparência. Não tinha outra roupa, apenas a que Lorena lhe deu para dormir e a da bailarina. Não queria colocar sua roupa de ladra, não enquanto sabia que Ramon a observava o tempo todo. Ficaria com a roupa amarrotada mesmo. Quando saiu do banheiro, a senhorinha havia voltado e segurava uma caneca de café, que lhe entregou, sorrindo.

— Tem feito um bom trabalho, Nick. Esteve na sala do comandante, não foi?

A garota olhou ao redor, se certificando de que não havia ninguém mesmo. *Caraca, a informante era a cozinheira?! Putz...*

— Fique tranquila. Sou apenas uma mera cozinheira simpática. Ninguém irá notar.

— Já averiguei a segurança. Tenho todos os pontos. Quer que eu anote pra você entregar a Leon?

— Ainda não. Vou falar com ele para saber como quer receber esses dados e te aviso. O interrogatório foi tranquilo?

— Não muito. O comandante é um pouco durão e todos aqueles agentes me intimidam um pouco.

— Não se preocupe, em alguns dias, Leon mexe os pauzinhos e te tira daqui.

Nick fez que sim e a mulher avaliou a garota atentamente.

— Seu irmão batia em você?

— O quê?

— No seu pesadelo... você gritava pedindo pra ele parar. Para não te machucar.

— Eu... falei alguma coisa... a mais?

— Não. — A senhora deu de ombros. — Fique atenta aos meus sinais, Nick.

— Pode deixar.

A mulher saiu do quarto de Nick, e ela sentiu uma onda de alívio misturada com pânico a invadir.

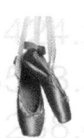

Assim que Murilo chegou de volta à Base, Ramon fez sinal para que ele o seguisse. O agente brasileiro foi até uma sala de estar ao lado da sala do chefe. Assim que entrou, o mexicano fechou a porta e olhou para o colega.

— Você sabia que o Rafe batia na Nick? — perguntou de pronto.

— Sabia.

— E o que mais acontecia? Por que não me disse nada?

Puta merda! Ramon desconfiava que Rafe poderia ter ido mais longe contra Nick e perguntou para ela na época, mas a moça havia negado.

— O que aconteceu, Ramon? Por que todas essas perguntas?

— Agora há pouco, ouvimos gritos vindo do quarto da Nick. Quando chegamos lá, ela estava tendo um pesadelo. Ela pedia pra ele parar, implorava pra ele não machucá-la, mas parecia que... Droga, Marconi, você sabe se ele a tocou de outras formas?

O brasileiro ficou em silêncio. Aquele era um assunto delicado. Ramon compreendeu.

— Porra, por que não me falou?

— Eu desconfiei que havia alguma coisa estranha. Eu via como ele tinha um olhar diferente pra ela, mas não tinha certeza de nada até Tiago me contar.

— Como ele soube?

— Eles são amigos, Ramon. Parece que ele chegou à casa dela um dia em que o Rafe tinha acabado de agredi-la. Ela mal podia andar. O cara a surrava pra valer. Dias depois, ela confessou que ele a molestava.

Ramon fechou os olhos. O chão pareceu desaparecer sob seus pés. Queria se convencer de que não tinha mais nada a ver com isso, mas era difícil.

— Eu vou matar o desgraçado! Bastardo maldito! Por que ela nunca me disse? Que merda, ela não me dizia nada!

Murilo continuou falando.

— Ela tinha muito medo dele, não tinha coragem de denunciar. E a madrasta também pediu pra ela não o fazer.

— Não acredito! Deixava o filho surrar a enteada a ponto de ela não conseguir andar? Sabia que a molestava e não a deixava denunciar? Desgraçada!

— Aquele dia que Tiago bateu no Rafe, lembra? Foi porque Nick tinha conversado com ele sobre isso.

— Você nunca me falou nada.

— Porque eu pensei que a Nick falaria. Você arrumou a internação do Rafe, e achei que ela tivesse te falado.

— Aquele desgraçado... Ele abusava dela. Abusava da minha namorada!!! Eu juro que vou esfolar o maldito vivo. Eu vou...

Ramon se sentou no sofá e esfregou o rosto com as mãos trêmulas. O homem estava fora de si. Ele levantou, andou pela sala e respirou fundo várias vezes. Murilo observava calado e percebeu o que o colega havia dito, embora nem mesmo ele tenha se dado conta. O mexicano havia dito "minha namorada", e com tanta possessividade e convicção que, afinal, talvez o caso não fosse irreversível como o brasileiro pensou inicialmente.

— Até onde sei, ele nunca conseguiu consumar o fato, por sorte. Mas, sim, ele a molestava e, ao que tudo indica, com certa frequência.

— Ela tinha que ter me contado, Murilo. Tinha que ter me confiado em mim.

— Ramon, não é algo fácil de falar. Tenho certeza que ela iria te contar mais dia, menos dia.

Murilo abriu a carteira e estendeu o cheque para ele.

— A Nick pediu pra te devolver isso.

O agente pegou o cheque e, por um momento, seu coração amoleceu. Ao menos com ele, a garota tinha agido corretamente.

— Sabe, Ramon, talvez ela mereça ao menos o benefício da dúvida.

Murilo não esperou pela resposta. Saiu da sala e deixou o amigo com seus próprios pensamentos.

Nick estava se sentindo mal. Era muita coisa para lidar. Estava preocupada com o pai, com Diana. Era o segundo dia dela ali e esperava que tudo acabasse logo.

Dylan pediu para falar com ela novamente, dessa vez, na sala de interrogatório.

— Sente-se bem, Srta. Palmer? Parece-me um pouco pálida.

— Não muito. Deve ser a tensão.

— Bom, tenho alguns pontos para te passar.

— Sim, senhor. Eu também tenho algo a lhe dizer.

Isso o pegou de surpresa.

— Sim? Pode falar.

— Esta sala é segura?

— Totalmente.

Ainda assim, ela se curvou sobre a mesa e sussurrou:

— Eu tenho a identidade do informante.

Dylan se recostou em sua cadeira e sorriu perigosamente.

— Ora, vejo que seu pessoal tem pressa, afinal. Vamos lá, Nick, quem da minha equipe me apunhala pelas costas?

— A senhora da cozinha.

O comandante pareceu avaliar a situação por um momento. Uma funcionária do baixo escalão e já com certa idade. Simpática e prestativa. Adoravelmente discreta e sempre ao redor de todos os departamentos com lanches, cafés, sucos...

Estava se sentindo muito relapso. Fora tão fácil para alguém infiltrar uma pessoa ali e deixá-la à espreita. Por isso o facilitador soube até mesmo a nacionalidade dos agentes que estavam na casa de Babi. Por sorte, eles conheciam os caras, mas não o rosto da decodificadora, e foi isso que fez com que ele ficasse em dúvida sobre o que realmente estava acontecendo na época.

Foi exatamente a dúvida que evitou que o facilitador abrisse o jogo em definitivo com Julián. Ele enviou a mensagem como uma forma de se certificar, mas, como nunca recebeu a resposta, não houve oportunidade de agir.

— Quais são seus pontos, senhor?

— Nick, seu chefe quer um dossiê sobre a decodificadora e o irmão dela.

— Sim.

— Nós vamos preparar um bem especial para ser entregue a ele. Vamos armar para que você e sua ajudante consigam colocar as mãos nesta documentação. Assim, você cumpre a tarefa para qual foi paga e não fica em falta com o traficante para quem trabalha. É uma maneira de protegê-la contra uma possível retaliação da parte dele, caso ache que você falhou.

A moça apenas fez que sim com a cabeça.

— Depois, vou entregá-la ao FBI, como deve ser. Vai ter que esperar que seu chefe vá, de fato, limpar sua ficha, como ele te prometeu. Precisa saber que nada será ocultado nos meus relatórios sobre você e sua invasão ao meu departamento, por isso, se ele não livrar sua cara, você terá uns bons anos na cadeia.

Nick engoliu em seco e concordou novamente em silêncio. Esse era um comandante da lei, não um traidor, como Leon. Ele jamais livraria a pele dela apenas porque colaborou com sua investigação. Era uma ladra e pagaria pelo seu crime. Colaborar era sua opção.

— E quanto a Vincent, Leon e os outros?

— Vincent é problema e responsabilidade do DEA, e eu não me envolvo. Os demais são comigo e os meus agentes, e faremos tudo a nosso modo.

— Tudo bem.

— Deve ficar por aqui ainda três ou quatro dias. Procure se alimentar.

O homem fez menção de se levantar, mas ela o chamou.

— Comandante?

— Sim?

— Só pra esclarecer, Leon não é o meu chefe. Prestei um serviço a Vincent. Fizemos um acordo. Eu entrego os dossiês e ele me paga. Não sou parte da equipe. Não tenho vínculos ou nenhuma obrigação com ele quando tudo terminar.

Dylan ficou curioso.

— É uma nova maneira de trabalho, em se tratando de tráfico. Eles procuram ter seu pessoal sempre ao redor.

— Vincent entende que comigo não funciona assim.

— É muito complacente para um homem tão perigoso. Diga, senhorita Palmer, quanto recebeu por essa tarefa?

— Dois mil dólares por invasão.

— Oito mil dólares. E onde está esse dinheiro? Porque averiguamos sua conta e não consta uma quantia como essa.

— Recebi em espécie e paguei a hipoteca da casa do meu pai. Íamos ser despejados.

— Entendo. — O homem a analisou por alguns instantes, em silêncio, e depois pareceu tomar uma decisão. — Volte para seu quarto e aguarde minhas instruções. Mantenha a informante acreditando que as coisas estão caminhando conforme vocês planejaram.

— Sim, senhor.

Ramon estava atrás do espelho, ouvindo a conversa entre o chefe e Nick. Caralho, não queria ter pena dela, não queria desculpá-la tão facilmente, mas não podia negar que tudo justificava seu pequeno deslize.

Uma vida de merda era o que ela sempre tivera.

623.652	14422.562	0953.73
425.764	232.345	6343.09
511.445	424.222	8311.04
732.243	3513.567	9631.77
947.234	288.456	9830.00
981.321	499.221	8693.52
335.234	1349.234	6131.87
111.439	343.567	2198.83
266.423	342.246	1198.72
882.118	31.532	8923.90
909.123	662.232	3600.85
777.234	14445.785	6286.81
412.341	354.234	0753.41
545.324	636.111	7548.58
741.234	78.673	8770.43
554.345	8339.111	9873.37
874.326	67.632	8653.07
452.113	98.232	4498.66
974.423	2333.452	8703.37
893.465	12.543	1048.08
862.123	55.896	6821.21
974.456	3341.332	0953.73
988.335	6441.323	6343.09
582.936	52227.112	8311.04
223.564	33.562	9631.77
	271.286	9830.00
	77.218	8693.52
	3.682	6131.87
	87.322	2198.83
	332.321	1198.72
	59.113	8923.90
	79.322	3600.85
	332.321	
	99.223	

CAPÍTULO 33

Sam comentou o fato de a cozinheira ser a informante.

— Estou surpreso que nunca tenhamos sido envenenados pelo café dela.

Lorena estava tão indignada quanto todos ali. Os agentes esperavam pela palavra do comandante sobre o assunto.

— Bom, ninguém me garante que não há mais gente que trabalhe para o inimigo aqui. Assim que essa operação for concluída, vamos trabalhar em cima da vida de cada pessoa que está aqui dentro.

— E o que vai fazer com ela?

— Eliminá-la, é claro.

Foi o que todos ali pensaram. Dylan não era homem de dar segundas chances a traidores.

— Tom "Leon" Sander e sua equipe desaparecerão. Uma denúncia sobre alguém com a importância dele apenas trará publicidade e dará ao bastardo tempo para fugir. Ele não deve estar sozinho, do contrário, não teria conseguido a senha da trava tão facilmente. Mas isso tem efeito dominó. Basta que o primeiro caia...

— E como faremos? — Fritz quis saber.

— Vamos deixar que Nick chegue ao falso dossiê e o entregue à traidora. Depois, iremos entregar a garota aos federais e esperar que Tom possa limpar a ficha dela. Se o pegarmos primeiro, ninguém se atreverá a ajudá-la, e vocês sabem o resultado.

— O resto da vida na cadeia — completou Sam.

Ramon estremeceu. Era isso que queria? Que ela ficasse encarcerada pelos próximos vinte anos? Que passasse a conviver com os piores e mais perigosos elementos dentro da prisão? Ela tinha dado um passo errado na vida, mas merecia um castigo tão duro como esse?

O rosto de traços delicados e expressão suave dançou em sua mente. Poderia suportar ver aqueles lindos olhos azuis e o semblante de fada destruídos pela vida dentro de um presídio?

O telefone de Murilo tocou e tirou Ramon dos seus pensamentos.

— Oi, Babi. O quê? Ah, não... Não acredito... Mais essa agora. Não se preocupe... Tudo bem. Tchau.

Dylan olhou para ele.

— O pai da Nick morreu.

— Que merda. O que aconteceu? — Dylan questionou.

— Ainda não se sabe ao certo. Ele tinha a saúde debilitada.

O comandante pareceu ponderar.

— Ela vai ter que sair da Base. Murilo, quero que a leve e cuide dela. Tem permissão de ficar até o fim do funeral, e, então, traga-a de volta. Acha que precisa de reforço?

— Não. Ela não vai fugir, Dylan.

— Acredito que não.

Ramon se levantou.

— Eu vou junto.

O chefe concordou. Era isso que esperava. Ramon podia estar em conflito com seus sentimentos, mas era um homem íntegro. A perda do pai derrubaria as últimas forças da bailarina.

— Lorena, vá buscá-la, mas não dê a notícia a ela. Deixe que o hospital se encarregue disso.

— Tudo bem.

Dentro do carro, Nick estava aflita. Uma permissão para sair da Base porque o pai não estava bem significava que, na verdade, ele devia estar muito mal.

Ela estalava os dedos e se remexia nervosamente. Ao menos tinham lhe arrumado uma calça jeans e uma blusa limpa. Quando chegaram, Nick viu que Tiago e Babi estavam juntos de Diana. A madrasta chorava, e ela sentiu, antes que qualquer palavra pudesse ser dita, que seu pai havia partido.

Diana correu para abraçá-la.

— Ah, Deus, Nick, ele se foi... se foi para sempre.

— Não... Não... meu Deus, eu... nem estava aqui.

A garota sentiu a histeria tomar conta dela. Tiago a abraçou forte.

— Foi tudo em vão, tudo em vão. Ele se foi, e eu nem pude me despedir.

Ela chorou muito. O amigo a manteve nos braços, murmurando palavras de apoio. Ramon observava a cena, incomodado. Murilo abraçou Babi. A garota também estava muito frágil. Era como reviver o momento em que soube da morte dos pais.

Tiago limpou as lágrimas da amiga e beijou seus cabelos. O médico veio até Diana para formalizar o óbito e disse que a causa da morte havia sido sufocamento.

— Provavelmente ele convulsionou e sufocou com a própria saliva.

— Mas ele estava dormindo. Eu fui tomar banho e, quando voltei, ele... ele já tinha...

— Ele estava tomando os remédios contra convulsão regularmente?

— Sim. Todos os dias.

— Infelizmente, algumas vezes acontece. Sinto muito.

Nick estava tão desnorteada que mal podia parar em pé. *Seu pai querido, morto!* Suas pernas trêmulas falharam e ela teria caído se Tiago não estivesse por perto e tivesse enlaçado sua cintura. Ele a pegou no colo com ternura e sentou-se com ela no sofá da sala de espera. A garota se aninhou no peito dele, buscando conforto.

Murilo observava Ramon. O homem tinha os olhos faiscantes de ciúmes. Babi também percebeu.

— Ramon mal consegue tirar os olhos de Nick e Tiago.

— O homem é cabeça-dura.

— Eu pensei que, pelo menos, a morte do pai dela poderia amolecê-lo um pouco. Ela precisa de apoio, de amigos. Ela não tem mais nada na vida.

— Eu sei, neném. Vamos estar ao lado dela. Cada um tem seu ritmo, Babi. Ele vai ceder, apenas precisa de um pouco mais de tempo.

Ramon queimava por dentro. Não podia suportar ver a dor, a tristeza e a agonia nos olhos da sua fada. Ele queria segurá-la e dar a ela o conforto de que precisava, mas isso significava abrir caminho para que Nick entrasse de novo em sua vida.

Vê-la aninhada no peito de Tiago estava acabando com ele. Quando o moleque idiota a pegou nos braços e a manteve em seu colo, Ramon quis arrancá-la de lá e mandar que ele ficasse bem longe dela.

Deus, Ramon mal podia lidar com o ciúme que estava sentindo! O homem saiu da sala e foi fumar do lado de fora. Murilo foi com ele. O cigarro era sempre o descarrego emocional que eles usavam. Eram os minutos em que pareciam jogar as emoções para fora junto com a fumaça.

— Quer jogar a merda pra fora, Ramon?

O mexicano olhou para o colega sem conseguir esconder a raiva. Não tinha motivos para fingir.

— Não. O que eu quero é que o porra do Tiago fique longe da Nick.

Murilo ergueu as sobrancelhas, surpreso. Por mais que tivesse visto o incômodo de Ramon em ver os dois juntos, não esperava que ele fosse reagir abertamente sobre isso.

— Eles são amigos, Ramon, e ela está precisando de apoio.

— Manda ele se afastar, Murilo, e tirar as malditas mãos dela. Estou avisando.

— Ah é? E pra quê? Pra ela passar por mais essa sozinha? Cacete, homem, você não foi capaz sequer de abraçá-la e lhe dar os pêsames. Tiago está fazendo a parte dele. Não vou pedir pra ele se afastar. Se não quer que nenhum outro homem ampare o que é seu, então tome o seu lugar e faça com que ela saiba que tem com quem contar além do amigo.

Murilo foi para dentro do hospital e o deixou sozinho. Ramon terminou seu cigarro e acendeu outro. Estava nervoso demais.

No funeral, havia uns poucos vizinhos e alguns colegas de trabalho de Nick, que tinham achado que ela tinha desaparecido por uns dias devido à doença do pai. No momento do enterro, Nick se ajoelhou na grama e ficou observando o caixão do pai no fundo da cova. Ela jogou um pouco de terra e fez uma prece silenciosa.

As pessoas foram saindo uma a uma e ela permaneceu lá. O sofrimento dela não tinha tamanho, e Ramon finalmente cedeu à dor avassaladora que atormentava o rosto da garota e oprimia seu coração.

Ele caminhou até ela e pegou nos seus ombros. A jovem se assustou ao ver quem era. Ramon virou Nick para si e a abraçou forte, enquanto ela desabafava a dor em seu peito.

— Ah, Fada, eu sinto muito... eu sinto tanto!

Os soluços se intensificaram, e as lágrimas dela molharam sua camisa. Ramon sentira falta de tê-la em seus braços, mas não tinha se dado conta de que a saudade era tão grande. Somente agora que estava ali, segurando-a tão perto e sentindo toda a sua fragilidade, foi que soube de fato o quanto ela significava para ele.

Ramon beijou sua testa e acariciou seus cabelos. Sua mão na cintura a segurava com carinho e a garota ergueu a cabeça para olhá-lo. Os olhos azuis, frágeis e úmidos eram tão doces e inocentes que ele teve que se segurar para não beijá-la ali mesmo. O agente limpou as lágrimas dela e ficou uns minutos olhando para sua garota. Estava pálida, abatida e perdida. Seu dedo traçou o contorno do seu rosto. Deus, ele queria ficar ali para sempre com ela, mas não podia. Beijou-lhe novamente a testa e falou baixinho:

— Temos que voltar pra Base.

Ela concordou e se agarrou a ele um pouco mais. Ramon apertou os braços ao redor dela. Era muito bom estar ali. O casal ficou ainda uns minutos abraçado e então ele a soltou delicadamente.

— Posso me despedir de Diana?

— Claro.

Nick foi até a madrasta, que estava preocupada com ela, mas a garota lhe garantiu que estava bem e que Ramon cuidaria dela. Diana lhe disse que estava considerando a ideia de passar uns dias em Los Angeles, na casa do irmão.

— Rafe foi avisado da morte do papai?

— Então, eu me esqueci de te dizer. Quando liguei para a clínica, me disseram que ele não estava lá... que havia saído há uma semana e não retornou.

O sangue desapareceu do rosto da garota.

— Como assim?

— Eu não sei bem. Estava tão atordoada com a morte do seu pai que não me dei conta do que isso significava.

— Significa que ele fugiu da clínica, Diana. Essa não...

— Vou até lá verificar isso antes de ir para Los Angeles. Quando você volta, Nick? Está tudo bem, não está?

— Fique tranquila. Estou bem. Volto em poucos dias.

Ramon se aproximou.

— Temos que ir, Nicole.

As mulheres se abraçaram forte e Nick seguiu Ramon. Tiago e Babi esperavam perto do carro, junto com Murilo. Babi abraçou a amiga.

— Não tive ainda a oportunidade de te agradecer por ter mantido minha identidade segura.

— Não precisa me agradecer.

— Vai dar tudo certo, viu? Fique tranquila.

— Obrigada.

Tiago a tomou nos braços com extremo carinho. Ramon fechou a cara. Ele interrompeu a despedida abrindo a porta traseira do carro, enquanto delicadamente puxou Nick para que ela entrasse.

— Temos que ir.

CAPÍTULO 34

Quando chegaram à Base, Nick estava adormecida. O cansaço físico e mental haviam consumido o que lhe restava de energia.

Ramon a pegou no colo com cuidado e a levou para o pequeno quarto, colocando a garota na cama. Ele tirou os tênis dela e ficou ali do lado, olhando-a por um longo tempo. Acariciou suas bochechas rosadas e passou o dedo pelos lábios um pouco inchados do excesso de choro das últimas horas.

Não resistiu ao toque. Sentou-se na cama, baixou a cabeça e deu um beijo suave na boca dela, depois, arrumou os cabelos para longe do pescoço.

Queria ir embora, sabia que devia ir, mas ela estava tão lindamente adormecida em sua fragilidade que ele não encontrava forças para se afastar.

Ele a beijou mais uma vez e ela se remexeu. Deus, ele queria ficar com ela. Queria sentir o corpo dela sob o seu novamente. Queria ouvir seus gemidos e vê-la se contorcer extasiada pelo prazer que ele lhe dava. Só a lembrança destes momentos tão íntimos o acendeu a ponto de fazer com que a razão desaparecesse da sua mente.

Com cuidado, Ramon se ajeitou bem próximo a ela e a puxou para si, colocando a cabeça da garota em seu peito. A bailarina abriu os olhos um pouco atordoada e piscou várias vezes, tentando se situar. Quis se levantar, mas Ramon não deixou.

— Desculpe, eu dormi.

— Eu sei.

As mãos dele iam e vinham em seu braço. Ela ergueu a cabeça e o olhou. Ele baixou o olhar para encontrar o dela, e, depois, focou em sua boca úmida, macia, convidativa.

Nick ficou nervosa. Queria tanto, precisava tanto dele, mas ficou imóvel. Ele colocou o dedo indicador em seu queixo e ergueu o rosto dela para que as bocas se encontrassem.

Foi um beijo manso, calmo, cauteloso, mas apenas no primeiro minuto. Ramon gemeu quando a boca dela se abriu, pedindo mais. Ele virou seu corpo grande, prendendo a garota embaixo de si. A respiração dela se alterou. Suas mãos tocaram o rosto dele com delicadeza.

A língua de Ramon passou pelos lábios dela, incitando-a, fazendo com que ela quase implorasse para que ele a tomasse.

— Ramon...

— Você me quer?

— Muito...

— Nick... isso não significa que eu e você...

— Eu sei... só por hoje... Me faça esquecer de tudo, só hoje.

Ela sabia que ele não era o tipo de homem que perdoava uma traição como a dela, mas Nick precisava de uma última vez. Os acontecimentos recentes tinham sido tão ruins, tão cruéis, que estar com Ramon seria como renovar o seu fôlego, ainda que por uma última noite.

Ramon não teve pressa. Tirou a roupa dela lentamente e brincou com os seios cheios e perfeitos, beijando-os, lambendo-os e sugando os bicos enrijecidos. Beijou a barriga e, atrevidamente, passeou por suas partes mais íntimas. Ela quase morreu quando a boca dele se fechou em sua intimidade, saboreando-a como a mais fina iguaria. Definitivamente, seu corpo era escravo das perícias dele.

Nick também explorou o corpo másculo e sexy dele. Acariciou o membro grande, grosso e perfeitamente ereto. Beijou toda a sua extensão e o levou fundo em sua boca. Ramon a segurou pelos cabelos e a guiou para lhe dar aquele prazer incrível que nenhuma outra mulher tinha chegado nem perto de conseguir. Quando os corpos se encontraram, a explosão química irradiou entre eles, que dançaram a deliciosa dança do sexo, e então, nada mais existia. Ramon sentia seu coração acelerado. Era maravilhoso estar com ela. Nick tinha um jeitinho manhoso de gemer e sussurrar o nome dele quando estava no ápice das suas emoções e que o fazia derreter de paixão.

As mãos, a boca, a intensidade dos movimentos dentro dela levaram Nick para o céu em questão de minutos. Ela gostava de olhá-lo quando o homem alcançava seu prazer. Era um momento único! Ela nunca tinha feito ninguém se sentir assim. Ramon sempre fechava os olhos e seu corpo estremecia algumas vezes numa entrega total. Fazia bem ao ego de qualquer mulher ver um cara como aquele esgotado e satisfeito.

Ele desabou sobre ela. A garota o abraçou, saudosa, suas mãos dançando pelos músculos definidos das costas dele. A pele de Ramon se arrepiou ao toque macio e ele soltou um gemido rouco. Ele podia não perdoá-la, mas não resistia a ela. Nick pensou que talvez o tempo pudesse ser um aliado e, quem sabe, um dia...

O mexicano ergueu o corpo, sustentando seu peso com o cotovelo. Olharam-se por um tempo e depois se beijaram longamente. Ele encostou a testa na dela e sussurrou com a voz embargada:

— Nick...

— Eu sei.

Ele queria tanto ficar, dormir a noite toda abraçado a ela... mas não podia. Era um homem da lei, e ela, uma criminosa. Nada mudaria isso. O agente se levantou devagar.

— Preciso ir.

Ela concordou em silêncio e ficou observando-o se vestir. Queria tanto que ele ficasse e que pudesse compreendê-la. Mas seu momento com Ramon tinha passado, e Nick sabia. *Foi um sonho bom!*

A garota teria que reformular sua vida, principalmente agora, com a ausência do pai. Esperava que Leon pudesse realmente tirá-la dessa situação e, então, iria fazer alguma coisa para si mesma.

Já vestido, Ramon se aproximou, escorregou o dedo pelo rosto dela, acenou uma despedida muda e saiu. Nick puxou o lençol sobre o corpo nu e se encolheu. Nunca se sentiu tão imensamente sozinha como agora. Podia sentir um vazio no coração, na alma. Seu peito apertou, e a angústia formou um nó em sua garganta que quase a sufocou. Ao menos, ela tinha as lembranças de uma infância feliz com o pai e de um quase namorado dos sonhos para guardar para sempre na memória.

Ramon sentiu um buraco no peito quando saiu do quarto. Não devia ter transado com ela. Não devia ter cedido. *Nick não precisava disso*. Não precisava de alguém abandonando-a num momento difícil como aquele. E mesmo para ele, como era duro manter sua decisão de ficar distante dela. Seu coração estava destroçado.

Ele achou que, se cedesse ao desejo, resolveria o tormento que a imagem dela causava em sua mente. Grande idiotice! Deveria saber que ela tinha tocado fundo em seus sentimentos e jogado por terra tudo que tinha evitado por tantos anos. Ser mulherengo era um estilo de vida que adotou para evitar se apegar, se relacionar, porque sabia que mais dia, menos dia, se machucaria.

Nunca mais! Nunca mais cederia àquela maldita coisa de se envolver. Nick tinha sido seu primeiro e último vacilo no campo do amor.

— Nick... Vamos lá, acorde! — chamou Lorena.

— Oi?

— Tem que se vestir. Dylan quer falar com você.

Sonolenta, Nick se sentou na cama.

— Desculpe, acho que dormi demais.

— Não, querida, é bastante cedo mesmo. É que você tem uma visita.

— Uma visita?

— Sim. Vamos, se apresse.

Nick tentou se levantar, mas se sentiu mal. Voltou a se sentar. Lorena a olhou com preocupação.

— Está tudo bem?

— Um pouco zonza. Acho que tenho me alimentado mal.

— Vou pedir que tragam algo para comer antes de ir.

— Obrigada.

A assistente saiu e logo a senhora da cozinha entrou, com uma caneca de café e um sanduíche.

— Como vai?

— Bem, tenho um recado para Leon.

— Sim?

— Diga a ele que tenho a localização do cofre e todos os dispositivos de segurança da sala. Se você puder me dar alguma cobertura hoje à noite, depois que eles se forem, posso fazer o trabalho.

— Perfeito, Nick. Falo com você no final da tarde.

— Tudo bem.

Lorena voltou para o quarto.

— Está pronta?

— Sim. Quem quer falar comigo?

— Você vai ver.

A garota seguiu a ruiva até a sala de interrogatório. Quando entrou, havia uma mulher distinta e bem-vestida, que se levantou para recebê-la.

— Oi, Nicole.

— Oi.

A mulher sorriu amavelmente para ela. Lorena saiu e a garota ficou ali, sem saber o que fazer. Dylan e os agentes observavam as duas e ouviam a conversa.

— Não está me reconhecendo, não é?

— Eu deveria?

— É, talvez não. Mas, se olhar bem, pode encontrar em mim um pouco de você.

Nick olhou atentamente para a mulher. Eram quase da mesma altura, olhos azuis e ela era loira também. Sua memória buscou um imagem dela, em uma foto antiga, bem antiga... com um bebê no colo.

A mulher parecia agora um pouco nervosa. *Ai, meu Deus, não podia ser. Não!*

Nick permaneceu calada, mas sua expressão mudou. Não estava feliz em vê-la. Embora não se lembrasse completamente, porque era muito pequena quando a mulher fora embora, com certeza aquela era sua mãe, que abandonara o pai e ela há tantos anos.

— Não vai dizer nada, Nick?

— Não tenho nada pra te falar.

— Eu acho que temos muito pra conversar.

— Não tenho ideia do que está fazendo aqui ou de como soube que eu estava aqui, mas definitivamente não vamos ter nenhum tipo de conversa.

— Sei que pode ter alguma mágoa de mim... que não deve nunca ter compreendido o porquê...

— Pode parar! O que você quer, afinal? Como pode ver, não sou um tipo para se orgulhar e não estou disposta a ficar aqui ouvindo suas desculpas para justificar suas decisões no passado.

— Nick, eu sei que errei, mas... vamos nos concentrar no presente. Sou casada com alguém importante, influente. Nunca tentei me reaproximar porque não quis interferir na vida do seu pai com a Diana, e também porque achei que não iriam me perdoar por ter ido embora, mas fiz questão de sempre ter notícias suas. Hoje sou alguém que pode te ajudar a se restabelecer na vida. Enfim, você está em uma situação difícil e estou aqui para te estender a mão. Eu tenho condições hoje de ser a mãe que não pude ser anos atrás, só preciso que confie um pouco em mim.

— Não preciso e não quero a sua ajuda.

— Pode não querer, mas isso não significa que não precise.

— Não preciso.

— Prefere confiar que um traficante como o Vincent vai salvar sua pele?

— Isso não é da sua conta.

— Mesmo que isso aconteça, Nick, você estará sozinha no mundo. É isso que quer? Não tem família, não tem marido ou namorado, quase não tem amigos. Não terá mais emprego quando sair daqui. Nem mesmo com seu irmão de criação você pode contar, porque ele é um maldito viciado.

— E supõe que por causa disso eu deva correr para os seus braços e te chamar de mamãe?

— Não, mas podemos recomeçar. Você pode nos dar uma chance de conhecermos uma à outra. Sou sua única família agora.

Nick riu alto. *Isso só podia ser piada!*

— Você sabe como conheci o Vincent?

— O que isso tem a ver?

— Eu tinha quatorze anos e Diana ficou doente. Rafe já tinha problemas com as drogas e o orçamento em casa era muito apertado. Nós não podíamos fazer todas as refeições porque não tínhamos comida pra isso. Ou nós almoçávamos ou nós jantávamos, e eu tinha fome. Eu tinha *fome*.

A mulher olhava para ela muito assustada. Nick continuou, e estava alterada.

— Não conseguia dormir porque meu estômago vazio não me deixava esquecer que eu não tinha comido por um longo tempo. Meu pai trabalhava em dois empregos para comprar os remédios da Diana e colocar o que podia em casa. Eu cuidava de crianças, de cachorros, fazia faxina para os vizinhos, mas o maldito dinheiro nunca dava para pagar as contas e manter o vício do Rafe, porque o bastardo me batia e me fazia dar o que eu ganhava pra ele. Um dia, Rafe me obrigou a ir comprar sua droga porque não podia ir até o beco, por causa de uma briga. Fui e o dinheiro que eu tinha não era suficiente, mas não podia voltar de mãos abanando, senão apanhava. Então negociei com Vincent, como uma adulta! E ele não foi suave comigo porque eu era uma garota, mas, no final, ele gostou da forma como enfrentei a situação e me ofereceu dinheiro para fazer alguns pequenos trabalhos. Foi assim que comecei. E sabe para que eu usava o dinheiro? Para que eu e minha família pudéssemos almoçar e jantar todos os dias. Agora te pergunto: onde você estava nessa época?

A mulher ficou olhando para ela, sem saber o que dizer. Nick insistiu.

— Me responde, onde você estava?

— Nick, sei que sua vida foi difícil e que não teria entrado para o crime se não tivesse sido...

— Tem razão. Porque enquanto pude evitar, o fiz. Trabalhei honestamente assim que arrumei emprego no restaurante e na escola. Só voltei a procurar o Vincent quando íamos ser despejados. Porque, em hipótese alguma, eu deixaria meu pai doente ir para a sarjeta.

— Eu sei que não...

— Não, você não sabe... Você não estava lá. Nunca esteve. Nunca me procurou pra saber como eu estava. Nunca se preocupou. Eu não me arrependo em nenhum mísero momento do que fiz, porque eu posso terminar meus dias na cadeia, mas sei que meu pai morreu na sua cama quente e confortável, e, se para isso, precisei roubar e me aliar a um traficante, não me arrependo.

— Não vai terminar seus dias na cadeia... eu te disse, posso te ajudar.

— Pode ir embora, por favor?

— Só pense a respeito... Eu vou deixar meu telefone, se você mudar de ideia. Talvez quando sair...

— Não vou mudar de ideia e não me procure mais. Posso lidar com a solidão, eu nunca tive nada de bom por muito tempo mesmo.

Nick se virou para sair. Bateu na porta e Lorena abriu para levá-la de volta para o seu quarto.

CAPÍTULO 35

Os agentes estavam calados, absorvendo a conversa das mulheres. Fritz foi o primeiro a comentar.

— Posso estar sendo um marica sentimental, mas eu queria ver essa garota sair com alguma coisa boa dessa merda de vida que ela sempre teve.

Ramon ficou em silêncio. Estava com o coração quebrado. Sua fada linda tinha passado fome. Fome! A coisa toda era bem pior do que ele podia supor.

Deus do céu, por que não deixava seu orgulho fodido para trás e simplesmente ficava ao lado dela? Por que era tão difícil para ele se permitir perdoar?

Dois dias depois, Nick seguiu o plano traçado por Dylan, e ela e a cozinheira colocaram as mãos no dossiê falso sobre a decodificadora. No sexto dia, o chefe a entregou aos federais com o relatório completo sobre sua invasão, seu interrogatório e sua estada no complexo, bem como fotos de todos os ângulos e os depoimentos com as acusações combinadas, exceto pelo nome do chefe de segurança da Casa Branca. Este, Dylan teve o cuidado de ocultar para não complicar a vida dela.

A bailarina teve permissão para ir embora da Base e saiu com sua roupa de ladra, suas sapatilhas pretas e algemada. Foi escoltada pelos federais e não olhou para nenhum deles ao deixar o complexo. Estava confiando em Leon para libertá-la. Tocaria sua vida com honestidade e se esqueceria de tudo e de todos ali, inclusive de Ramon.

O mexicano não conseguia tirar os olhos dela entrando no utilitário dos federais. Intimamente, ele estava apreensivo. Não confiava plenamente que Leon pudesse cumprir sua palavra e limpar sua ficha, mas torcia para que conseguisse.

Dylan já tinha todo o plano traçado para executar o facilitador, a cozinheira, o homem do furgão e alguns outros mais, identificados como parte da quadrilha. Apenas o chefão, acima do comandante, sabia da ação que ia ocorrer. Era assim que funcionava o trabalho deles. Solucionavam os grandes problemas eliminando-os de uma vez por todas, sem deixar rastro para a imprensa. Eles faziam o serviço sujo, a limpeza geral para o governo.

Nicole passou aquela noite na cadeia da FBI. No dia seguinte, já pela manhã, havia uma ordem de soltura. A ela apenas foi dito que deveria ir embora e esquecesse do pequeno engano que cometeram ao confundi-la com outra pessoa. A garota consentiu e saiu sem olhar para trás, mas, como não tinha dinheiro para voltar para casa de táxi ou mesmo de ônibus, foi embora caminhando.

Ela tirou as sapatilhas e ficou descalça. As pessoas na rua a olhavam, curiosas. O chão estava frio, mas era bom estar livre. Fim da história. Vida nova. Agora, sem os gastos da doença do pai, sem o vício de Rafe para sustentar e com as contas em dia, ela poderia arrumar um novo emprego e voltar a estudar.

Diana provavelmente voltaria para perto da sua família, em Los Angeles. Talvez ela nem retornasse de lá. Nick pensou que poderia alugar um dos quartos vagos da casa e ganhar um dinheiro extra.

Já em casa, Nick sentiu um imenso vazio. Foi até o quarto do pai apenas para se sentir um pouco mais perto dele. Pegou uma foto que estava sobre a cômoda e a beijou, saudosa. Seus olhos ficaram úmidos, seus pés estavam muito doloridos e ela resolveu tomar um banho. Fez um café e se enrolou no sofá para ver as notícias enquanto bebia o líquido fumegante.

Acabou adormecendo e acordou já quase ao anoitecer, com a campainha tocando. Ela acendeu as luzes e, quando abriu a porta, se deparou com Vincent, que entrou sem esperar convite. Da porta da casa, ela podia ver os seguranças dele discretamente esperando dentro do automóvel.

— Como está, menina?

— Bem. Obrigada por me livrar de lá.

— De nada. Sinto muito por seu pai.

— Obrigada.

— Quero detalhes do complexo, Nick, e do que aconteceu lá.

Nicole serviu café ao traficante e falou com ele sobre a Base, detalhando partes do interrogatório e do sistema de segurança. Narrou como tinha entrado na sala do todo poderoso chefão sem acionar o alarme principal e outros detalhes. Tomou o cuidado de não revelar tudo. Contou-lhe como tinha colocado a mão no dossiê, seguindo o plano de Dylan, que as informações ficavam trancadas em sua gaveta secreta debaixo da mesa principal, e não no cofre, como havia pensado inicialmente.

Vincent pareceu satisfeito.

— Bom trabalho, Nick. Aqui está seu último pagamento.

— Mas meu pagamento já foi concluído. Recebi um adiantamento, lembra-se?

— Esqueça aquilo. Você passou por muito mais do que prevíamos. Pegue. É merecido.

A garota não discutiu. Se recusasse, levantaria suspeitas. Vincent sorriu para ela.

— Gosto de você, Nick, e espero que possa encontrar uma vida melhor agora. Cumpriu sua parte no acordo. Estamos encerrados.

— Obrigada, Vincent.

— Vou sair de vista por um tempo. Os malditos agentes do DEA estão no meu encalço. Se por acaso perguntarem por mim, você nunca me viu.

— Pode deixar.

Ele se foi, e, por mais que fosse um traficante perigoso, Nick gostava dele, e esperava que não acontecesse nada de ruim ao homem.

Mal tinha fechado a porta e a campainha voltou a tocar. Eram Tiago e Babi. Eles a abraçaram e ela retribuiu, agradecida pela preocupação deles.

— Oi — cumprimentou Babi.

— Nick, não sabíamos que estava em casa. Vimos as luzes se acenderem e aquele homem entrar... Ele é o...

— Vincent, o traficante.

— Está tudo bem?

— Sim. Ele veio apenas para encerrar nosso acordo. Me soltaram hoje de manhã. Vim caminhando, cheguei exausta.

— Meu Deus, por que não me ligou? Eu teria ido te buscar.

— Tudo bem. Caminhar não foi tão ruim.

Eles ficaram uma boa hora conversando. Nenhum deles tocou no assunto sobre Ramon. Era como se não se conhecessem.

— O que pretende fazer agora, Nick?

— Procurar um novo emprego. Voltar a estudar. Talvez mudar um pouco de ares.

Babi levantou do sofá, sentou-se ao lado da garota e pegou na mão dela.

— Eu, Tiago e Murilo somos seus amigos, Nick. Se precisar de alguma coisa, qualquer coisa, não hesite em nos procurar.

— Obrigada.

Murilo estava na sala de Dylan com os demais, todos concentrados nos planos das próximas semanas, quando Babi ligou.

— Oi, neném... Verdade? Poxa, isso é bom... E ela está bem?

Ramon ergueu os olhos para ele.

— Tudo bem. Obrigado por avisar, nos falamos à noite.

Quando desligou, o agente brasileiro anunciou:

— Nick está em casa.

Dylan assentiu em concordância e falou.

— O filho da puta é um homem de palavra, afinal, e se movimentou rápido.

Sam abriu um programa e checou alguns dados.

— Nada sobre a bailarina nos arquivos da polícia. A garota está livre e limpa.

— É a nossa vez — Dylan determinou.

CAPÍTULO 36

Duas semanas depois, Nick conseguiu um emprego em um restaurante de alto padrão. O salário era muito melhor do que do outro estabelecimento que trabalhava nos finais de semana, e ela estava feliz.

Ela tinha optado por deixar o emprego da escola porque queria voltar a frequentar a academia de dança, para se aperfeiçoar em outras modalidades.

Sua experiência no atendimento, aliada à sua simpatia e beleza, conquistou o gerente, que era todo sorrisos para ela. A garota trabalhava com afinco e, em pouco tempo, já tinha conquistado seu espaço.

Tiago e Nick estavam cada vez mais amigos, e ela agradecia a Deus por tê-lo como companhia. Frequentemente, jantavam juntos e viam televisão até tarde. Jogavam videogame e iam ao shopping passar o tempo. Era nesses momentos que sua tristeza desaparecia, e ela podia desligar sua mente das lembranças do pai e de Ramon.

Ele não tinha ligado, não tinha procurado por ela. Por mais que soubesse que não teriam a mínima chance juntos, intimamente, Nick nutriu uma tênue esperança de que, depois que tivesse sua ficha limpa, talvez, somente talvez, ele pudesse reconsiderar. Se enganou, é claro, e ainda doía pensar nele. Sentia muita falta de estar com ele. Muita mesmo!

Ramon saiu do banho e olhou a hora. *Merda, onde estava com a cabeça quando ligou para Louise?* Ele respirou fundo. Deveria desmarcar. Inventar uma desculpa qualquer e simplesmente desmarcar.

Deus, o que estava fazendo? Depois que terminaram a tarefa da emboscada e mataram o desgraçado do Tom "Leon", a cozinheira e o cara do furgão, tiveram que revisar as fichas de todos os funcionários do complexo. Fizeram um levantamento profundo sobre cada um deles e seus familiares, até se certificarem de que não havia mais nenhum informante.

Foram duas semanas dos infernos! Ele dormiu mais de uma vez na Base e, em nenhum momento, em nenhum mísero minuto, ele a tirou da cabeça. Sabia que a garota estava bem. Perguntou algumas vezes para o brasileiro sobre ela, mas não cedeu à tentação de ir até a casa dela ou telefonar.

Até que, num momento insano, achou que, se tivesse um encontro, uma noite de sexo quente com outra pessoa, poderia superar a falta que sua fada fazia em sua vida. Ligou para um caso antigo, uma que nunca dizia não a ele, mas, definitivamente, não estava nem um pouco a fim de ir.

Ramon hesitou, pensou um pouco e decidiu que ia sim.

— Que se foda. Você quer esquecê-la, não quer? Retome sua vida de variações, não deixe que nenhuma delas alcance seu coração e ficará sempre tudo bem.

Uma hora depois, Ramon parava no estacionamento de um restaurante refinado. Louise gostava de coisas caras. Ele olhou para a mulher ao seu lado. Meses atrás, ficaria excitado só de olhar para ela. Alta, peituda, com curvas de silicone para dar e vender. Uma mulher do tipo "arrasa quarteirão", totalmente produzida e... artificial. Hoje, entretanto, mal podia esperar para a noite acabar.

— Está tão calado hoje, *mon amour*.

— Cansado apenas. Vamos entrar.

Ela agarrou a mão dele, colocou seu rebolado para gingar e entraram no restaurante. A mesa estava reservada e, assim que se sentaram, uma garçonete veio lhes atender.

— Boa noite, senhores, gostariam de...

Aquela voz! Ele reconheceria aquela voz suave em qualquer lugar do mundo. Quando subiu os olhos, os olhares se encontraram e Ramon congelou quando a fitou.

Nick puxou o ar e perdeu momentaneamente a fala.

Ela não conseguiu disfarçar sua surpresa. Estava desconcertada. A garota piscou várias vezes e olhou para a pessoa ao lado dele, avaliando-a com uma pitada de ciúme e decepção. Ela umedeceu os lábios que secaram pelo nervosismo.

Tentando se recompor, a moça limpou a garganta e continuou. A voz estava trêmula, mas ela tentou ser profissional.

— Desculpem. Aqui estão os cardápios. Gostariam de algo para beber?

— Uma taça de Jerez Fino para mim. E você, Ramon?

Ele estava mudo, tentando lidar com a aceleração do seu pulso e o bater descontrolado do coração. *Deus, não! Ele não queria que ela lhe servisse nem se estivesse sozinho, quanto mais acompanhado.* Não podia continuar ali, não podia deixar que ela passasse por aquele constrangimento. Podia ver no rosto pálido o esforço que ela estava fazendo para concluir seu atendimento com eficácia.

— Ramon?

A moça ergueu os olhos para encará-lo e colocou uma das mãos na perna dele, com intimidade.

— Está tudo bem, *mon amour*?

Nick baixou os olhos para onde a mão de Louise repousou suavemente e se apressou em dizer.

— Fiquem à vontade para se decidirem. Com licença.

A garota se afastou. Queria correr dali. Não conseguiria atendê-lo. *Deus, por que ele tinha feito aquilo? Por que aparecer justo ali, com alguém?* Ela chamou uma colega de trabalho rapidamente.

— Por favor, leve uma taça de Jerez Fino para o casal da mesa quatro e termine de atendê-los, por favor?

— Está tudo bem, Nick?

— Um pouco indisposta de uma hora pra outra. Pode assumir meu lugar por uns minutos?

— Claro. Vá beber uma água, eu te cubro.

— Obrigada.

Nick foi para a área dos funcionários. Parecia que tinha uma bola na garganta. Ela puxava o ar nervosamente para os pulmões.

Céus, ela tinha se esforçado tanto para não pensar nele, para não procurá-lo! Mas agora, vê-lo tão confiante e saindo para jantar com outra pessoa em tão pouco tempo... Aquilo era devastador para seu coração!

Tentando se recuperar, Nick murmurou para si mesma:

— Precisa esquecê-lo... Volte lá e seja profissional.

Ramon tirou a mão de Louise da sua perna. Ele olhou em volta, mas Nick tinha desaparecido. A moça chegou mais perto dele, esfregando seus peitos em seu braço. Sem avisar, ela virou o rosto e o beijou.

Foi nesse momento que Nick voltou ao salão do restaurante. Seu peito rasgou ao ver os dois se beijando. Estava petrificada pela cena. O gerente se aproximou dela.

— Nick, está tudo bem?

— Na verdade, não estou me sentindo muito bem. Desculpe, mas poderia me dispensar? Eu compenso essa hora perdida no fim de semana.

— Tudo bem. Você não me parece bem mesmo, e o movimento está fraco de qualquer forma.

— Obrigada.

Ela vestiu o casaco e saiu correndo pelos fundos.

Quando outra garçonete voltou à sua mesa, Ramon soube o que tinha acontecido. Perdeu a fome, e mal esperou que Louise terminasse seu vinho, pediu a conta e se levantou para ir embora.

Levou a moça, que estava muito contrariada, para casa, despedindo-se dela friamente. Sua noite estava arruinada. No meio do caminho, o agente parou o carro bruscamente no acostamento. Pensou um pouco e mudou seu rumo. Precisava vê-la, se desculpar. Dizer a ela que não era nada do que ela estava pensando. Ele não tinha nada com Louise. Nada!

Que idiota ele tinha sido! Chega dessa situação! Era Nick que ele queria e ponto final. Que se danassem os erros que ela tinha cometido. O que importava era que Nick estava com a ficha limpa e todo mundo na Base pareceu compreender os motivos do seu deslize criminal, exceto ele. Na verdade, Ramon estava ciente de que seu orgulho ferido era o que o mantinha longe dela. *Que se foda! Ele não era perfeito também!*

Ramon decidiu que iria até a casa dela. Eles conversariam, se acertariam, começariam de novo e, então, faria amor com ela. *Ah, Deus, faria amor com ela!* Ele morria por estar junto dela de novo. Para tocá-la, senti-la e tê-la adormecida em seus braços.

CAPÍTULO 37

Nick entrou em casa, encostou a porta e acendeu as luzes. Foi até a cozinha, tomou um pouco de água, e estava indo em direção ao quarto quando, ao passar pela sala, soltou um grito abafado.

— Oi, mana.

— Rafe.

— Sentiu minha falta?

— O q-que faz aqui?

— Cansei da boa vida da clínica.

Ele a olhou. Nick não sabia bem o que esperar. Aparentemente, o rapaz parecia tranquilo, calmo, mas ela sabia que o tempo que ele tinha ficado na clínica não tinha sido suficiente para limpá-lo da química impregnada em seu organismo.

— Você está bem?

— Muito bem. Melhor agora.

— Rafe, como conseguiu sair? Quando foi levado pra lá, Diana teve que assinar um termo de responsabilidade, e somente ela podia te tirar de lá, quando os médicos te dessem alta.

— Me dessem alta... — Ele levantou e foi para perto dela. — Lembro bem do dia que acordei e estava internado como um maldito delinquente louco naquele lugar.

— Não foi assim...

— Foi exatamente assim...

— Queríamos te ajudar, você estava dominado pelo vício.

— Estou curado agora e vim cobrar sua promessa.

Jesus Cristo! Ela engoliu em seco. Estava pressentindo que as coisas não iam acabar bem. Tentou sorrir para ele e se afastar casualmente. Colocou a bolsa no sofá e tirou o casaco.

— Onde está minha mãe?

— Em Los Angeles.

No momento exato em que disse isso, Nick achou que deveria ter mentido e tentou consertar.

— Bem... ela deve chegar entre hoje e amanhã.

Quando se virou, ele estava muito perto.

— Terminou seu assunto com Vincent?

— Sim.

A garota tentou sair de perto dele, mas o rapaz a cercou.

— Parece um pouco nervosa, Nick.

— E você não está me tranquilizando em nada.

— Se me recordo bem, um dia, sentado naquela mesa, você me disse que, se eu me tratasse, ficaríamos juntos, e que estaria sempre do meu lado.

— Eu estou do seu lado... somos irmãos.

— O que achou? Que minha paixão por você pudesse ser curada junto com a porra das drogas que eu gosto de usar? Que eu ficaria limpo do que sinto por você?

A voz calma dele não a enganava. Ele iria estourar se ela não levasse aquela conversa para outro caminho.

— Ah, não é nada disso... é que...

— É que... você queria se livrar de mim.

— Não!

Ele se aproximou mais ainda e ela respirou fundo.

— Você fugiu da clínica?

— Quero te beijar, Nick.

Deus do céu. Como ela iria sair daquela situação agora?

— Rafe... olha... os meus sentimentos por você são fraternais. Eu te vejo como... o... meu... irmão.

Ele a segurou pelo pescoço.

— Não vai mais me enrolar.

Ela viu a cabeça dele abaixar e tentou escapar, mas ele a segurou. A boca dele pousou na dela, que sentiu o cheiro de álcool e cigarro. *Merda, aquele cara era para se portar como seu irmão!*

Ela segurou no pulso dele e afastou o rosto.

— Rafe, espera... espera... não posso fazer isso.

— Você me prometeu. Agora terá que cumprir.

— Mas você fugiu da clínica.

Ela conseguiu escapar e se distanciou.

— Você não está curado ainda. Não teve tempo para se limpar.

Ele pegou a garrafa de vodca e encheu seu copo. Ela sabia que precisava sair dali e rápido! Em pouco tempo, ele estaria bêbado o suficiente para atacá-la. Seu celular tocou e ela o tirou da bolsa. Mal acreditou quando viu que era Ramon.

Antes que pudesse atender, Rafe tirou o telefone da mão dela.

— Quem é Ramon?

— Um amigo, e você não tem o direito de tirar meu telefone da minha mão!

Ele a olhou com um rosto assassino e virou o copo de vodca de uma só vez.

— Tá saindo com esse cara, não está?

— Não...

Ele desligou o celular dela, jogou no sofá e a garota soube que estava em maus lençóis.

— Não vai se livrar de mim tão fácil, Nick. Você me traiu, me enganou, me enfiou dentro da porra daquele lugar e nunca foi me visitar.

Ele veio caminhando e ela olhou ao redor. A porta da frente estava fechada, mas não trancada. Poderia tentar escapar por ali, mas ele com certeza a alcançaria e a arrastaria de volta para dentro. Se subisse a escada e se trancasse no quarto, correria o risco de ele arrombar a porta.

Precisava do celular. Ligar para a polícia era a melhor opção. Nem morta iria levar outra surra dele. Então, ela se lembrou de Tiago. Sim, ele era sua salvação. Se ligasse para o amigo, ele e Murilo viriam em questão de segundos e a ajudariam. Ela olhou para o celular, mas Rafe leu sua intenção.

Quando a garota correu para pegar, ele saltou sobre ela, derrubando-a. Nick ainda esperneou e conseguiu com alguns chutes se livrar das mãos dele.

Rapidamente, ela alcançou o celular e o ligou.

Rafe segurou o pulso dela e torceu seu braço.

— Pensando em pedir ajuda para o namorado?

— Me solta, Rafe.

— Nunca faça promessas que não possa cumprir. Eu vou te ter hoje, Nick, e ninguém vai me impedir.

— Só em seus sonhos, Rafe. Estou cansada disso. Não quero que ponha as mãos em mim, não quero mais que use violência comigo. Que merda! Não vou mais tolerar isso.

— Valente, hein? Gosto assim.

O homem a prendeu no chão com seu corpo e tentou beijá-la. A boca dele explorava seu pescoço e sua mandíbula, enquanto ela se contorcia tentando escapar. Nick usou o joelho para acertá-lo no meio das pernas e conseguiu momentaneamente se livrar.

Ela tentou subir as escadas correndo, mas sentiu quando ele a agarrou e a jogou para baixo. O impacto da queda a deixou sem ar. Ele a ergueu pelos cabelos.

— Por quê? Por que me tira do sério?

Ele gritou tão violentamente que o som da sua voz ecoou pela casa.

— Está me machucando, Rafe.

O homem estava fora de si e ainda a segurava pelos cabelos. Ele a colocou contra a parede e a prendeu com o corpo. Em seguida, rasgou a blusa dela, afastou o sutiã e acariciou o seio, gemendo com o contato.

— Você é bonita pra caralho, Nick!

O celular dela tocou novamente e ele se irritou. Rafe a soltou, pegou o celular e o jogou na parede. Nicole sentiu que a queda da escada havia deslocado seu ombro porque seu corpo começou a doer muito.

Ele se virou para ela, e a garota correu desajeitadamente para a cozinha. Abriu uma gaveta e pegou uma faca.

— Eu juro que vou fazer qualquer coisa pra me defender de você, Rafe. Fica longe.

— Vai me matar?

— Fica longe.

— Eu matei seu pai, sabia?

Ela sentiu os joelhos fraquejarem. *Não. Não devia ser verdade. Ele estava tentando intimidá-la!*

— Mentira.

— Sim. Eu troquei o remédio da convulsão.

— Você não seria esse tipo de monstro... você... não...

— Eu fiz. Eu disse que eu o faria se você me denunciasse...

— Eu não te denunciei, eu estava presa... nem estava aqui...

— Mas me colocou naquele maldito hospital para delinquentes...

— Seu maldito!

Ela começou a chorar. *Então, aquele louco era o assassino do seu pai? Deus do céu, nada o parava?*

Rafe abriu os braços e falou:

— Vem, Nick... enfie a faca bem no meio do meu coração.

Ele estava bloqueando a saída, e Nick precisava sair dali, do contrário, ficaria encurralada.

— Saia da minha frente e me deixe em paz.

— Não. Você terá que me matar.

— Não me provoca...

Ele caminhou uns passos para dentro da cozinha, pegou o copo que estava em cima da mesa e o atirou nela. O objeto se espatifou em seu peito, fazendo pequenos cortes. Nick ofegou de dor e curvou um pouco o corpo dolorido.

O susto a desconcentrou e, no minuto seguinte, ele estava sobre ela, a mão fechada sobre seu punho com a faca, imobilizando-a, enquanto a outra a esbofeteava duas vezes.

Ela soltou a pequena lâmina afiada e ele a segurou rapidamente. No instante seguinte, num surto de raiva momentânea, Rafe enfiou a faca nela.

Nick abriu os olhos, espantada. Ele puxou a faca para fora e, furioso, enfiou-a de novo, agora mais fundo. O ofegar doído dela pareceu fazer com que ele voltasse à razão. O rapaz olhou para a própria mão, surpreso, deu dois passos para trás e deixou a faca cair. Depois, olhou para ela.

— Ah, meu Deus, Nick...

Ele a tinha esfaqueado duas vezes bem abaixo da costela. Dois cortes aparentemente pequenos, mas profundos, e que faziam o sangue escorrer descontroladamente.

CAPÍTULO 38

Nick colocou a mão no ferimento e olhou os dedos ensanguentados. Tudo ardia e queimava dentro dela. Rafe correu ao seu encontro, parecendo apavorado.

— Nick... Deus, eu... eu... vou chamar ajuda. A culpa foi sua... sua... você me tirou do sério, você ia me matar. Eu só me defendi.

Ele deixou a cozinha, pegou o casaco e saiu pelos fundos. A garota sabia que ele não chamaria ajuda nenhuma. Ela olhou para si, estava ensanguentada e sua cabeça começava a rodar.

Seu corpo doía. Tentou pensar no que fazer, mas sua mente estava enevoada, e pensar com sensatez se tornou impossível. O celular estava destruído e ela não tinha como ligar para pedir ajuda a ninguém. Também não conseguiria caminhar sequer até o jardim, quanto mais até a casa de Babi.

A tontura e o cansaço se intensificaram rapidamente e ela decidiu que precisava descansar só um pouquinho, ou não conseguiria cuidar dos ferimentos.

— Banho... eu... preciso de... um... banho... quente.

Subiu as escadas se arrastando e entrou no quarto. Teria que deixar o banho para outra hora. Sentia-se muito mal e começava a ficar com frio. Precisava parar o sangramento. Dormiria um pouco e, no dia seguinte, estaria melhor para ir ao hospital.

Nick se enrolou no lençol e apagou.

Ramon estava parado em frente à casa de Nick. Tinha ligado antes, mas ela não respondeu. Talvez a garota estivesse muito mais brava e magoada do que ele tinha imaginado. O agente colocou a cabeça no volante e pensou um pouco.

Discou novamente, mas caiu direto na caixa postal.

— Merda, Nick.

Talvez ela precisasse de um mais um tempo para esfriar a cabeça. Ele olhou para a casa. A luz estava acesa. Poderia ir até lá e falar com ela, ao invés de ligar, mas, se ela não atendeu ao telefone, era porque não queria falar com ele.

Ligou o carro e resolveu ir embora. Voltaria no dia seguinte, conversariam e se entenderiam. Ela estaria mais calma e menos magoada. Ele não tinha sido muito legal com ela nas últimas semanas.

Puta merda, não! Se voltasse no dia seguinte, Nick iria achar que ele tinha passado a noite com Louise, e teriam isso entre eles para sempre. Ela tinha que saber que ele não tinha ido para a cama com mais ninguém depois dela.

Saindo do carro, o agente atravessou o jardim rapidamente. Em seguida, tocou a campainha, mas nada aconteceu. Bateu à porta. Silêncio. Ele a chamou.

— Nick. Por favor, precisamos conversar.

Tocou a campainha novamente. Uma, duas, três vezes. Nada.

— Nick?

Ramon se preocupou. Ela não era o tipo de mulher vingativa. Nick o atenderia porque era dócil e delicada. Alguma coisa estava acontecendo. Ele girou a maçaneta e a porta se abriu. Ramon a chamou antes de entrar na casa, mas não obteve resposta.

Que se foda, ele ia em frente! Ramon parou diante de alguns objetos caídos e olhou ao redor, antes de ir até a sala e a cozinha.

A bagunça do local era uma evidência de que tinha acontecido algo ali.

— Nick? Nick?

Quando viu a faca ensanguentada jogada no chão da cozinha, o sangue no piso e no corrimão da escada, saiu correndo para o andar de cima. A porta do quarto dela estava entreaberta.

Ele entrou depressa e a viu deitada de costas para a porta. Um calafrio subiu pela sua espinha.

— Nick?

Com cautela, Ramon se aproximou e se sentou na beirada da cama, virou a garota para poder enxergá-la e a palidez dela o assustou.

— Deus, Nick, acorda... fala comigo.

E foi então que ele viu a cama cheia de sangue. Ramon deu um pulo e puxou os lençóis de cima dela.

— Porra, o que é isso?

Ele discou rápido para a emergência enquanto sentia o pulso dela.

— Preciso de uma ambulância urgente.

O atendente anotou o endereço e Ramon discou para Murilo em seguida.

— O que foi, Ramon, o que aconteceu?

— Nick está ferida. Estou na casa dela.

Não levou nem cinco minutos para Murilo, Tiago e Babi irromperem porta adentro.

Ramon estava desesperado, ajoelhado ao lado da cama, tentando reanimá-la. Tiago correu para o lado dele.

— Ela foi esfaqueada. Está inconsciente. Ela não acorda... não acorda...

Murilo tomou o pulso dela. Babi estava horrorizada com o tanto de sangue que sua amiga tinha perdido.

— Quem fez isso com ela?

Ninguém respondeu. A ambulância chegou e os enfermeiros tomaram conta da situação. Ela foi removida rapidamente e colocada no oxigênio. Ramon ouviu um membro da equipe anunciando no rádio a chegada ao hospital como um caso emergencial crítico.

O mexicano voou com o carro atrás da ambulância. Murilo, Babi e Tiago estavam juntos com ele. Saltando do carro sem sequer fechar a porta, Ramon se plantou ao lado da maca.

— Não pode nos acompanhar, senhor. Deve aguardar na sala de espera.

— Eu vou aonde ela for.

Murilo tentou acalmá-lo.

— Ramon, deixa eles cuidarem dela com tranquilidade.

— Ela não vai ficar sozinha, Murilo.

— Ela não está sozinha. Estamos todos aqui, mas agora os médicos não podem ter a atenção desviada.

O homem ficou olhando a garota desaparecer atrás das portas. Ele respirava com dificuldade e suas mãos tremiam.

— Se alguma coisa acontecer com ela... Deus, eu... não vou me perdoar, não vou.

— Fique calmo. Calma, campeão... ela é forte. Temos que nos concentrar em encontrar quem fez isso.

No hospital, Tiago estava nervoso. Babi, inquieta. Murilo falava com Dylan sobre o ocorrido, e Ramon estava desesperado. Ele andava de um lado para o outro e atormentava a recepcionista por notícias. O agente se sentava e se levantava, ia e vinha sem parar.

A médica finalmente perguntou quem era o responsável pela garota.

— Sou eu. Ramon Fernandez.

— O que você é dela?

— Eu sou o namorado.

— Não há ninguém mais da família? A norma do hospital é que...

— Eu sou a família dela.

Exasperado, Ramon trincou os dentes quando interrompeu a doutora, e sua voz estava tensa o suficiente para transparecer sua raiva com clareza.

Não muito convencida, a médica hesitou, mas, diante da expressão assassina de Ramon, achou melhor não criar caso.

— O hospital vai formalizar uma denúncia por agressão e tentativa de homicídio. Sabe o que aconteceu?

— Não. Quando cheguei, ela já estava inconsciente.

— Terá que prestar depoimento.

Ramon tirou seu distintivo e o mostrou à médica.

— Sou um federal, doutora, e o farei com toda certeza. Agora quero saber se ela está bem.

— Está sedada, e vamos mantê-la assim até que a febre cesse e ela esteja fora de perigo. Os ferimentos foram profundos e tivemos que suturá-la. Por sorte, não teve nenhum órgão perfurado. Ela deve ficar bem.

— Ah, graças a Deus.

— Mas foi por pouco, Sr. Fernandez. Se ela perdesse um pouco mais de sangue, teria perdido o bebê. Felizmente, a gravidez foi poupada e a criança está bem.

A médica olhou para ele, que estava estático, pálido, os olhos arregalados e boquiaberto. Murilo, Babi e Tiago também estavam surpresos.

— Bebê? — repetiu ele, baixinho.

— Sim. A senhorita Palmer está grávida. O senhor não sabia?

— Não.

— Bem, acredito que não é a maneira mais romântica de saber que vai ser pai. Ela está de quatro semanas, no máximo. Muito recente, por isso optei por deixá-la sedada até estar bem recuperada.

— Posso vê-la?

— Terá que esperar um pouco. Ela estará no quarto em breve, então, poderá ficar com ela.

Ramon olhou para os amigos, passou as mãos nos cabelos e sorriu nervosamente.

— Porra, vou ser pai.

Murilo riu, um pouco atordoado.

— Cara, nem sei o que te dizer. Devo te dar parabéns?

Babi abraçou o agente.

— Isso é maravilhoso, Ramon... errr... você está feliz, não está?

— Babi, eu estou... surpreso.

A garota ficou apreensiva. Tiago abraçou a irmã de forma solidária, pois sabia dos traumas dela sobre o assunto.

— Tata, foi como uma porrada no meio do estômago. Ele precisa se acostumar.

Murilo riu alto.

— Pra quem não queria fazer parte do clube da poção do amor, você ultrapassou fronteiras.

Ramon também riu. Conhecia a vida antes e depois de Nick. Com ela e sem ela, e, por Deus, não queria mais experimentar um único dia longe dela. *Céus, um filho! Ela não disse nada, deveria ter ligado e dito a ele, a menos que nem ela soubesse.*

CAPÍTULO 39

Um pouco depois de Nick ser acomodada em um quarto particular, Ramon estava sentado ao lado dela, que ainda permanecia sedada. Ele viu muitos hematomas, machucados, escoriações e pequenos cortes.

Tiago se aproximou e a olhou com atenção.

— Foi o Rafe... desgraçado, foi ele!

Murilo olhou para o cunhado, intrigado.

— Como sabe? Você o viu?

— Não, mas ela estava assim da última vez que ele a surrou. Com ferimentos bem parecidos, nos mesmos lugares. O bastardo deve ter um jeito peculiar de bater.

Ramon se levantou, possesso.

— Se ele ousou... Se foi ele quem fez isso com ela, o maldito está com os dias contados.

Murilo sabia que Rafe estava por um fio porque Ramon era conhecido entre seus colegas pela frieza com que resolvia uma situação. Se precisava matar, ele simplesmente atirava.

Ramon ficou sozinho à noite no quarto, e passou um longo tempo olhando sua fada. Ele tocou o rosto dela e a beijou na testa com muito cuidado. Seu braço estava perfurado pelo soro e havia um curativo enorme abaixo da costela direita.

Ele tocou a barriga dela, bem em seu ventre, e sorriu. Seu filho estava ali. Protegido e aquecido. Caralho, ia ser um pai de família e, por Deus, não podia estar mais feliz.

Ramon ligou para sua mãe no México. *A velha ficaria radiante!* Há tempos ela cobrava dele levar as mulheres mais a sério. Ramon tinha uma família grande. Pai, mãe e quatro irmãos. Dois mais velhos e duas garotas mais novas. As festas de final de ano eram sempre grandiosas e barulhentas, e Deus o livrasse se faltasse a alguma.

A mãe era daquelas que não se importava com as idades do filhos. Eles tinham sempre que ouvi-la e obedecer suas ordens. Era uma matriarca e tanto.

As irmãs iriam delirar com mais uma criança pequena para mimarem. Conversou com a mãe, e podia ouvi-la gritar para os demais que iria ser avó novamente. Ele sorriu, e, então, virou uma bagunça no telefone. Falou com o pai e o irmão mais velho, que estava por lá com a esposa e o filho.

Teve que ouvir um sermão sobre como cuidar bem da namorada e prometer que a levaria ao México na primeira oportunidade para conhecer toda a família. Quando desligou, sussurrou no ouvido de Nick:

— Acorde logo, Fada... sinto sua falta. Por favor... acorde pra mim.

Pela manhã, Dylan veio ao hospital, junto com os outros agentes. O chefe ofereceu proteção policial à garota.

— Talvez seja melhor incluí-la no programa de proteção, Ramon, até termos certeza de que não foi ninguém que retaliou a morte do facilitador.

— Estou quase certo de que foi o maldito irmão dela, Dylan. Eu vou acertar as contas com ele.

— Certifique-se de que foi mesmo ele antes de fazer qualquer coisa, e não deixe rastros. Não queremos publicidade.

— Não haverá.

— Estou levando a equipe para o Texas para uma operação rápida. Avise-me se precisar de alguma coisa. Tire dois ou três dias de folga.

— Obrigado, Dylan.

O chefe já estava saindo, quando o mexicano o chamou.

— Sabe, acho que vou precisar de mais do que dois ou três dias de folga. Quero duas semanas depois que Nick sair do hospital.

O comandante ergueu as sobrancelhas, preocupado.

— E posso saber por quê?

— Porque minha família quer conhecer a mãe do meu filho.

Ramon teve que rir da cara incrédula do chefe.

— Vai ser pai?

— Sim.

O homem olhou da garota adormecida para o agente, completamente aturdido.

— Caralho, Ramon... como deixou isso acontecer?

— Não quer que eu te dê os detalhes...

— Porra, não...

Dylan riu, e isso era raro.

— O garanhão, enfim, foi laçado. Como se sente?

— Chefe, vai me estranhar, mas... porra, eu tô feliz...

Somente depois de dois dias é que a médica tirou o sedativo de Nick. Ela demorou ainda umas horas para acordar. A garota tentou se mover, mas o corpo doía. Ela foi se lembrando, aos poucos, do que tinha acontecido. *Rafe, seu irmão, a tinha esfaqueado.* A lembrança fez Nick se agitar, e os machucados alfinetaram-lhe o corpo dolorosamente, fazendo com que ela gemesse.

Ramon levantou depressa e se sentou na beira da cama ao lado dela.

— Está tudo bem, Fada.

— Ramon?

— Sou eu, linda. Não se movimente. Está machucada.

Ele pegou sua mão e beijou seus dedos.

— Como se sente?

— Meu corpo dói.

— Sim, eu sei... Nick, amor... quem fez isso com você? Quem te machucou?

A garota piscou várias vezes. Ele a chamou de amor? *Amor?* Só podia estar delirando. Devia estar sob efeito do remédio ainda. A voz dele a tirou dos seus pensamentos.

— Diga-me, Nick... Quem fez todos esses machucados em você?

— Rafe. Ele fugiu da clínica...

Ramon sentiu o sangue ferver. Tiago estava certo, então.

Não ia atormentar Nick com detalhes sobre o que pretendia fazer com o desgraçado do irmão dela, mas ele nunca mais tocaria nela ou a machucaria.

Nick estava sonolenta e voltou a dormir. Ele beijou sua boca suavemente e a deixou descansar.

A garota voltou a acordar apenas no dia seguinte pela manhã. Estava com fome.

Ele sorriu. É claro que estaria com fome! Estava grávida e precisava se alimentar, mas parecia que realmente ela desconhecia o fato. O agente a observava comer, mas ela não estava à vontade com ele.

— Por que está aqui? — perguntou ela, por fim.

— Como assim? Estou aqui porque você está aqui.

— Eu sei, mas... aquele dia, no restaurante...

Ele suspirou. Pensou que pudesse deixar esse assunto para quando ela saísse do hospital, mas, já que ela havia perguntado, era melhor responder e resolver logo.

— Nick, sobre aquele dia... Me desculpa, eu não sabia que você estava trabalhando lá.

— Tudo bem.

— Não, não está. Eu nem mesmo sei por que convidei aquela mulher pra sair. Eu estava tão atormentado com a sua imagem dia e noite na minha cabeça que pensei que talvez... se eu saísse com alguém... te esqueceria.

— Não precisa me explicar nada, Ramon.

Ele pegou na mão dela.

— Naquele dia, eu levei a mulher embora... Não aconteceu nada entre mim e ela. Nada. Entendeu?

— Por que está me dizendo isso?

— Porque é com você que quero ficar. Fui um idiota por lutar contra o que sinto. Eu fui até sua casa, te liguei, bati na porta e você não me atendia...

— Rafe destruiu meu celular — ela falou, pesarosa.

— Desconfiei que tinha alguma coisa errada. Por sorte, a porta estava destrancada, e então... eu te encontrei, machucada e inconsciente.

A garota ficou em silêncio. Podia ver a dor nos olhos dele e sentir a angústia em sua voz. Surpresa com a reação dele, ela sorriu.

— Você me perdoou...

Era mais uma afirmação do que uma pergunta, e ele baixou a cabeça, constrangido, enquanto acariciava a mão dela. Não havia nada mais a falar sobre o que já era passado, por isso ele sorriu e trouxe o assunto para um tema mais recente.

— Não tem nada pra me dizer?

— Não sei... nunca tive oportunidade de me desculpar...

— Não... não sobre isso. Esqueça o que passou. Foi um furacão, e sobrevivemos a ele. Só te peço que se acostume a falar comigo, a me dizer o que está acontecendo e a contar comigo. Sempre comigo daqui pra frente. Tudo bem?

Ela concordou. Estava sonhando? Ele queria ficar com ela? Era isso que estava propondo?

— O que quero saber é sobre esse assunto...

Ele colocou a mão no ventre dela. Nick olhou para ele sem entender, e Ramon concluiu que definitivamente ela não sabia de nada.

— Sabe, Nick, de uma forma geral, com os casais normais, a namorada é quem dá a notícia para o namorado, mas vejo que a gente nunca foi mesmo um casal normal.

— Ramon, do que está falando?

— Ah, Fada... você está grávida!

Era boa coisa ela estar deitada, porque sentiu o sangue fugir do seu rosto e todo o seu corpo fraquejar. Ele estava sorrindo para ela. *Jesus, ele estava mesmo sorrindo?*

— Como disse?

Ramon acariciou a barriga da garota.

— Tem um bebezinho aqui dentro.

— Deus...

— É... eu sei. Fiquei assim também quando soube.

— Eu... não sei o que te dizer...

— Pelas contas da médica, tem apenas algumas semanas, então, acho que foi naquele dia na Base.

— Ramon, você sabe que não tem obrigação nenhuma comigo... Não precisa se sentir responsável — adiantou-se ela.

— Não. Eu quero ficar com você e eu quero esse filho — ele a interrompeu, taxativo. Não queria sequer ouvir essas baboseiras de não ter obrigação com ela.

Nick não sabia o que falar. Sentiu os olhos úmidos e piscou para não chorar.

— Ei... não chore. Não ficou feliz?

— Sim. Claro que fiquei... é que... parece um sonho.

— Só quero que fique bem agora. Vamos planejar tudo mais tarde. Minha mãe quer te conhecer.

— Sua mãe? Contou a ela?

— Claro. Minha família inteira já sabe.

Ele a beijou, e a garota pensou que finalmente estava vendo algo realmente bom acontecer em sua vida.

No final daquela semana, quando saiu do hospital, Ramon levou Nick para sua casa. Estava tão cheio de cuidados com ela que a garota teve que rir.

— Ramon, eu posso andar!

— Eu sei, mas prefiro te levar.

Ela olhava para ele apaixonadamente, enquanto o agente a carregava no colo em direção ao quarto. O agente colocou-a na cama com cuidado e tirou os sapatos dela.

— A médica disse que você ainda tem que repousar uns dias.

— Mas estou cansada de ficar deitada e preciso retomar meu trabalho.

— Já passei no seu trabalho e pedi suas contas.

Nick se sentou rapidamente.

— Pediu minhas contas? Está louco? Tenho que trabalhar!

— Não grávida.

— Ramon, estou grávida, não doente.

— Enquanto estiver com meu filho na barriga, não vai trabalhar no restaurante. Horas em pé carregando peso e limpando coisas sem parar? De jeito nenhum! Pode escorregar e cair. Pode derrubar alguma coisa quente em cima de você ou pode ter algum tipo de acidente de trabalho... Não, de jeito nenhum!

— Você é neurótico.

Ele olhou para ela, carrancudo.

— Posso estar sendo um pouco cauteloso demais, mas, ainda assim... ficar em casa é mais seguro.

— Mas...

— Sem mais nem meio mais, Nick.

Ele subiu na cama ao lado dela e a puxou para si.

— Me deixa cuidar de você.

— Não estou acostumada com isso.

— Então se acostume. Vai ter uma vida de verdade comigo. Vamos brigar, vamos discordar um do outro e ficarmos irritados muitas vezes. Mas vamos nos amar, dividir uma vida, criar nossa criança em um lar feliz. Eu quero que você se dedique a alguma coisa que goste, que te traga satisfação e não que trabalhe desesperadamente para pagar as contas. Isso agora é comigo. Você é minha mulher. Mãe do meu filho, e vai ter uma vida digna, tranquila e saudável. Tudo bem?

Ela concordou. Ramon a beijou suavemente.

— Quero te dizer uma coisa.

— O quê?

— Eu acertei as contas com o Rafe.

— Ai, meu Deus... Você... não... Ah, Ramon, você o matou?

— Por pouco que não. Murilo não deixou. Mas ele teve o que mereceu e vai demorar muito pra se recuperar. Eu juro, Nick, que deixei o bastardo viver apenas porque sei que você não aprovaria eu ter provocado a morte dele, mas o filho da puta está muito bem avisado que nunca mais deve chegar perto de você, e, se ele desobedecer, vou mandar a alma do infeliz para o inferno. Esteja avisada.

Às vezes, ela se assustava com ele. Tão doce e carinhoso, e, ao mesmo tempo, tão frio e durão. Ramon acariciou o rosto preocupado dela.

— Falou com Diana sobre nosso bebê?

— Sim. Ela ficou feliz. Disse que vai fazer bordados para quando nascer.

Ele estava louco para dormir com ela. A proximidade da garota, seu corpo emaranhado no dele, o fazia pensar em fazer todas as coisas boas que podiam fazer juntos.

— Como se sente?

— Bem...

— Bem o suficiente?

Ela sorriu. Também mal podia esperar para estar com ele. Sua mão subiu pelo tórax musculoso, e ele respirou fundo. Ela subiu no colo dele com pressa e o agente a repreendeu.

— Cuidado, Nick...

— Eu estou bem, Ramon... muito bem...

Nick roçou a boca no pescoço dele e viu o namorado fechar os olhos, vencido. Subiu a barra da camiseta e deixou suas mãos dançarem por seu abdômen enquanto ia subindo devagar e levando a roupa dele com ela.

— Ah, Nick... minha Fada linda... Só minha e de mais ninguém...

Eles se beijaram e Ramon deixou que ela explorasse seu corpo. A mão macia e delicada fazia loucuras com a mente dele. A boca dela o beijava por todos os lugares, o fazia gemer baixinho e acelerava sua respiração. Estava enfeitiçado por ela, sua delicadeza, seu sorriso embriagador que o conquistou desde a primeira vez que se viram.

Ramon amou sua fada por horas. Estava cheio de desejo por ela. Vê-la tão entregue, tão dele, remexendo-se ofegante debaixo do seu corpo, exigindo e tomando tudo que ele tinha para dar a ela, era maravilhoso.

O agente se sentia um novo homem agora. Um pai de família apaixonado e que tinha encontrado a felicidade ao lado de alguém que mudou sua vida. Uma singela e talentosa bailarina que o tirou do mundo de variações e o fez desejar ser o homem de apenas uma mulher, a mais meiga e linda do que qualquer outra que ele já tinha conhecido. Ele queria dar um mundo de contos de fadas para ela. Um mundo que ela apenas sonhou e que agora, ao lado dele, iria se tornar realidade.

EPÍLOGO

— O que fez com meu irmão?

Nick riu quando olhou para Felícia, uma das irmãs de Ramon, uma mexicana alta e bronzeada que não tinha papas na língua. Ela não sabia o que responder, então, apenas deu de ombros.

— É sério, em toda a minha vida, nunca vi Ramon assim. Ele simplesmente não consegue tirar os olhos de você. Mal presta atenção no que o meu pai está falando com ele.

A mãe de Ramon, dona Benetta, uma senhora muito ativa e engraçada, sorriu para ela.

— Você o colocou na linha. Isso foi o melhor que poderia ter feito ao meu *hijo*. Ramon era um *mujeriego* de uma figa, cada dia com uma *mujer* diferente.

Manoela, a irmã mais nova, repreendeu a mãe.

— Por favor, *mamá*, Nick não quer saber sobre as *novias* de Ramon.

A garota a puxou para longe.

— Venha, Nick, vamos beber alguma coisa bem gelada e dar uma olhada no movimento masculino da praia.

Ramon bloqueou a saída da irmã.

— Nick não vai olhar movimento nenhum, Manu. Ela é uma senhora comprometida, mocinha.

O rapaz enlaçou a cintura da namorada e aspirou o cheiro do seu cabelo.

— Tomou muito sol, amor, deve evitar a praia. Vamos pra casa, pode descansar um pouco. Voltamos quando estiver anoitecendo, para dar um passeio.

— Ah, não, Ramon, quero ficar aqui com sua mãe e suas irmãs.

— Não, senhora. Ficou muito tempo exposta ao sol. Pode não ser bom para nosso *niño*.

As irmãs estavam abismadas com a maneira que ele estava dedicado, preocupado e totalmente devoto à moça americana. O rapaz trazia água e passava protetor pelo corpo dela, perguntava a toda hora se ela estava bem e se precisava de alguma coisa. Estava sempre ao redor, e sua paixão por ela estava tão evidente que até mesmo os pais estavam surpresos. Os irmãos não se cansavam de zoar com ele. A fama de mulherengo e solteiro convicto, antes ostentada com orgulho pelo mexicano, agora estava definitivamente no passado.

Vê-lo tão encantado e apaixonado por alguém era muito, muito estranho, mas um pouco divertido. A surpresa maior foi quando Eloisa, um caso de férias meio que habitual, apareceu para vê-lo.

Ela sempre aparecia quando sabia que ele estava em casa, e ele sempre tinha espaço para a pequena mexicana na cama dele — até aquele dia. Nick estava na sala da enorme casa de praia da família, brincando de videoquê com as cunhadas, quando Eloise entrou, com seu biquíni muito escandaloso, e foi direto cumprimentar o rapaz.

Todos os olhos se voltaram para ele, e Nick percebeu a tensão. Ramon estava sentado no sofá, tomando cerveja com os irmãos distraidamente, conversando em espanhol com o pai, que falava pouco inglês, e se divertindo com a brincadeira das garotas. Foi pego de surpresa quando a namoradinha de verão se sentou em seu colo e se empoleirou em seu pescoço sem avisar.

O homem deu um pulo do sofá, livrando-se da garota. Nick mirou-o com os olhos arregalados e ciumentos, mas não disse nada porque, em menos de um minuto, ele estava ao lado dela puxando-a para si, e enviando um recado claro à mexicana atrevida de que as coisas tinham mudado entre eles.

Felícia se apressou em apresentar as moças.

— Nick, está é Eloisa, uma amiga. Elô, essa é a noiva de Ramon, Nick.

Nicole foi educada e murmurou um "*hola*" para a moça, que estava visivelmente espantada.

— Noiva?

A mãe de Ramon torceu o nariz para ela e jogou as cartas na mesa.

— Sí... sí... e ela está *embarazada*. Ramon será *papá*.

A matriarca misturava muito o inglês e o espanhol, e Nick não conseguia entender algumas palavras, mas imaginou que *embarazada* era o mesmo que "grávida" porque a garota ficou pálida como um fantasma.

— *Embarazada?* Mas...

Ramon estava mudo e muito desconfortável com a situação. Merda, tinha se esquecido completamente de Eloisa. Ela era uma aventura certeira quando ele estava de férias no México, mas nunca pensou nela sequer como uma namorada. Era um caso costumeiro nos dias de folga. Nada além.

Ele olhou para Nick, que manteve a compostura, mas podia sentir a namorada tensa. Eloisa era bem bonita e voluptuosa, além de muito, muito atrevida. A mãe nunca gostou de vê-los juntos porque dizia que a moça era do tipo fácil e desvalorizada.

O mexicano ria e nem ligava porque nunca tivera sérias intenções com ela, embora soubesse que a garota nutria esperanças de um dia agarrá-lo em definitivo. Agora com Nick ali, ela via suas chances morrerem de vez.

Eloisa podia ser bem inconveniente. Tinha sangue quente e não era muito agradável quando estava brava. Os olhos dela fuzilaram Ramon e Nick. A moça cruzou os braços sobre os seios grandes e se dirigiu a ele sem rodeios.

— E nós, Ramon? Como ficamos?

O homem arregalou os olhos, surpreso.

— Nós? Não existe "nós", Eloisa. Nunca houve. Eu nunca te enganei.

— Nunca me disse que não havia futuro também.

Nick se mexeu, desconfortável, e Georgia, a cunhada de Ramon, se manifestou.

— Elô, por favor, respeite a presença de Nick aqui. Se você e Ramon têm algo a discutir, o façam em particular.

Manoela deu força à cunhada, apoiando-a em seu discurso.

— Isso mesmo. Nick está grávida e não pode ficar nervosa.

Nicole não estava acostumada a tantos paparicos e ficou sem jeito. Ela olhou para Ramon e, por mais que a desagradasse, não queria presenciar uma cena de ciúmes. Seria muito desconfortável para toda a família. Assim, ela olhou para ele e se apressou em dizer:

— Se quiser falar com ela em particular, está tudo bem. Eu fico aqui com sua família.

O homem estava bravo agora.

— Não tenho nada pra falar, e ela sabe disso.

Ramon se virou para Eloisa.

— Eu quero que vá embora. Sou um homem comprometido agora e quero que respeite isso.

— Comprometido? Você? Isso é uma piada, Ramon? Como deixou que ela te desse um golpe tão ultrapassado como esse?

— Eloisa... não me deixa puto com você.

A moça se virou para Nick, cheia de raiva.

— Não pense que me intimidou por estar grávida. Ele não é homem de ficar com uma mulher só, e eu estarei sempre aqui pra quando ele quiser.

Dona Benetta reagiu ao atrevimento da moça.

— *Esto ha ido demasiado lejos, Eloisa. Fuera de mi casa, ahora.*

Ramon estava puto. Muito. Ele olhou para Nick, preocupado.

— Desculpe-me por isso.

Ela fez que sim, sem falar nada. Golpe? Será que a família de Ramon a considerava uma golpista? Será que ele havia contado a eles a história da bailarina? O namorado tinha uma boa vida financeira, enquanto ela sempre viveu com pouco. Mesmo ali, no México, toda a família tinha boa situação econômica. Será que...

O rapaz interrompeu seus pensamentos.

— Não.

— O quê?

— Não pense bobagens. Eloisa é uma atrevida desbocada.

— Você... não pensa que eu te dei o golpe da barriga, não é? Porque...

— Não, Nick. De jeito nenhum.

— Sua família... eles...

— Não. Eles sabem o que têm que saber, que você é a mulher com quem eu quero estar.

— Ah, Ramon...

— Não quero que pense em coisas desse tipo.

O irmão mais velho de Ramon sorriu para ela e se aproximou.

— Não deixe Eloisa estragar sua estadia aqui. Estamos felizes por tê-la conosco, Nick. Você é bem-vinda nessa família. E, quer saber? Estou ansioso para ser tio.

Ela sorriu mais tranquila. A família de Ramon era maravilhosa. Se pudesse escolher, moraria perto deles e criaria seu filho ali no México. Adoraria estar sempre entre eles.

Ramon a beijou com ternura e acariciou sua barriga com carinho.

— Minha família te adorou.

— E eu os adorei. Podíamos um dia morar aqui.

Ele sorriu para a ideia.

— Um dia, quem sabe...

Nick olhava para ele com paixão evidente. Ela pensou que sua vida tinha sido muito dura, mas que, agora, ela vivia um sonho do qual jamais gostaria de acordar. Sentiu necessidade de expressar o que estava sentindo.

— Ramon...

— *Sí*?

— Eu amo você.

Ele olhou para ela, um pouco surpreso. Nick nunca tinha dito que o amava. Uma vez, quando estavam se conhecendo melhor, ela tentara lhe dizer que sentia algo especial, mas, na época, ele não estava preparado para ouvir e tinha reagido com indiferença.

Hoje, aquelas eram as mais doces palavras que poderiam ter saído da boca dela. O mexicano sentiu seu coração inchar. Ele acariciou o rosto delicado da namorada e retribuiu a declaração com sinceridade.

— Te amo, *mí hada*. Você e nossa criança.

Ramon beijou primeiro a boca, depois a barriga de Nick, e ela pensou que formaria a família mais linda que um dia sonhou ter.

Fim

623.652
425.764
511.445
732.243
947.234
981.323
335.234
111.439
266.423
882.118
909.123
777.234
412.341
545.324
741.234
554.345
874.326
452.113
974.423
893.465
862.123
974.456
988.335
582.936
352.398
223.564

3	623.652	24422.562
09	425.764	232.345
04	511.445	424.222
77	732.243	3513.567
00	947.234	288.456
52	981.321	499.221
37	335.234	1349.234
33	111.439	343.567
72	266.423	342.246
90	882.118	31.532
35	909.123	662.232
31	777.234	44445.785
1	412.341	354.234
58	545.324	636.111
13	741.234	78.673
37	554.345	8339.111
07	874.326	67.632
56	452.113	98.232
37	974.423	2333.452
08	893.465	12.543
21	862.123	55.896
73	974.456	3341.332
09	988.335	6441.323
04	582.936	62227.112
77	352.398	33.562
00	223.564	271.286
52		77.218
37		3.682
33		87.322
72		332.321
90		59.113
35		79.322
		332.321
		99.223

Editora Charme

Entre em nosso site e viaje no nosso mundo literário.
Lá você vai encontrar todos os nossos
títulos, autores, lançamentos e novidades.
Acesse www.editoracharme.com.br

Você pode adquirir os nossos livros na loja virtual:
loja.editoracharme.com.br

Além do site, você pode nos encontrar em nossas redes sociais.

 https://www.facebook.com/editoracharme

 https://twitter.com/editoracharme

 http://instagram.com/editoracharme